Disney

La Petite Sirène

À contre-courant

Disney

LA
PETITE SIRÈNE

À contre-courant

J. ELLE

Traduit de l'anglais (États-Unis) par Arnold Petit

hachette
HEROES

58, rue Jean Bleuzen – 92178 Vanves Cedex

Ce titre a été publié pour la première fois aux États-Unis en avril 2023 par Disney Press, un département de Disney Book Group, sous le titre *The Little Mermaid – Against the tide*.

Direction : Catherine Saunier-Talec
Directeur de projet : Timothée Le Mière
Directrice artistique : Mélissande Mestas
Responsable de projet : Anaïs Guichard
Traduction : Arnold Petit
Correction : Fabienne Riccardi
Illustration de couverture : Raymond Sebastien
Mise en page : Nord Compo
Fabrication : Anne-Laure Soyez

Dépôt légal : janvier 2024
10-0851-8/01
ISBN : 978-2-01-725680-9
Imprimé en Italie par Grafica Veneta

Pour Amelia,
qui m'accompagne à chaque instant de la journée.

Chapitre 1

Cinq jours avant la Lune de Corail

Ariel se retourna dans son lit-coquillage, en proie à une extrême impatience. Elle enfonça ses ongles dans la couverture d'algues qu'elle avait tirée jusqu'à son menton et attendit d'apercevoir le soleil matinal qui n'allait plus tarder à se déverser dans sa chambre, marquant officiellement le jour où elle quitterait son foyer pour la toute première fois.

Clic. La limace de mer se déplaça sur le cadran de l'horloge, indiquant le début de la journée, et Ariel sortit du lit comme si ses nageoires étaient montées sur ressort. Tout en fredonnant, la jeune sirène se déplaça dans sa chambre, oscillant en rythme avec la mélodie. Elle marqua un temps d'arrêt pour jeter un coup d'œil dans la glace en verre poli au-dessus de sa commode et se tint bien droite. Elle ne savait pas trop ce qu'elle s'attendait à voir, mais ce n'était assurément pas cela.

Le lendemain, elle serait nommée, comme chacune de ses sœurs avant elle, protectrice de son propre territoire maritime.

En outre, elle se verrait attribuer le *meilleur* de tous les territoires, celui où elle vivait : la mer de Carinae ! Le palais de leur père, dans lequel elle avait grandi, se trouvait dans la zone du Couchant, mais ses frontières s'étiraient *loin* dans l'océan. En revanche, la zone où elle s'établirait en tant que protectrice – le Zénith – était d'une toute autre nature. D'après ce qu'Ariel avait lu, ses eaux étaient turquoise et l'on y trouvait des poissons aux couleurs de l'arc-en-ciel.

Toute son enfance durant, Ariel n'avait pas eu le droit de s'éloigner du palais. Elle espérait vraiment que son rôle de protectrice lui permettrait d'explorer l'immensité de la mer ! Elle ferma les yeux, s'imaginant une infinité de merveilles inconnues à découvrir et toutes sortes d'aventures à vivre. Ariel avait beaucoup peiné à dormir ces dernières semaines, car son excitation grandissait un peu plus chaque jour qui la rapprochait de la cérémonie d'intronisation du protecteur.

Cet événement se tenait l'année où un membre de la famille royale atteignait ses quinze ans et avait traditionnellement lieu quatre jours avant les festivités de la Lune de Corail, date à laquelle la lune prenait une couleur rose, si rare et belle qu'elle était censée porter *chance* à quiconque la regardait.

Ariel s'appuya sur son bureau. La surface en os de baleine était douce au toucher et elle ne put s'empêcher d'admirer les somptueux détails des pieds, sculptés par le menuisier royal. C'était son père qui lui avait fait cadeau de ce meuble majestueux, d'où elle pourrait s'acquitter de toutes ses nouvelles responsabilités, ce qui incluait la création de nouveaux territoires, la rencontre de membres éminents de sa communauté, l'organisation d'événements, et toute une série d'autres charges envers les habitants de Carinae.

Elle avait scrupuleusement étudié les devoirs qu'elle aurait à accomplir. Son père, le roi Triton, lui avait signalé qu'elle apprendrait majoritairement « sur le tas ». Cela devait représenter une *sacrée besogne*, car ses six grandes sœurs étaient si absorbées par leur tâche sur leurs territoires respectifs qu'elle ne les avait pas revues depuis… des *années*. Mala était partie depuis plus de dix ans, puis cela avait été le tour d'Indira et de Caspia. Les autres s'étaient retirées au fil du temps, jusqu'à ce qu'Ariel soit la seule princesse à résider au palais. Cependant, ses sœurs prenant soin de s'éviter comme la peste, ce n'était peut-être pas uniquement leurs obligations qui les tenaient éloignées.

Ariel épousseta son bureau et tria ses affaires : une bucarde qu'elle avait trouvée un jour et jugée trop intéressante pour qu'on la laisse traîner ; un flacon d'encre de seiche ; un amas d'algues visqueuses (idéales pour la prise de notes), dont sa sœur Perla lui avait fait cadeau avant de partir pour la mer de Piton afin d'y suivre ses propres études, à l'époque où Ariel était encore toute petite. Elle empila encore et encore les parchemins sur son bureau. Ils traitaient presque tous de Carinae et des régions qu'elle n'avait pas encore visitées. La jeune sirène subissait beaucoup de pression ces dernières semaines, entre les leçons d'histoire de l'océan, l'apprentissage des bonnes manières, du protocole de réception des dignitaires, et les différents types de sanctions qu'appliquaient ses sœurs afin d'améliorer la vie de leurs concitoyens. Elle avait soif de connaissances, et elle avait hâte de pouvoir profiter de la moindre occasion pour explorer tous les coins et recoins de son territoire.

Cette simple perspective fit naître un frisson le long de ses bras tandis qu'elle retournait devant la glace. Comme chaque matin, son bonnet de nuit tissé à partir d'algues soyeuses était à moitié de travers sur sa tête. Elle le retira, laissant se répandre dans son dos ses locks auburn, soigneusement huilées à la sève de misaju et à l'eau de coco. Elle posa de nouveau devant la surface réfléchissante, bomba le torse, puis s'empara de la fine étole de gorgone bleue dont elle compléterait sa coiffe pour la cérémonie qui se tiendrait dans quelques jours. Elle effleura les douces fibres de corail du vêtement d'apparat, dont les brins avaient été entrelacés un à un pendant des semaines. Les courtes manches étaient ornées de perles et assorties à la coiffe, elle aussi expressément conçue à son intention. L'un comme l'autre étaient tout bonnement magnifiques.

— Ravie de vous rencontrer ! Je suis…

Elle s'éclaircit la voix. *Trop aigu.* Elle devait avoir l'air digne. Quand son père prenait la parole, il s'exprimait toujours d'un ton volontaire et autoritaire. Elle se redressa, et cette fois les mots sortirent avec plus de force :

— C'est un plaisir de vous rencontrer. Je suis Ariel, protectrice de Carinae. En quoi puis-je vous servir ?

Elle agita la main dans l'eau, comme si quelqu'un la lui serrait.

Ariel mit soigneusement son châle de cérémonie de côté et sortit dans le couloir. Le palais s'animait au rythme des grincements de coquillages que l'on nettoyait et des fenêtres que l'on ouvrait. Des oursins se frottaient le long des parois en os afin de les polir, tandis que thons et lampris royaux allaient et venaient pour réchauffer les pièces des étages inférieurs.

Ariel se renfrogna d'impatience en arrivant dans un couloir embouteillé d'un banc de labres nettoyeurs dirigé par Julia, la gouvernante en chef du palais.

— Bonjour, Julia !

La grimace d'Ariel se mua en sourire lorsqu'elle posa son regard sur l'intendante anthropoïde, qui faisait diligemment son lit tous les matins. En fait, la princesse était parfaitement capable de s'en charger elle-même. Elle privilégiait simplement le fait de se rassasier. Elle aurait volontiers dit à Julia de ne pas s'embêter et qu'elle rangerait sa chambre toute seule plus tard dans la journée, mais elle savait que la consciencieuse gouvernante ne l'entendrait pas de cette oreille.

« La chambre d'une princesse se doit d'être impeccable », répliquerait-elle.

Ariel poursuivit son chemin, tout excitée par son projet, consistant à permettre à tous les habitants de Carinae d'assister à son intronisation. Ils pourraient sans aucun doute recevoir tout le monde. Redoublant de vitesse, elle emprunta le tunnel menant à l'étage inférieur du palais, pressée de rallier son père à son idée au cours du petit déjeuner.

Ariel trouva le roi Triton dans la salle à manger, en train de ruminer devant un rouleau de varech où figuraient les rapports matinaux de sa garde royale.

— Bonjour, Père.

Le roi Triton s'arracha à sa lecture et afficha un sourire :

— Qui vois-je ? Ma petite fille adorée !

Il posa son parchemin, contourna la table en nageant et fit tournoyer sa fille autour de lui.

— Voyons, Papa ! Je n'ai plus cinq ans. J'en ai quinze, maintenant.

— À mes yeux, c'est tout comme.

Ariel renonça, attendrie par les rides d'expression qui cernaient les yeux de son père. Sa fierté fit naître un sourire sur les lèvres de la jeune sirène. Lorsqu'il la libéra enfin, elle se laissa tomber sur l'un des sièges en coquillage et remplit son assiette.

— Tu vas vraiment tout manger ?

Sébastien le crabe, l'un des plus fidèles conseillers de son père, plissa les yeux sur elle depuis sa place en tapotant sa pince sur la table.

— Où trouves-tu donc la place de mettre tout ça ? ajouta-t-il.

— Bonjour à toi, Sébastien. Et la réponse est oui ! Tiens, regarde.

Elle enfourna une pleine bouchée de nourriture, savourant le parfum salé de la criste.

Le roi adressa un clin d'œil à sa fille et glissa vers elle une nouvelle assiette.

— Avoir bon appétit n'a jamais fait de mal à personne, commenta-t-il.

— Oui, sire, naturellement. (Sébastien haussa les épaules.) C'est ma foi vrai. Les enfants poussent aussi vite que du varech. Je me souviens de l'époque où Mala était assise à cette table, pas plus grande que la fourche de votre trident. Et aujourd'hui, votre petite dernière va à son tour diriger son propre océan !

Profitant du fait que Sébastien discourait, Ariel s'arma de courage :

— D'ailleurs, à ce propos… J'aurais souhaité que nous parlions de la liste des invités pour la cérémonie.

Son père se tamponna la commissure des lèvres.

— La liste des invités ? répéta-t-il avant d'enfourner une nouvelle bouchée. Qu'a-t-elle donc, cette liste ?

Elle se racla la gorge, se préparant pour la suite :

— Je souhaiterais ouvrir les invitations à tout le territoire.

Ariel ne savait pas vraiment qui avait été convié à son intronisation, à l'exception des habituels dignitaires, mais elle avait pris sa décision la veille au soir : elle convaincrait son père d'ouvrir les invitations à tous les Carinéens, qu'ils soient des sirènes ou des monstres marins.

Il y a fort longtemps, bien avant sa naissance, ou même celle de son père, le traité Monstres - Sirènes avait été signé afin d'instaurer la paix entre le peuple des sirènes et les monstres marins, ces créatures qui vivaient au fin fond des océans. Il fut décidé que ces derniers ne pourraient plus quitter les territoires qui leur avaient été attribués - ceux-ci étant au nombre de sept -, et ce par mesure de précaution. Le traité prévoyait également que chaque zone maritime disposerait d'un protecteur - une sirène issue d'une lignée royale afin d'aider à superviser les affaires du territoire, ainsi que d'un résident pour représenter les monstres marins. Tous deux travailleraient main dans la main pour arbitrer les conflits et maintenir la paix.

D'ordinaire, les monstres marins étaient exclus des cérémonies d'intronisation du protecteur, mais, en tant que dirigeante, Ariel voulait tenir compte de toutes les créatures vivant sur son territoire, et non uniquement de ses semblables.

Les sourcils du roi Triton se plissèrent sous l'effet de la confusion.

— *Tout* le territoire ?

— En effet, insista Ariel.

Elle avait passé la majeure partie de la nuit à répéter toutes les choses qu'elle prévoyait de dire afin de convaincre son père. Elle avait anticipé sa réaction. Il s'y *opposerait*. Le roi pouvait se montrer tout particulièrement inflexible au sujet des monstres marins. Il se méfiait même des résidents, alors qu'il les avait sélectionnés personnellement.

— Tu n'as aucune idée de ce que tu me demandes, déclara-t-il.

— N'avons-nous pas suffisamment de place ?

— Nous disposons de tout un océan, Ariel. Ce n'est pas la question.

— Alors, où est le problème ?

Le roi se mura dans le silence, une lourdeur tiraillant ses épaules et ses lèvres fines.

Ariel comprit qu'elle ne persuaderait pas son père sans renfort. Elle chercha du regard l'intendant des résidents, Usengu, le monstre marin qui faisait office de bras droit du souverain. Il était le seul représentant de son espèce en qui son père avait toute confiance, et il était aussi l'oncle d'Ariel à titre honorifique. Mais il était introuvable. Ariel se souvint vaguement que Julia lui avait mentionné qu'il avait prévu de se rendre en avance au palais du protecteur, de l'autre côté de Carinae, pour prendre part aux préparatifs de la cérémonie. Ne restait que Sébastien :

— Sébastien ? Tu comprends ce que je veux dire, n'est-ce pas ?

Les yeux globuleux du crabe circulèrent entre le roi et la princesse. Il cachait quelque chose. Comme toujours. Ariel le regarda en fronçant les sourcils.

— Inviter tout le monde n'est pas une bonne idée, déclara-t-il. Je suis d'accord avec ton père.

— Naturellement, bougonna la jeune fille.

— Ariel, ce serait dangereux, reprit le roi. Le résident de ton territoire ne sera choisi qu'une fois passée la cérémonie. En outre, nous ne pouvons pas laisser entrer n'importe qui. Ce serait tout bonnement imprudent. Raison pour laquelle… (Son père se massa les tempes et poussa un long soupir.) Ma chérie, tu ne fais que confirmer mes inquiétudes.

— Quelles inquiétudes ?

— Cette charge représente trop de responsabilités pour toi.

Ariel sentit la panique lui comprimer les entrailles. Il doutait qu'elle puisse assurer son rôle de protectrice ?

Le roi poursuivit :

— Tes sœurs ont…

— Mes sœurs ont fait la même chose à mon âge ! le coupa-t-elle. Pourquoi en serait-il autrement avec moi ?

Je sais que prendre ce genre de décisions peut être difficile, raison pour laquelle le moment me semble opportun de t'annoncer que tu n'auras pas à le faire toute seule : j'ai demandé à Sébastien de te superviser au cours de ta première année. Tu t'en remettras à lui pour toutes les mesures que tu auras à prendre, et il pourra passer par moi en cas de besoin.

Quoi ?

— Père, ce n'est pas juste ! Mes sœurs ont-elles eu droit au même traitement ?

— Cela n'a aucune importance.

Ariel braqua un doigt accusateur sur Sébastien :

— Toi ! Tu souscris à cette idée ? Dis-lui que c'est injuste !

— Allons, allons. (Le roi Triton lui prit la main.) Ne t'en prends pas à Sébastien. C'est ma décision. Quoi qu'il en soit, il devrait y aller. Tu pars au crépuscule et tu as encore beaucoup à faire pour préparer ton voyage.

Il se tourna complétement vers Ariel et ajouta :

— Et n'allons pas gâcher ce grand jour avec un désaccord. Tu auras tout de même une myriade de choses passionnantes à effectuer. (Il baissa les yeux.) Sous *surveillance*.

Ariel commença à protester :

— Mais je…

— Fin de la discussion.

Les lèvres pincées du roi ne laissaient aucune place au débat. La tendresse qu'Ariel avait ressentie pour lui ce matin-là se dessécha comme une méduse en plein soleil. La princesse s'enfonça dans son fauteuil. Ce devait être une fantastique journée, mais jusqu'ici elle s'avérait bien décevante.

— Bien, Père, renonça Ariel.

Elle s'apprêtait à poursuivre son repas quand un domestique déposa un couvercle argenté devant elle.

— Un présent pour vous, princesse.

— Pour moi ?

Elle consulta son père du regard. Celui-ci haussa les épaules, mais sa façon de serrer les lèvres la rendit méfiante et elle plissa les yeux :

— Père, qu'avez-vous derrière la…

Elle souleva le couvercle et trouva un simple rouleau de varech, adressé à son nom dans une écriture tourbillonnante. Les huards royaux de son père faisaient circuler à tire-d'aile des messages en provenance des quatre coins de l'océan. Ariel pouvait compter sur les doigts d'une main le nombre de fois où on lui en avait adressé un. Elle déroula la feuille :

Les princesses Mala, Karina, Indira, Caspia et Perla ont transmis leurs réponses officielles. Toutes ont confirmé leur présence lors de la cérémonie d'intronisation de la princesse Ariel en tant que protectrice.

Ses sœurs allaient assister à la cérémonie !

Enfin, presque toutes. Le nom de Tamika ne figurait pas sur le document, mais c'était à prévoir.

Ariel s'éloigna de la table à une telle vitesse que ses nageoires renversèrent son siège.

— Elles seront toutes là ! (Le sentiment désagréable au creux de son estomac à l'idée que Sébastien joue les nounous s'apaisa quelque peu.) Merci, Père ! Merci infiniment !

— Elles ont hâte de te voir, ma chérie. D'autant plus que nous sommes si proches du…

Le roi Triton laissa sa phrase mourir. Mais Ariel n'eut pas besoin qu'il la termine. Cette période de l'année était toujours pénible pour toute la famille. Mais sa nomination en tant que protectrice était un moment bien trop précieux pour qu'on le rate. La sirène serra le rouleau contre elle, soulagée que ses sœurs partagent ce point de vue.

La journée s'écoula et Ariel se prépara pour le voyage. Elle était toujours contrariée que son père ait ordonné à Sébastien de la surveiller, comme si elle était une vulgaire enfant. Elle se laissa tomber sur son lit, puis elle se remotiva et se leva pour finir ses bagages. Le crépuscule serait bientôt là. Sébastien avait déjà frappé plusieurs fois à la porte pour s'assurer qu'elle ne ferait pas attendre le cortège royal. Elle lui assura qu'elle serait à l'heure. Le crabe prenait apparemment son rôle de superviseur très au sérieux.

En toute logique, le Zénith n'était pas très loin, mais comme Ariel comptait y rester quelque temps, elle devait emporter un certain nombre de choses. Après la cérémonie, elle passerait au moins une semaine sur place pour sélectionner son résident et pour se familiariser avec les créatures propres à son territoire.

Son père avait refusé qu'elle invite tout le monde à son intronisation, mais une fois qu'elle serait devenue protectrice il ne pourrait pas l'empêcher de faire connaissance avec les Carinéens qu'elle aurait la charge de diriger. Ariel présumait que, lorsqu'elle finirait par rentrer au palais, il lui faudrait aller et venir entre ici et là-bas. Contrairement à ses grandes sœurs, elle ne s'imaginait pas quitter le nid pour de bon. Elle avait beau être fâchée contre son père et très impatiente d'explorer le reste de sa région, ce château demeurait son foyer.

Un coup contre sa porte la fit sursauter.

— J'ai bientôt terminé, Sébastien, promis ! lança-t-elle par-dessus son épaule.

La porte s'ouvrit sur un grincement, et le visage de son père apparut dans l'entrebâillement.

— Puis-je entrer ?

Le roi affichait une mine contrite, mais la frustration qu'Ariel ressentait depuis leur dernière conversation lui donnait l'impression d'avoir des algues emmêlées dans la poitrine. Elle lui fit signe de s'approcher, mais se détourna aussitôt vers ses valises, n'étant pas prête à lui faire face. Elle excellerait dans son travail, ne le voyait-il pas ? Ariel était débrouillarde. Triton posa lourdement la main sur son épaule, mais la jeune sirène se dégagea.

— Écoute-moi, dit-il, avec la force et la douceur qui le caractérisaient.

Son père était un homme avisé et prudent dans ses décisions. Mais il pouvait aussi se montrer obtus et entêté. S'il avait une idée bien arrêtée, son esprit pouvait être aussi rigide que de l'acier trempé. Ariel souffla avant de se tourner vers lui :

— Je ne comprends pas. Pourquoi refusez-vous que je m'en charge seule ?

Le roi poussa un soupir.

— Ariel, cette partie de Carinae reste largement méconnue, et aucun résident ne t'a encore été assigné. Ton vieux père est un peu nerveux de t'envoyer là-bas. Tes sœurs… Eh bien, elles ont mûri plus vite que toi et ont été mieux informées, car…

Dans ses paroles, son ton et sa posture, Ariel décela la présence de sa mère, tel un fantôme.

Il me croit naïve, songea-t-elle. S'il n'était pas si grand, elle l'aurait secoué par les épaules. Mais au lieu de cela, elle lui prit le bras et, comme à son habitude, il crocheta le sien, lui tapotant la main avec tendresse.

— Je suis le roi, Ariel. Je me dois de prendre en compte chaque facteur en jeu. Une fois que tu seras *réellement* installée sur ton territoire, je rappellerai Sébastien. Tu as ma parole. Tu sais… (Il lui donna un petit coup de coude.) Je t'ai spécialement réservé cette zone. Je savais que cela te ferait plaisir.

Il avait raison sur ce point. Le Zénith de Carinae était une vraie merveille, et une grande partie en était encore inexplorée. Elle parvint à esquisser un sourire.

— J'ai vraiment hâte de partir en excursion, lui confia-t-elle.

Son père lui sourit en retour.

— On croirait entendre ta mère.

Ariel ne sut pas quoi répondre à cela.

Sa mère était morte lorsqu'elle était toute petite, mais Ariel ne connaissait pas tous les détails de cette disparition. Son père lui avait simplement raconté qu'un jour, elle était partie nager et avait péri dans un accident. À mesure qu'elle grandissait, Ariel s'était posé de plus en plus de questions. Mais chaque fois qu'elle abordait le sujet, son père était troublé et l'humeur de ses sœurs changeait. Le décès de leur mère planait sur la famille, pareille à un ouragan sur le point de se déchaîner.

Ariel se rappelait à peine son visage. Mais elle se souvenait du parfum de noix de coco de ses cheveux aux reflets auburn, exactement comme les siens. Ainsi que de ses beaux grands yeux marron. La jeune sirène caressa le galet violet serti dans le bracelet tressé qu'elle portait au poignet, dont les fils ne tenaient presque plus. Sa mère lui avait fait ce présent, et elle ne s'en séparait jamais. Toutefois, si Ariel ne conservait de la reine que de vagues souvenirs, sa personnalité demeurait un mystère – sur lequel elle ne s'attardait pas. Elle avait depuis longtemps renoncé à pousser ses recherches, et elle s'était contentée d'être le rayon de soleil de la famille. C'était de ça qu'ils avaient besoin.

— Ne pars pas en excursion sans y être autorisée, et assure-toi de ne jamais le faire sans escorte. (Le roi Triton se massa les tempes.) Pour résumer la situation, je ne connais pas suffisamment bien cette partie de Carinae pour y envoyer ma fille faire ce travail toute seule. Pas au début, du moins. C'est dangereux.

— Si tu ignores ce qu'il y a là-bas, comment peux-tu savoir si c'est dangereux ? rétorqua Ariel.

Le roi poussa un soupir d'exaspération :

— C'est un territoire inconnu, Ariel. Sois raisonnable. Ce n'est pas la même chose qu'ici. Cet endroit est…

— Différent, merveilleux, excitant et…

— Tu n'iras *pas* seule, point ! s'emporta-t-il avec fermeté. Navré de te décevoir, Ariel. Nous allons bientôt partir. Laisse tes bagages dans le couloir, que Julia puisse les apporter au cortège.

Ariel acquiesça, frappée par le dépit comme par une déferlante glaciale.

Son père se dirigea vers la porte, puis il fit volte-face :

— Ariel… Avec le temps, lorsque tu seras un peu plus grande, tu me remercieras. Tu verras.

— J'en doute, marmonna-t-elle au moment où la porte se refermait.

La jeune sirène prit sur le bureau le message qu'on lui avait adressé au petit déjeuner, relisant les mots pour s'en imprégner. Peut-être serait-elle sous surveillance pendant *toute* une année, mais elle avait au moins une raison d'attendre son intronisation avec impatience.

Chapitre 2

Cinq jours avant la Lune de Corail

Le foyer du palais était animé d'une joyeuse effervescence, et Ariel affichait son expression la plus enthousiaste. Mais, à en juger la tête que faisait Sébastien lorsqu'elle avait rejoint la caravane royale, elle ne devait pas être très convaincante.

— C'est une bien triste journée que celle où l'on voit une aussi grise mine, princesse.

Le crabe vouait au roi une loyauté sans faille, mais au fond Ariel savait qu'il avait son bien-être à cœur. Il lui donna un coup de pince, mais ce geste amical n'arrangea en rien l'humeur de la jeune sirène.

Tu verras tes sœurs dans quelques heures, songea-t-elle pour se mettre du baume au cœur. Pourtant, les paroles sévères de son père flottaient dans son esprit, comme du corail en décrépitude.

— Si ton père pense que je dois t'apporter mon aide, alors c'est que c'est la bonne chose à faire, mon enfant, poursuivit Sébastien. Tu verras. Le roi sait toujours tout.

En guise de réponse, Ariel lui adressa un sourire crispé et le dépassa pour se diriger vers un ensemble de nageoires translucides suspendues à des branches comme une grappe de raisins de mer : des rapidageoires. Elle s'empara d'une paire où figurait son prénom, inscrit sur l'une des écailles. Contrairement aux autres, qui étaient usées et décolorées, celles-ci étaient éblouissantes, expressément taillées sur mesure. Ariel aurait dû se sentir excitée à l'idée de les utiliser pour la toute première fois. Elle enfila le tissu chatoyant sur sa queue et le regarda se fondre dans ses écailles, leur octroyant un éclat iridescent.

Les rapidageoires permettaient de voyager dix fois plus vite que la normale. Grâce à elles, Ariel pourrait distancer le plus rapide des dauphins et couvrir en un éclair plus de distance qu'une baleine. Le royaume était si vaste qu'il leur fallait un moyen de se déplacer en un rien de temps. Ces outils réclamaient d'être extrêmement soigneux. Ils avaient même leur propre espace de stockage au sein de l'armurerie royale, et le règlement *exigeait* qu'ils soient nettoyés et restitués après chaque utilisation. Comme pour tout ce qui était imposant et important, son père avait fait attendre Ariel jusqu'au voyage pour qu'elle puisse les essayer.

— As-tu tout ce qu'il te faut ? demanda ce dernier en serrant la dernière sangle autour de ses affaires, contenues dans un ensemble de coquilles de mollusques géantes.

Le roi avait du personnel pour se charger de cette tâche, elle le savait, mais c'était bien son genre de vouloir faire les choses lui-même. Ariel, le visage encore marqué par la contrariété, refusa de lui adresser le moindre regard. À la place, elle acquiesça vivement, espérant qu'il s'en contenterait.

Sébastien s'occupait d'agencer tous les attelages en un cortège ordonné, chargés de coquilles de rangement en provenance des cuisines, de décorations fabriquées par les stylistes de la cour, et d'une montagne de sacs de varech contenant leurs biens. Le poisson-chat royal était à disposition afin d'homologuer les objets une fois la cérémonie achevée, et aussi pour officialiser cette dernière. Tout semblait en ordre.

Julia nagea vers Ariel :

— Nous devrions y aller à présent, ou nous arriverons en retard. Mais je tiens d'abord à vous remettre quelque chose.

Elle lui tendit une série de rouleaux de parchemin.

— Qu'est-ce donc… ?

Les lettres figurant sur le premier rouleau étanchèrent sa curiosité. Sur l'étendue d'un vaste océan turquoise, orné de corail coloré et ponctué de créatures marines, étincelaient les mots : *Zénith de Carinae*.

— J'ai trouvé ceci dans la bibliothèque privée de votre mère. J'ignorais si vous l'aviez vu. (Julia se tamponna les yeux.) Je suis si fière de vous.

Ariel serra la pince de sa femme de chambre. Elle était si heureuse de l'avoir à ses côtés.

— Merci beaucoup, Julia. J'en lirai chaque mot, c'est promis.

La jeune sirène était tout émoustillée à l'idée de diriger un territoire bien à elle. Elle se focaliserait là-dessus, sur ses sœurs, et donnerait le meilleur d'elle-même en dépit des dispositions que son père avait prises.

Ariel rejoignit les autres en tête du cortège, déjà tous sanglés dans leurs rapidageoires chatoyantes. Sébastien n'en disposant pas, il voyageait dans la sacoche du roi Triton avec les autres crustacés qui les accompagnaient durant leur trajet. Les rapidageoires étaient fragiles, et leur fabrication demandait beaucoup de temps ; forgées par le trident du roi, celles-ci requéraient un matériau spécifique que l'on ne pouvait trouver qu'à certaines périodes de l'année. Raison pour laquelle elles étaient réservées à l'usage d'une poignée de personnes, comme les membres de la famille royale. Ariel agita la queue, s'assurant de leur bon fonctionnement, et ses écailles prirent une teinte argentée pendant une fraction de seconde.

Tout autour d'elle, les préparatifs s'achevèrent et la caravane fut prête à partir. Ariel s'accorda un instant pour observer la scène.

— Tout ça… pour moi.

La jeune sirène se rendit compte que l'organisation de ces cérémonies représentait une immense besogne. Elle ressentit comme un tiraillement dans ses entrailles. Elle ne se sentait pas plus mature qu'avant ; elle n'avait pas plus de contrôle sur sa vie. Mais alors qu'elle assistait au concert de préparatifs qui l'entourait, mené tambour battant, Ariel prit conscience d'une chose : être nommée protectrice était on ne peut plus sérieux.

Le poids de sa nouvelle charge la frappa de plein fouet. Serait-elle à la hauteur ? Elle se mordit la lèvre. Son père serait-il fier ? Allez savoir. Il était si difficile à satisfaire. Et sa mère ? Serait-elle fière ? Cette idée lui fit… une drôle d'impression. Pourquoi se poser cette question ? Elle n'en obtiendrait jamais la réponse.

Ariel mit son sac en bandoulière. Quoi que l'avenir puisse lui réserver, sa vie ne serait plus jamais la même. Son estomac se noua de nouveau, provoquant cette fois-ci la naissance d'un sourire sur ses lèvres.

— Sommes-nous prêts ? lança le roi en la rejoignant à l'avant de la procession.

Ariel s'attacha les cheveux à l'aide d'une corde de jonc de mer et fit rouler ses épaules. L'instant avait quelque chose d'électrisant. *Le changement.* Ce n'était non pas l'inconnu qu'elle recherchait avidement, mais quelque chose d'inédit se profilait à l'horizon. Et c'était exaltant.

— Je suis prête.

Alors que la caravane se mettait en mouvement, Ariel serra contre elle les parchemins que Julia lui avait remis, déterminée à tirer le meilleur parti de ce qui était à venir.

Le Zénith ne ressemblait nullement à ce qu'elle avait vu sur les parchemins : la région était étonnamment plus stupéfiante. Aucune reproduction ne pouvait lui rendre justice. L'eau brillait d'un profond vert bleuté, ses fonds marins vibraient d'algues aux couleurs bigarrées. Ils passèrent devant des récifs de corail plus radieux qu'elle n'en avait jamais vu, et l'eau était si claire que la jeune sirène dut cligner des paupières pour être sûre de ne pas avoir la berlue. Pour annoncer son arrivée en fanfare, un duo de poissons-trompettes s'était disposé non loin de son futur palais – un élégant petit édifice cerné par une haute muraille de pierre.

Un chœur de poissons-papillons se mit à chanter au moment où Ariel les saluait. Elle avait rencontré de nombreux habitants des mers au palais de son père, mais tout le monde ici semblait particulièrement fantaisiste, et ravi que la famille royale vienne s'établir dans *leur* partie de l'océan. Poissons, sirènes et autres créatures tapies dans l'ombre bordaient le chemin menant au palais, formant une longue nef.

— Bienvenue au Zénith, princesse !

Les acclamations de la foule réchauffèrent les joues d'Ariel. Des tuniciers colorés, arrangés en bouquets, couronnaient la grille d'entrée, et, au moment de franchir les portes, des fragments de flore marine voltigèrent tels des confettis. La grille se referma derrière eux, et Ariel resta figée devant l'opulence des murs qui l'entouraient. Le palais était niché dans un superbe regroupement de coraux teinté d'un rouge profond et d'une délicate nuance pêche. Ses murs imposants étaient lisses comme de l'os. Des feuilles de toutes les formes et de toutes les tailles auréolaient un dôme de verre qui les surplombait. Au-dessus de leurs têtes, tissés en filets, des éclats de verre étincelant dispersaient la lumière du soleil, donnant l'effet d'un ciel nocturne en plein jour.

Ariel eut le souffle coupé. Elle était en pleine contemplation lorsqu'elle heurta quelque chose de ferme.

— Alors, qu'en penses-tu ? C'est beau, n'est-ce pas ? demanda son père en lui frictionnant les épaules.

— Je… Je n'ai jamais rien vu de pareil, parvint-elle à articuler, encore tout émerveillée.

— Dois-je en conclure que c'est une bonne chose ?

Ariel se tourna vers lui, une sensation de chaleur tourbillonnant en elle comme un cyclone.

— Père, c'est même la *meilleure* des choses !

Après que la caravane se fut arrêtée devant le palais et que son père lui eut donné l'autorisation de faire le tour des lieux, Ariel remonta les étroits couloirs en quête de sa chambre. Elle la trouva très facilement. C'était une pièce spacieuse, disposant de nombreuses étagères et de tout l'espace nécessaire pour se coiffer et se pomponner. Il y avait une immense fenêtre orientée plein ouest, à travers laquelle brillait la teinte rose orangé du ciel, loin au-dessus de la surface.

Derrière elle, les domestiques lui apportaient ses affaires. Elle aurait aimé les aider, mais elle ne parvenait pas à détacher son regard de sa seconde maison. Comme dans le foyer, les murs étaient en os lisse, à ceci près qu'ils étaient ponctués de creux et éclairés par la lueur des méduses. Des fleurs torsadées et de somptueuses coquilles, de formes et de tailles variées, ornaient les parois. Ce n'était ni majestueux ni luxueux, mais cela avait du cachet. Chaque fissure et recoin recelait une histoire.

Sur le petit bureau, Ariel trouva un bouquet de lys de mer lumineux à côté d'une feuille d'algue griffonnée d'une encre de seiche chatoyante. « *Je suis fier de vous* », pouvait-on lire. Elle retourna le mot et découvrit qu'il était signé « *Usengu* ».

Une voix s'éleva depuis le couloir :

— Qui est là ?

Ariel fronça les sourcils au son de cette voix familière. Perla ! Ses sœurs étaient en train d'arriver !

Elle sortit en trombe de la chambre et se rua sur sa grande sœur, la serrant fort dans ses bras. Les cheveux bleus de Perla étaient ramenés en arrière en une longue tresse.

— Ari ! s'exclama-t-elle en faisant s'agiter ses nageoires rouges.

Ariel avait ce surnom en horreur, mais elle s'abstint de faire le moindre commentaire. Elle n'avait pas vu sa sœur depuis trop longtemps et elle ne voulait pas que les premières paroles qu'elle aurait pour elle soient désagréables. Après tout, ses sœurs s'écharpaient déjà bien assez comme ça. Grandir dans un palais en compagnie de six autres filles n'avait pas été une sinécure.

— Comment vas-tu ? Te voilà dans le grand bain, maintenant !

Perla avait toujours été la sœur la plus proche d'Ariel. Elle était la dernière à avoir quitté le palais et celle qui, depuis, lui rendait le plus souvent visite. Même avant que Perla ne soit nommée protectrice, c'était avec elle qu'Ariel discutait le plus et avec qui elle avait le plus de choses en commun. Et, pour une raison ou pour une autre, celle parmi ses sœurs qui s'attirait le plus d'embêtements. Ce qui en soi constituait une sorte de lien.

— Raconte-moi tout ce que j'ai raté. (Perla étreignit de nouveau Ariel et les fit tourner sur elles-mêmes dans un nuage de bulles.) Comment se passent les préparatifs ? Qu'as-tu ressenti en utilisant tes rapidageoires pour la première fois ? Quel garçon t'a tapé dans l'œil ?

Perla ponctua cette dernière question d'un sourire espiègle, et Ariel sentit ses joues rougir :

— D'accord, d'accord.

La jeune sirène jeta un coup d'œil par-dessus son épaule en direction du couloir de plus en plus bondé, désormais bourré à craquer de domestiques en train de décharger ses affaires.

— Allons dans ma chambre ! suggéra-t-elle.

Perla avait toujours eu le don de la faire sourire. Toutes ses sœurs lui manquaient, mais pour être honnête, Perla plus que les autres. La dernière fois qu'elles avaient vraiment passé du temps ensemble, c'était juste avant que sa grande sœur n'enfile ses rapidageoires pour se rendre sur les lieux de sa propre affectation, peu avant la disparition de leur mère. Au cours des premières années, Perla faisait à chaque nouvelle lune l'aller-retour entre son territoire et le palais royal, mais ses visites avaient fini par s'espacer. Toutes ses sœurs étaient revenues plusieurs fois après le décès de la reine… Au début, en tout cas.

Toutes, sauf une.

Ariel n'avait plus revu Tamika depuis le jour où leur mère les avait quittés. Toutes sortes de rumeurs circulaient dans le royaume à son propos, mais la jeune sirène refusait d'en croire le moindre mot. Cependant, elle se demandait ce qui pouvait bien l'accaparer *au point* de ne jamais pouvoir lui rendre visite. Mais le temps avait balayé et noyé ses souvenirs de Tamika au sein du château, comme s'ils avaient été emportés par le courant. Plus personne ne parlait d'elle.

Dans sa chambre, Ariel confia à Perla qu'elle était agréablement surprise de constater à quel point les choses étaient plaisantes de ce côté-ci de Carinae. Mais aussi son amertume que leur père ait chargé Sébastien de la surveiller.

— Oh, je t'en prie, Ariel ! Tu sais bien comment est notre père. Nous parlons ici de Monsieur Maîtrise. Et de sa plus jeune fille, si loin du palais… Je ne suis pas étonnée qu'il t'ait assigné sa seconde paire d'yeux. Tu ferais bien de te montrer prudente, ou il enverra aussi Usengu pour te garder à l'œil.

— Peut-être que ce ne serait pas si mal. (Usengu était bien plus amusant que le crustacé.) Je voulais simplement qu'il me fasse confiance.

— Ça n'a rien à voir avec toi. Il se méfie très probablement des monstres marins.

Perla tressaillit, son expression s'assombrissant brièvement avant de retrouver son sourire éclatant.

— J'imagine, dit Ariel. Cela dit, il y a des monstres marins sur chaque territoire.

— C'est vrai, mais tu n'as pas encore de résident. Trouver le bon monstre marin pour ce travail demande du temps. Par ailleurs, le traité permet vraiment de garder nos distances avec eux. D'être en sécurité.

— Tout cela me semble un peu exagéré.

— C'est une lourde tâche, Ariel. Tu verras peut-être les choses autrement quand tu auras commencé. Il y a de nombreuses peuplades dans l'océan, et chacune peut avoir son opinion sur la façon dont les choses doivent être faites. Ce que j'essaie de te dire, c'est que je n'étais moi-même pas vraiment prête au début. Heureusement qu'Usengu était là.

Perla sourit et balaya une mèche de cheveux du visage d'Ariel :

— Pour l'instant… concentre-toi sur la cérémonie de demain.

Ariel ne se souvenait pas de la dernière fois où elle s'était sentie aussi excitée. Elle voulait se mettre au travail dès que possible, mais cela devrait attendre, apparemment.

— As-tu parlé à Mala, ou aux autres filles ? demanda-t-elle en changeant de sujet.

Le sourire de sa sœur se mua en grimace :

— Nous ne nous parlons pas vraiment, tu le sais bien.

— Oui, naturellement. Mais as-tu essayé de leur tendre la main ?

Perla poussa un soupir, ébouriffant ses cheveux devant la glace qui trônait près de l'armoire.

— Très bien, mademoiselle la pacifiste ! Non, je n'en ai rien fait. Ne me juge pas. Je n'ai tout simplement pas…

— Pas le temps, je sais. (Ariel n'en croyait rien, mais elle n'insista pas. Pas question de laisser quoi que ce soit gâcher ce moment.) Je…

Bang.

Les yeux plissés d'inquiétude, les deux sœurs se regardèrent.

— Qu'est-ce que…

Bang.

Un autre coup, plus fort cette fois-ci.

— On dirait…

— Des portes qui claquent, acheva Perla.

Des voix éraillées, criant l'une sur l'autre, s'amplifièrent, entrecoupées de quelques coups supplémentaires. La joie d'Ariel sombra comme une ancre.

Ses autres sœurs venaient d'arriver.

Et comme d'habitude, elles se disputaient.

Ariel était consciente que ce voyage serait un défi, mais elle ne s'était pas attendue à ce que ses sœurs se chamaillent d'entrée de jeu.

— Bon, fit Ariel. Nous devrions sortir voir ce qu'il en est.

— Parle pour toi. Moi, je vais chercher ma chambre et défaire mes bagages.

— S'il te plaît…

— Non, sœurette. Je te suivrai jusqu'au bout des mers. Mais pas dans une joute entre sœurs. J'ai moi aussi mes limites.

Perla se mit à rire, bousculant gentiment Ariel. Celle-ci gloussa, mais elle se sentait plus déçue qu'autre chose. Elle devait trouver une solution pour que les relations entre ses sœurs repartent sur de bonnes bases. Quelque chose de si grisant et important qu'elles ne pourraient s'empêcher de s'amuser.

Perla s'en alla vers sa chambre, et Ariel nagea dans le couloir en tortillant ses cheveux autour de son doigt. Un domestique qui passait par là l'informa que Caspia et Indira étaient arrivées et que ces dernières résideraient dans les mêmes quartiers. Ces deux-là étaient inséparables. L'une finissait généralement les phrases de l'autre.

Avant même qu'Ariel ne puisse entrer leur dire bonjour, elle repéra Mala, toujours aussi belle, avec ses longs cheveux noirs qui ondulaient jusqu'à ses hanches. Soudain, la jeune sirène sut à qui appartenait la porte ayant claqué avec tant de fracas contre les murs en os. Indira et Caspia n'étaient jamais d'accord avec Mala. Ariel se dirigea vers sa sœur, qui tirait dans sa chambre un sac tissé d'herbe marine bien trop lourd pour elle. Elle ne put s'empêcher de sourire.

Mala avait toujours été la plus brillante de la famille. Elle était naturellement douée *en tout*. C'était le genre de fille qu'il était facile d'envier, ce qui expliquait probablement pourquoi ses autres sœurs avaient un problème avec elle. Mais Mala manquait beaucoup trop à Ariel pour éprouver de la jalousie à son égard. Au contraire, elle voulait qu'elle lui enseigne le plus de choses possibles. Une fois, quand Ariel était encore toute petite, Mala était revenue au palais pour un court séjour et lui avait appris à rédiger ses premières lettres sur du varech. Lorsqu'elle avait achevé son premier parchemin, Mala avait été si fière qu'elle l'avait aussitôt emmenée aux cuisines et avait réclamé au chef royal de lui préparer son plat favori pour fêter l'événement.

— Mala ! appela Ariel.

— Relle ! sourit Mala, les joues creusées de profondes fossettes.

Ses sœurs l'avaient toute gratifiée d'un surnom différent, même si la jeune sirène préférait qu'on s'en tienne à Ariel. Cependant, c'était pour l'instant le cadet de ses soucis.

— Laisse-moi t'aider, offrit-elle, soulevant le sac de Mala avec un grognement.

Que pouvait-elle bien transporter là-dedans ?

— Merci.

Les yeux marron de sa sœur se posèrent sur elle, chargés d'allégresse. Il y avait chez Mala une forme de chaleur, d'incandescence, et bien qu'Ariel ne l'ait pas vue depuis fort longtemps, elle la distinguait très nettement.

— Que t'arrive-t-il ? s'enquit-elle.

Mala s'empourpra :

— Comment cela ?

— Tu as l'air tellement… heureuse.

— Je suis contente de te voir, voilà tout ! (Ses fossettes se creusèrent davantage et elle regarda autour d'elle.) Karina est là ? J'aimerais lui demander si elle accepterait de me tresser les cheveux demain pour ta cérémonie d'intronisation.

Elle serra le bras d'Ariel et celle-ci se fendit d'un grand sourire. *Enfin, nous y sommes !*

— Je crois qu'elle n'est pas encore arrivée.

— Je suis sûre qu'elle ne va plus tarder. (Elle prit les joues d'Ariel entre ses mains.) Fichtre, ce que tu as grandi. J'aurais aimé que Mère puisse voir ça.

Ariel lui étreignit la main. Mala avait été la première d'entre elles à être nommée protectrice, et c'était aussi elle qui avait été la plus proche de leur mère. Quand elle était partie, elle avait emporté trois sacs bourrés des souvenirs qu'elles avaient fabriqués ensemble. Mala avait refusé d'abandonner quoi que ce soit derrière elle. Dire que, lorsqu'elle était revenue lui rendre visite, Mala n'avait eu droit qu'à des chamailleries.

Ses sœurs avaient commencé à se disputer après la disparition de leur mère. D'après ce que son père lui avait raconté, le palais n'était autrefois que rires et excursions dans les jardins, mais, après le décès de la reine, la discorde et un silence pesant avaient envahi les couloirs. Entendre parler de la mort de sa mère emplissait toujours Ariel d'une drôle de sensation, mais en dehors de cela elle allait bien. Dans le fond, elle était très jeune lorsque la reine s'était éteinte, il était donc logique que ça ne l'ait pas vraiment affectée. Quant à ses sœurs, c'était une autre histoire.

Ariel serra la mâchoire. Elle ne permettrait pas que ses sœurs passent la semaine à couteaux tirés. Hors de question que cette visite démarre sous de tels auspices. La jeune sirène s'assurerait que leur séjour soit agréable. Mais comment faire ?

En songeant aux paroles de Mala à propos de leur mère, Ariel eut une idée. Adoptant une posture déterminée, elle l'aida à déballer ses affaires. Les filles arriveraient sous peu, et, avant que d'autres portes ne se mettent à claquer, Ariel savait exactement ce qu'elle pouvait organiser afin de toutes les mettre au diapason.

Chapitre 3

Cinq jours avant la Lune de Corail

Chaque territoire maritime avait érigé un monument en mémoire de la reine, peu de temps après son trépas prématuré. Il était agréable de savoir qu'autant de gens voulaient se souvenir d'elle. Et Ariel ne pouvait s'imaginer meilleur endroit pour rappeler à ses sœurs qu'elles formaient une famille.

Il fallut une heure entière pour que ces dernières arrivent au palais. Dès qu'elles furent installées, Ariel les visita l'une après l'autre dans leurs chambres. La soirée était à moitié révolue lorsqu'elle parvint à toutes les convaincre de se joindre à elle pour faire un petit tour au mémorial, à quelques brasses de baleine du palais. La jeune sirène se doutait que ses sœurs avaient accepté uniquement parce qu'elle leur avait dit que c'était là l'unique cadeau qu'elle souhaitait pour sa cérémonie d'intronisation. Lorsqu'elle avait présenté les choses de cette façon, toute protestation s'était tue et elles avaient fini par se rallier à son projet.

Ariel patientait dans le vestibule pendant que ses sœurs se réunissaient et que leur père observait la scène depuis le palier de l'étage supérieur, en se tirant la barbe. À l'évidence, le roi hésitait à autoriser cette sortie, mais le mémorial n'était pas bien loin – il avait passé en revue l'itinéraire des centaines de fois. En outre, ses sept filles resteraient ensemble.

— Allez-y maintenant, et revenez avant qu'il ne soit trop tard, dit-il.

— Tout ira bien, Père, assura Ariel en roulant des yeux.

Demain, elle serait nommée protectrice de son propre océan. Elle devrait avoir le droit de sortir le soir, tout de même.

Le roi Triton se renfrogna, mais il les laissa partir sans plus insister.

— Alors, on y va ? Ça prend une éternité, s'impatienta Caspia en se curant les ongles, ses cheveux rose pâle flottant autour d'elle.

Indira acquiesça et tous les regards se posèrent sur Ariel, dans l'attente d'instructions.

— Sommes-nous certaines que Tamika ne viendra pas ? s'enquit-elle.

Son nom ne figurait pas sur le parchemin que son père lui avait remis, mais Ariel espérait qu'elle se joindrait malgré tout.

— Qui ça ? fit Indira.

— J'ai entendu dire qu'elle ne vivait même plus à Fracus, pouffa Caspia. Et qu'elle chercherait à échanger ses nageoires contre des ailes.

— Allons, ce n'est pas vrai et tu le sais très bien, protesta Mala en les dépassant toutes les deux.

Perla roula des yeux et croisa les bras. Ariel regrettait d'avoir posé cette question. Ce n'était pas parce que Tamika les avait oubliées qu'elles devaient en faire autant. Mais ruminer tout ça entre elles ne ferait que soulever davantage de plaintes.

— Pfff, j'ai mal à la tête. Cela ne peut vraiment pas attendre ? rouspéta Karina, qui venait tout juste d'arriver et se frictionnait les bras pour se réchauffer après son long voyage.

Son territoire, la mer de Saithe, était situé loin tout au nord et était notoirement réputé pour ses eaux glacées.

— Ne pourrait-on pas remettre ça à demain ? insista-t-elle. Je suis fourbue.

Indira leva des yeux moqueurs :

— Mais bien sûr, tout le monde sait que le voyage a été plus difficile pour toi, Karina. Venir de tout là-haut, depuis cette mer du nord, au milieu des glaçons et des rafales de neige. Quelle misérable existence.

Pour ajouter à sa taquinerie, elle apposa le dos de sa main sur son front d'un geste théâtral, et Caspia partit dans un ricanement entrecoupé de reniflements. Perla se mit à glousser à son tour.

— Va donc nager dans des températures pareilles ! s'emporta Karina en bousculant sa sœur. Nous verrons si tu aimes ça !

— Oh, bonté divine, Karina ! railla Perla. Tu en fais vraiment tout un drame.

Perla et Karina se chamaillèrent jusqu'à ce que le son de leur dispute soit comme un bruit sourd aux oreilles d'Ariel. Ces deux-là pouvaient continuer pendant des jours. Indira et Caspia les encourageaient, mais les deux autres ne s'entendaient avec personne.

— Sérieusement, les filles ? Ça suffit !

Mais personne n'écouta Ariel, et leur échange d'amabilités se mua en une bataille de vociférations. Elle se massa les tempes et envisagea de regagner sa chambre – d'oublier toute cette histoire. Elle fit tourner le galet violet autour de son poignet. Non. Elle ne renoncerait pas aussi facilement.

— Taisez-vous, par pitié !

Son cri se répercuta sur les murs d'ossements. Leurs lèvres à toutes se refermèrent et elle eut leur entière attention. Ariel se tourna vers Karina, dont les longs cheveux mauves s'étaient détachés au cours de la dispute.

— Je suis navrée que le voyage ait été pénible, mais nous avons un emploi du temps chargé, demain. Voudriez-vous bien venir, s'il vous plaît ? Cela fait une éternité que nous ne nous sommes pas retrouvées toutes ensemble. L'anniversaire de… enfin, vous savez de quoi je parle… a lieu dans quelques jours. C'est une chose que nous devrions faire.

— Elle a raison.

Perla mit son sac en bandoulière, et Ariel lui serra les doigts en guise de remerciement.

— Bon, allons-y, renchérit Mala avec sa prévenance habituelle.

Caspia, Indira et Karina acquiescèrent, sans pour autant cesser de se regarder de travers. Ariel se félicita de cette trêve momentanée. Elle leur fit signe de la suivre et ouvrit la voie à travers les grilles.

La plupart des Carinéens qui s'étaient amassés devant les portes au moment de son arrivée étaient repartis. En revanche, ils avaient abandonné derrière eux une montagne de coquillages bigarrés, des bouquets de fleurs marines attachées avec des algues, ainsi que des piles de petits mots sur lesquels figuraient d'adorables messages de bienvenue. Un sentiment de chaleur l'envahit lorsqu'elle aperçut quelques retardataires en train de fixer une brassée de présents aux barreaux de la grille.

— Merci beaucoup ! lança-t-elle en agitant la main, avant qu'Indira lui baisse brutalement le bras.

— Tu ne les connais même pas.

— Mais ils sont gentils.

— C'est ce que tu crois !

Bonté divine. Père leur a vraiment monté la tête.

— Allons-y, répliqua simplement Ariel.

Le trajet jusqu'au mémorial fut plus rapide que ce qu'elle avait escompté, mais elle atermoya autant que possible, profitant du paysage marin. Elle quittait rarement le palais paternel. Ses journées consistaient généralement en des leçons de chant, de maintien, d'un déjeuner dans les jardins du récif, et encore d'autres leçons de chant. À la moindre occasion, elle se réfugiait dans la bibliothèque royale et se plongeait dans les parchemins. Comme le roi Triton ne lui permettait pas de faire de longues excursions, elle vivait par procuration à travers des histoires décrivant l'océan au-delà des murs du château.

Chaque fois qu'Ariel parvenait à s'éclipser, elle prenait soin de rapporter un souvenir à la maison. Mais rien de ce qu'elle avait vu aux alentours du palais ne pouvait soutenir la comparaison avec les merveilles de son futur territoire, dont la beauté ne s'arrêtait pas aux portes du palais. Le voyage vers le mémorial dessinait un labyrinthe de récifs bas et de tunnels – le rêve de tout aventurier. Ses yeux s'écarquillèrent de ravissement devant les eaux turquoise et la flore multicolore. Des bancs de poissons et des tours d'algues bouffantes à la texture granuleuse firent de cette promenade une merveilleuse découverte.

Elles croisèrent tant de créatures marines qu'elle en perdit le compte : toutes sortes de crustacés, quelques sirènes, une pieuvre rose, et une myriade de poissons chamarrés. Chaque poisson qu'elle rencontrait agitait sur son passage une queue aux couleurs vives, et elle mit du temps avant de comprendre que c'était là leur façon de dire bonjour. Elle agita la sienne devant les passants suivants, s'attirant de grands sourires de leur part. Elle poussa Perla du coude pour l'encourager à l'imiter, mais sa sœur ne se montra pas aussi enthousiaste. À un moment donné, Ariel se retrouva à fixer si attentivement la carapace orange et rose d'une tortue de mer qu'elle faillit nager droit dans une statue.

— Tu sais, dit Karina tandis qu'elles contournaient un tas de débris, en tant que protectrice, tu auras la charge de faire déblayer toutes ces cochonneries. Balance-les donc quelque part ailleurs. Tout ce qui provient de la surface est très nocif.

À ces mots, Ariel leva les yeux, et la lumière dorée du soleil scintilla sur la houle. Elle s'était toujours demandé à quoi ressemblait le monde de la surface, la vie hors de l'eau. C'était comme un nouvel océan à découvrir. Se pouvait-il que tout n'y soit que poison ? Karina avait le don de tout dramatiser.

— À Saithe, j'ai assigné les monstres marins à la collecte des déchets, poursuivit cette dernière. Ils devraient s'estimer reconnaissants d'avoir du travail. La plupart des gens ne leur accorderaient même pas la moindre attention.

Si les monstres marins avaient une demande à faire, il incombait à leur résident d'en appeler à Usengu, qui la transmettrait au roi. Ou alors, leur protectrice pouvait intervenir en leur faveur.

Ariel n'avait jamais compris quel était le problème vis-à-vis des monstres marins, mais elle n'était pas encore née lors de la signature du traité Monstres – Sirènes. *Que dit-il, déjà ? « Chacune des sept mers dirigées par une sirène et un monstre marin… ont interdiction de… » Non, ce n'est pas ça du tout.* La formulation exacte du traité lui échappait ; elle n'avait plus étudié cela en cours d'histoire de l'océan depuis une éternité. Toutefois, elle en *connaissait* les termes. En plus de confiner les monstres marins à leur territoire, le traité interdisait aux sirènes et aux monstres marins de se mélanger, ou de se soustraire à leur rôle de protecteur, ou de résident, que ce soit par amour ou pour toute autre raison. Ariel n'appréciait pas cet état de fait. Cependant, elle ne savait pas pourquoi, d'autant plus qu'il en avait toujours été ainsi.

Ariel et ses sœurs ralentirent devant un portail orné d'une plaque, cerné par le varech.

— Il me semble que c'est ici, souligna Ariel.

Ses sœurs se murèrent dans le silence, regardant à travers les grilles la réalité de ce qu'elles s'apprêtaient à affronter. Ariel poussa les portes grinçantes du portail et, la boule au ventre, elle se mit à hésiter. Elle n'avait visité de monument commémoratif qu'en une seule occasion, peu après la mort de la reine. Son père et elle s'étaient rendus au mémorial qui était à proximité du palais royal. Elle était alors très jeune et n'en gardait presque aucun souvenir. Par la suite, Ariel avait réclamé tous les ans d'y retourner, mais le roi avait toujours une bonne raison de ne pas quitter le château.

La jeune sirène prit une profonde inspiration :

— Bon. Qui entre en premier ?

— C'était ton idée, répliqua sèchement Caspia.

Ariel poussa un soupir. À son grand soulagement, Perla s'avança à l'intérieur, imitée par les autres. Une statue de sirène trônait au cœur d'un récif, autour duquel s'ébattaient de minuscules poissons. Une chevelure fluide et ondulée voilait le visage de la statue. Elle avait les bras croisés et d'épaisses nageoires sculptées dans la pierre.

Il n'y avait pas âme qui vive autour du mémorial, à l'exception d'Ariel et de ses sœurs. Le silence ne régnait jamais tout à fait dans l'océan, mais, en cet instant, la jeune sirène n'entendit que les battements de son cœur.

— Ça lui ressemble tellement, commenta Mala en se rapprochant, effleurant les traits de la statue comme s'il s'agissait réellement de leur mère.

Indira et Caspia se tenaient côte à côte, mais la sévérité habituelle de leur visage s'était atténuée.

— Je me souviens qu'une fois, Mère m'a emmenée voir le soleil. Nous sommes parties si longtemps que Père a envoyé une équipe à notre recherche, poursuivit Mala en riant et en se frottant l'intérieur des poignets, ce qu'une sirène ne faisait que lorsqu'elle se sentait profondément attristée.

Ariel aurait voulu la rejoindre et lui apporter du réconfort, mais elle ne parvenait toujours pas à bouger et elle ne savait pas pourquoi. Un sentiment indicible la tenait à distance, et elle resta en retrait.

Mala continua :

— La nuit précédant ma cérémonie d'intronisation, elle m'a dit que je devais être comme le soleil. Une lumière que tous les habitants de mon territoire pourraient voir, éclairant les endroits les plus sombres. À l'époque, je ne savais pas vraiment ce que signifiait d'être une protectrice. Père disait que c'était un titre honorifique. Mais naturellement, des années plus tard, après la mort de Mère, les choses sont devenues plus stressantes. Le plus beau dans toute cette histoire, c'est qu'à force de séjourner à Chaine, j'ai commencé à comprendre à quel point je pouvais faire le bien autour de moi. Les paroles de Mère ont pris davantage de sens au fil du temps.

Ariel eut une bouffée de chaleur à l'idée que leur mère avait été là lors de leurs cérémonies à toutes. Ce devait être… agréable. Sa gorge se noua.

— Les choses étaient différentes autrefois, n'est-ce pas ? souleva Karina en nageant près de Mala. Avant que Père… ne s'inquiète pour tout.

— C'est vrai, intervint Perla. Après mon intronisation, je suis souvent revenue vous rendre visite, mais après… (Elle s'interrompit, et sa voix se brisa comme jamais auparavant.) Enfin, c'était il y a longtemps.

Karina accrocha son bras à celui de Perla, et Mala en fit de même. Toutes trois s'extasiaient devant les traits de la statue en se serrant les unes aux autres, comme si cette proximité pouvait leur donner de la force. C'était difficile pour elles. Ariel ouvrit la bouche, mais, ne sachant quoi dire, elle la referma.

Le regard de Karina, nostalgique, s'abîmait dans le vague.

— Nous allions sur cette pointe abrupte près de…

— Le Rivage du Levant ? acheva Mala.

— C'est ça ! s'exclamèrent Perla et Karina d'une seule voix.

— Un bel endroit, confirma Mala. Je m'en souviens. Des rochers déchiquetés, avec une zone lisse et ombragée, cernée de corail. Nous restions assises à regarder le soleil se lever, ou se coucher. Mère adorait ce lieu.

Ariel tritura son bracelet. Elle essayait d'imaginer ce rivage, ou de se rappeler y être déjà allée.

— M'y a-t-elle emmenée ?

— Oh oui, sans arrêt ! répondit Mala, lui faisant signe de se joindre à elles.

Mais Ariel resta agrippée aux grilles.

— Elle te sanglait sur son dos avant de partir, précisa Indira.

— Déjà toute petite, tu avais la réputation d'être une virtuose de l'évasion, ricana Caspia.

Mala intervint :

— Ramassiez-vous aussi des boules sur le varech pour en faire…

— Des colliers ! coupa Karina.

— Oh, bon sang, mais oui ! Il y avait un machin gluant qui sortait quand on appuyait dessus, raconta Perla, ce qui les fit toutes éclater de rire.

Ariel posa son regard sur le sol. Sa poigne se resserra sur le portail. Elle n'avait aucune idée de ce dont elles parlaient.

— Mère détestait ça, éructa Indira, hilare, avant de rejoindre les autres autour de la statue.

— D'ailleurs, j'ai encore quelques-uns de ces colliers quelque part.

— Tu plaisantes ? fit Caspia.

— Eh non. J'en ai gardé. (Mala sourit avec tendresse.) Mère m'apprenait mon Chant de sirène pendant que nous les fabriquions.

Le Chant de sirène était une chose qu'elles possédaient toutes grâce au Don de la Voix de leur mère. C'était le roi Triton qui le lui avait offert en guise de cadeau de mariage. On racontait que sa voix avait le pouvoir d'influencer d'autres personnes et qu'elle pouvait, par le biais du chant, modeler cette aptitude sous différentes formes. En enseignant le Chant à d'autres, ceux-ci héritaient du Don à leur tour. Ainsi, la reine avait composé des mélodies uniques pour chacune de ses filles dans le but de leur conférer une capacité spéciale qui les aiderait en cas de besoin, les préparerait à servir leur territoire, et leur rappellerait combien chacune d'entre elles était spéciale à sa façon.

Perla pouvait tout paralyser dans un rayon d'une brasse de baleine, et Indira faire monter la température de l'eau autour d'elle jusqu'à la faire bouillir ; Caspia pouvait rétrécir n'importe quoi ou n'importe qui rien qu'en chantonnant, tandis qu'une seule note suffisait à Mala pour endormir la plus sauvage des créatures marines. Ariel ne se souvenait pas du don de Tamika, étant donné qu'elle n'avait pas eu l'occasion de la voir s'en servir avant sa disparition. Toutes ses sœurs possédaient un pouvoir particulier. Mais pas Ariel. Leur mère était morte avant d'avoir pu lui transmettre le Don.

— Viens avec nous, Ariel. Tu te sens bien ?

Mala lui fit de nouveau signe d'approcher et Perla lui tendit également la main, mais Ariel eut la sensation que sa queue pesait une tonne. Elle scruta le visage de la statue, s'efforçant d'imaginer les traits véritables de sa mère, mais il ne lui inspira aucun souvenir – seulement des bribes, comme d'habitude. Contrairement à ses sœurs, elle ne pouvait se raccrocher à rien qui lui donnerait envie de se frotter les poignets, de rire ou même de sourire. Tout ce qu'elle ressentait, c'était davantage de questions tourbillonnant dans sa tête.

— Oui, ça va.

Enfin, je pense.

— Oh, allons ! (Perla attira Ariel.) Que dirait notre père s'il nous voyait en ce moment ?

Ariel gigota, mal à l'aise. Elle avait espéré que leur chagrin les rapprocherait. Mais, en fin de compte, c'était le souvenir de leur mère qui y était parvenu. C'était leur lien à *elles*, et non le sien. Cela fit sombrer le cœur d'Ariel telle une ancre, comme jamais auparavant.

Ses sœurs restèrent ensuite devant le mémorial, se rappelant les excentricités de leur mère et leurs ridicules maladresses d'enfants, mais Ariel ne ressentit pas l'envie de se joindre à elles.

Elle ne saurait jamais qui avait été leur mère, tout comme elle ne maîtriserait jamais le Chant de sirène. La jeune princesse s'affaissa contre les grilles. Elle demeura là sans rien dire, essayant de se débarrasser de l'étrange sentiment qu'elle éprouvait, et de se focaliser sur son nouveau territoire et sur tout ce qui allait suivre.

Chapitre 4

Quatre jours avant la Lune de Corail

Le reste de la soirée fut entièrement consacré aux préparatifs de la cérémonie, mais, au grand soulagement d'Ariel, la tension était retombée entre ses sœurs. À leur retour du mémorial, elles s'étaient fait décaper les cheveux, un procédé qui les rendait légèrement collants, de sorte que leurs coiffes puissent tenir plus facilement sur leur tête. Ariel s'était immergée dans des eaux florales jusqu'à ce que sa peau soit plus douce qu'une éponge de mer. Ses sœurs avaient même passé la nuit avec elle dans sa chambre. Elles avaient veillé tard, à s'échanger des histoires sur leurs propres intronisations. Ariel apprit avec étonnement que leur mère les avait toutes personnellement escortées jusqu'à l'estrade.

Même après que les conversations eurent pris fin et alors que ses sœurs ronflaient autour d'elle, Ariel peina à trouver le sommeil. Plus elle songeait à sa nomination, plus elle se sentait nerveuse. La perspective de remonter la longue file de dignitaires jusqu'à la scène où se tiendrait la cérémonie la rendait malade. Son père l'attendrait au bout de l'allée, comme le voulait la coutume. Elle serait donc seule.

Au moins, certaines pratiques avaient été modifiées au fil des ans. Il semblerait que lors de l'intronisation de Mala, la tradition exigeait que l'on transporte un poisson dans la poche de son étole en guise de porte-bonheur. Mais le jour J, le poisson qu'on lui avait assigné s'était retrouvé malade. Sa gouvernante avait donc convaincu un autre poisson, choisi au hasard parmi les citoyens, de le remplacer. Mala s'était avérée allergique à ses écailles, et elle avait passé toute la cérémonie à se gratter et à se tortiller. Ariel était bien contente que cette coutume n'ait plus cours.

D'après Perla, le pire qu'elle aurait à endurer serait l'étape de la coiffure. Apparemment, le styliste royal avait une sacrée poigne. Or, Ariel était sensible du crâne. Elle en grimaçait d'avance.

— C'est le grand jour pour toi ! lança Mala le lendemain matin en frottant ses yeux encore chargés de fatigue. Comment te sens-tu ?

— Je ne sais pas. Toujours pareille. (Ariel jeta un coup d'œil à sa coiffe, qui avait été suspendue de façon à éviter d'abîmer les perles et les coquillages.) J'ai hâte d'en avoir terminé.

— Je suis fière de toi, Relle. Oublie ces limaces qui se tortillent dans ton ventre. Tu vas être resplendissante.

Mon angoisse est donc si évidente ?

Comme si elle lisait ses pensées, Mala lui fit un clin d'œil.

— Bon ! Je file prendre mon petit déjeuner et vaquer à d'autres occupations.

Elle lui adressa un sourire plein de malice et partit d'une brasse bondissante. Mala était un véritable boute-en-train. Ariel s'efforcerait de canaliser un peu de cet enthousiasme pour se calmer les nerfs.

— Oh ! bon sang, Caspia ! Ton bras ! (Indira délogea le coude de sa sœur qui la bloquait et la secoua pour la réveiller.) Fichtre, tu as passé la nuit à bouger !

— C'est vrai, surenchérit Ariel. Tu t'es endormie dans un fauteuil et tu t'es réveillée par terre. Et tu ronfles, en plus, ajouta-t-elle en riant.

— Je ne ronfle pas, répliqua Caspia, qui se redressa en bâillant.

Indira fit une drôle de grimace et opina du chef :

— Oh que si.

— Oh que non !

— Il y a pire, tu sais, intervint Perla, hilare.

— Eh bien, pas vraiment, conclut Ariel sur le ton de la taquinerie.

C'était plus fort qu'elle. Caspia s'enorgueillissait de ne jamais rien faire d'inapproprié.

Cette dernière resta bouche bée :

— C'est offensant !

— Envers ton déni ? Oui.

La réplique d'Indira souleva l'hilarité générale. Même Caspia perdit son sérieux et elle se mit à pouffer de rire.

— Eh bien, moi, au moins, je ne bave pas en dormant, rétorqua-t-elle en défaisant ses cheveux avant de les recoiffer.

— D'accord, d'accord. Tu as gagné, abandonna Indira en s'essuyant les coins de la bouche, sans cesser de ricaner.

Éveillée par le bruit, Karina ouvrit brusquement les yeux :

— Bonjour. Quelle heure est-il ? demanda-t-elle en s'étirant avant de s'extirper de sa couverture d'algues, qui s'était entortillée tout autour de sa queue.

À la vue de ses sœurs qui l'entouraient, Ariel sentit sa peau frémir. Elle se pinça, persuadée qu'elle était en train de rêver.

— Merci d'avoir passé la nuit ici, les filles.

— C'est tout naturel, dit Karina en se redressant. Nous étions toutes nerveuses avant d'être intronisées. C'est un moment important.

— Je vous jure, chaque fois que j'y pense, j'ai l'impression que je vais être malade, dit Ariel, profitant d'avoir l'attention de ses sœurs pour donner libre cours à ses plus profondes angoisses. Et si je fais quelque chose de travers ? Ou que je passe pour une idiote ? Et si ma coiffure est ridicule ?

Perla lui frôla le bras et Karina l'enlaça.

— Nous sommes là, assura Indira.

Ariel eut chaud au cœur.

— Tu vas être brillante, ajouta Caspia.

Ariel essaya de souffler, mais sa respiration resta bloquée dans sa poitrine. Comme elle aurait aimé les croire !

— Tout est si agréable depuis que nous avons visité le mémorial. Je voudrais seulement que…

Ariel ne savait pas trop ce qu'elle essayait de dire, si ce n'est que cette complicité apaisait un sentiment qui était resté longuement enfoui en elle.

— J'espère que les choses resteront ainsi. Pas seulement aujourd'hui… Pour toujours, vous comprenez ? Nous pourrions peut-être faire un acte de promesse ?

Un acte de promesse était un serment lié par la magie du trident royal. Les termes de la promesse étaient énoncés en présence de son porteur - leur père -, et la magie du trident la scellait, de sorte que les personnes concernées ne puissent manquer à leur parole, sous peine de mort.

— Mmm, *pour toujours* ? C'est long, ça, souleva Perla en pinçant les lèvres. Je plaisante !

Tout le monde se mit à rire.

— Toutefois, c'est un peu drastique, dit Indira. Les actes de promesse sont lourds de conséquences et ne doivent pas être pris à la légère. Nos paroles doivent être choisies avec soin.

Elle a raison. Ariel poussa un soupir. Elle voulait simplement formuler la chose - qu'elles acceptent de ne plus jamais se disputer - de façon *officiellement* officielle. Elle se contenterait d'espérer qu'elles tiendraient bon. Que le temps passé ensemble comptait autant pour elles que pour la jeune sirène.

Ariel expira profondément. Elle traînassa encore un peu avec ses sœurs, puis Indira et Caspia insistèrent pour que tout le monde se lève et s'active. La journée allait être chargée. La tradition voulait que la cérémonie débute quand le ciel serait à son zénith, et elles avaient toutes beaucoup à faire - se faire coiffer, se faire faire les ongles, et aussi se faire polir les écailles. Il fallait également fixer leurs coiffes - tout un art, nécessitant au moins deux paires de nageoires. Puis tout le monde devait ensuite revêtir son étole et se mettre en place. Tandis que ses sœurs se dispersaient, l'estomac d'Ariel se mit à gronder. Songeant que Mala avait été bien inspirée en descendant se restaurer, Ariel se rendit dans la salle à manger.

La salle était pleine de douceurs à base de varech, des célèbres gâteaux aux algues du chef, et de toutes sortes de délicieuses friandises. De part et d'autre de la table, une file de domestiques garnissait les assiettes. Ariel chercha Mala du regard, mais ne la vit nulle part. Elle l'avait sans doute manquée de peu. Elle se servit quelques gâteaux, un bol d'algues, et s'empressa de trouver une place afin de se remplir le ventre pendant que des créatures marines passaient devant elle, lui adressant leurs félicitations en souriant. Ils étaient si nombreux qu'elle dut finir par se résoudre à dire « merci » entre chaque bouchée.

Derrière elle, quelqu'un demanda :

— Impatiente ?

Cette voix chaleureuse… Ariel la reconnut immédiatement. Elle pivota sur sa chaise.

— Usengu !

Son épaisse queue sombre s'enroula dans l'eau, comme chaque fois qu'il était de bonne humeur. Pour un serpent de mer, le superviseur des résidents était très grand – presque autant qu'Ariel. Si loin que remonte sa mémoire, Usengu avait toujours vécu au château. En dehors du cercle familial, et à l'exception de Sébastien, il était la personne la plus proche de leur père. Par ailleurs, c'était aussi le seul monstre marin en qui ce dernier semblait avoir confiance.

Il était autrefois employé à la bibliothèque royale, mais, après la mort de la reine, Triton s'était replié sur lui-même ; Usengu avait alors endossé toujours plus de responsabilités pour lui apporter son aide, surtout vis-à-vis des résidents, avec lesquels leur père ne pouvait plus se résoudre à traiter. Usengu avait travaillé dur pour octroyer à Triton le temps de faire son deuil. C'était à cette époque qu'ils s'étaient réellement rapprochés. Les jours où le roi était cloué au lit par le chagrin, il informait Ariel de son emploi du temps. Durant cette sombre période ayant suivi le décès de leur mère, il s'était assuré tous les soirs que la jeune sirène était convenablement bordée. Usengu était un membre de la famille à part entière.

Après avoir gagné la confiance du roi grâce à ses nombreuses idées quant à la manière d'assurer la sécurité du château et de durcir les restrictions sur leur territoire tout en conservant de bonnes relations avec les peuples marins, Usengu avait été nommé superviseur des résidents et bras droit du roi par Triton. Il avait été soulagé de savoir qu'au moins une partie de l'administration de son royaume serait bien menée grâce aux compétences d'Usengu. Depuis lors, le serpent de mer était pour lui comme une planche de salut.

— Comment allez-vous, princesse ? Prête pour le grand jour ?

— Prête comme jamais !

Elle lui adressa un sourire, mais il ne fit pas long feu.

— N'ayez crainte. Vous serez radieuse ! Cette cérémonie restera dans les annales !

Usengu était pour elle comme un oncle. Et, contrairement à Sébastien, il n'était pas constamment sur son dos. Ariel se mordit la lèvre et lui posa une question :

— Usengu, penses-tu qu'il te serait possible de m'escorter pendant la procession ?

Le serpent de mer écarquilla les yeux.

— Oh, ma chère Ariel, quelle délicate attention ! Je suis honoré que vous ayez pensé à moi. J'aurais aimé pouvoir. (Il lui tapota le bras.) Mais je serai en coulisse pour m'assurer que tout se déroule sans accroc. Votre père est extrêmement tendu, aujourd'hui.

Les épaules de la sirène s'affaissèrent.

— Allons, allons.

Il l'enlaça dans sa nageoire et elle se prépara à frissonner. En dépit de toute sa gentillesse, ses nageoires, elles, étaient toutes froides et visqueuses.

— Du reste, nous ne voudrions pas froisser le peuple des sirènes, poursuivit-il. En ma qualité de monstre marin… Enfin, vous comprenez.

— C'est absurde ! répliqua Ariel en plissant le nez.

— Quoi qu'il en soit, je doute de pouvoir accéder à votre demande, ma chère.

Elle poussa un soupir. Au moins, elle avait essayé. L'angoisse qu'elle avait précédemment éprouvée à l'idée de remonter l'allée toute seule revint au galop.

— Respirez à fond, princesse, conseilla Usengu. Elle serait fière de vous.

Elle. Mère. Chaque fois qu'elle se sentait anxieuse, tout le monde présumait que sa mère en était la cause. Alors que seul l'inquiétait le fait de se retrouver livrée à elle-même – au centre de toute cette attention, sous ces regards tournés exclusivement vers elle. Ariel hocha la tête, puis son père fit une entrée en fanfare.

— Heureux de te voir, Ariel. Tout est en place ?

Elle se força à sourire. Elle ne voulait pas ajouter à son stress.

— Oui, Père.

— Fort bien. (Il désigna Usengu du bout du pouce.) Puis-je te l'emprunter ? C'est justement le serpent de mer que je cherchais.

— Naturellement.

Le roi se tourna vers son conseiller, et Ariel reporta son attention sur son repas à moitié consommé.

— J'ai entendu des rumeurs au palais, faisant état de nouvelles tensions entre les sirènes et les monstres marins. (Son père s'exprimait tout bas, mais Ariel tendit l'oreille.) Cela a-t-il atteint le Zénith ? demanda-t-il, un pli austère entre les sourcils.

Des tensions ? Ici ? songea Ariel en se renfrognant. Elle n'avait croisé que des gens très heureux. Leur joie était telle que l'on avait décoré les grilles du palais d'algues colorées pour l'accueillir.

— Non, sire, tout est en ordre, répondit Usengu. Je m'en suis assuré. J'ai rencontré hier les autres résidents. Ils n'assisteront pas à la cérémonie, de façon à garder les monstres marins de leurs territoires à l'œil. J'ai fait pression sur eux afin qu'ils fassent preuve de fermeté.

L'expression d'Usengu s'assombrit et Ariel sentit son cœur bondir dans sa poitrine. C'était du sérieux.

Les épaules de son père retombèrent vivement :

— Parfait. Hâtons-nous de passer en revue les candidats pour le poste de résident de Carinae. Je veux qu'une personne de confiance soit nommée avant de rentrer chez moi.

Usengu et le roi s'éloignèrent, l'empêchant de continuer à les espionner. Ariel s'efforça de faire abstraction des préoccupations de son père au sujet de son royaume, et se concentra sur les siennes. Apparemment, personne ne l'escorterait. Il lui faudrait remonter l'allée toute seule.

À en croire Mala, ce défilé n'était pas la mer à boire, et sa sœur se trompait rarement. Ariel soupira, serrant le poing comme si elle pouvait retenir de sa main la joie qu'elle avait ressentie en compagnie de ses sœurs la nuit précédente. Tout s'arrangerait. Tout irait pour le mieux.

Ariel termina son repas et s'empressa de remonter dans sa chambre, où le styliste l'attendait aux côtés de Julia. Sa gouvernante lui chatouilla le coude et lui décocha un clin d'œil. Ariel ne put s'empêcher de sourire d'une oreille à l'autre. Julia sourit à son tour, mais son expression était voilée par un sentiment de lassitude. Elle paraissait tendue… visiblement plus que d'habitude. Sans doute à cause de tous ces préparatifs. Ariel se mordit la lèvre. Une fois les festivités passées, elle devrait s'assurer que Julia prendrait de longues vacances.

Le bleu riche et profond de son étole cérémonielle semblait plus brillant que la dernière fois – ou alors, c'était elle qui était plus enthousiaste.

— Puis-je avoir l'honneur de la draper autour de toi ? demanda Perla depuis le palier.

— Oh oui, s'il te plaît !

Sa sœur l'aida à enfiler le vêtement délicat, échancré au niveau des bras. Le styliste apporta une brosse et des ornements pour ses cheveux, et Julia l'aida à appliquer quelques pigments roses sur ses lèvres et ses joues. Une fois l'étole convenablement placée sur ses épaules, Ariel tournoya et se contempla dans le miroir.

— Si Mère pouvait voir ça, dit Perla en effleurant l'étoffe cousue main. Sa petite Ariel qui possède un océan à elle toute seule.

— Elle serait fière, tu crois ?

Perla fit tourner Ariel dans ses bras, les sourcils levés d'un air interrogateur. La jeune sirène croisa le regard de sa sœur, luttant contre l'envie de baisser les yeux.

D'où cette question m'est-elle venue ? C'était sans doute à cause de ce qu'avait dit Usengu.

— Pardon ? Tu plaisantes, j'espère ? Elle serait *extrêmement* fière !

Perla serra sa main et l'enlaça fermement.

— Merci d'être là.

— Je ne suis pas la seule, Ariel : nous sommes toutes là. Nous savions que nous devions être présentes pour toi. Mala et Père ont tout organisé.

— Il faudra que je la remercie. D'ailleurs, je ne l'ai pas revue depuis ce matin.

Elle avait croisé les autres au détour des couloirs en regagnant sa chambre, ou entendu du grabuge derrière leurs portes. Mais pas le moindre signe de Mala.

— Tu auras toujours le temps plus tard, souligna Perla. Finis d'abord de te maquiller et de te coiffer. Nous nous reverrons tout à l'heure.

Les deux sœurs s'enlacèrent de nouveau et Ariel regarda Perla s'en aller. Elle se redressa légèrement, persuadée que, grâce à la présence de ses sœurs, elle pouvait y arriver.

Après ce qui lui parut une éternité, les mèches d'Ariel étaient rassemblées en un élégant chignon auquel on fixa sa coiffe de perles et de coquillages. Elle jeta un coup d'œil dans la glace et eut un hoquet de surprise. Sa main se colla sur sa bouche comme une étoile de mer. Elle n'en croyait pas ses yeux. La coiffe lui allait à ravir ; l'étole s'accordait à merveille à la teinte riche et ocre de sa peau. Elle avait *l'air* d'une véritable protectrice, comme ses sœurs avant elle. Ariel se tourna, contemplant le dos de son étole : les fibres de corail avaient été tissées en un motif croisé, parsemé de perles.

— Eh bien, votre reflet vous fait frémir tel un ragoût de poisson qui mijote sur le feu, commenta Julia.

Elle avait l'air un peu plus détendue maintenant qu'Ariel était prête, mais cette dernière décela tout de même de l'anxiété chez la gouvernante.

— Il sera bientôt l'heure. Pressez-vous.

Ariel étreignit sa gouvernante, adressa ses remerciements au styliste, puis elle se regarda une dernière fois dans la glace avant de se précipiter vers la porte.

La musique retentit dans le hall d'entrée. Sébastien dirigeait un orchestre de poissons-lunes entonnant la plus douce des mélodies. Les convives avaient envahi les couloirs, et Ariel défaillit en découvrant les transformations opérées dans le palais. Des guirlandes de fleurs marines étaient épinglées aux murs, et du corail délicatement tressé enveloppait les fenêtres, courant le long de l'allée sur laquelle elle défilerait. Des poissons luisants, enfermés dans des orbes, étaient disposés de part et d'autre du chemin, l'illuminant comme un sentier sous le clair de lune.

Ariel étira le cou, en quête de quelque visage familier. On retrouvait d'ordinaire toujours les mêmes personnes lors de ces événements : les dignitaires du roi, ses plus loyaux sujets provenant de tout le royaume et des mers de l'autre côté du globe, tous venus dans l'espoir d'embrasser la main de la nouvelle protectrice.

Aujourd'hui, la foule paraissait moins dense qu'elle ne l'avait imaginé, mais Ariel n'en fit pas grand cas.

Elle reconnut quelques personnes et leur adressa un salut de la main. Donalus le dauphin était l'un des vieux amis de son père. Il était sympathique, mais un peu trop bavard. Si elle s'engageait dans une conversation avec lui, la cérémonie ne commencerait jamais à l'heure. Ariel se tourna de l'autre côté. Elle aperçut Borea, chef de la garde royale, ainsi que Koika, le requin-tigre que son père avait chargé de chroniquer l'histoire de la royauté. Ils lui firent signe depuis leur cercle de conversation.

À l'extérieur, des groupes de Carinéens scandaient le nom d'Ariel, accrochés aux portails comme des bernacles. Des bulles colorées s'envolaient à travers les piques, formant une pluie de confettis de varech. Ariel se mordit le poignet. Tout ça pour *elle*. Elle effleura le galet de son bracelet et prit une profonde inspiration. Avec l'aide de ses sœurs, elle ferait de son mieux pour exceller dans son rôle de protectrice.

De l'autre côté des grilles, entourée de coquillages ponctués de poissons lumineux, se trouvait l'estrade sur laquelle la famille royale prendrait place. Mais pour l'instant, seules Caspia et Indira s'étaient installées. Les cloches retentirent et son père fit son apparition, le front ridé par l'inquiétude.

— Ma fille, tu es à couper le souffle.

Ariel sourit, s'armant de courage.

— Merci, Père. Je crois que je suis prête.

— Vous avez fière allure, princesse. Sire, salua Usengu en passant à leur hauteur, les nageoires chargées d'orbes lumineux pour remplacer ceux que les invités avaient malencontreusement cassés.

Un sourire s'étira sur le visage du roi, et il expira.

— Oh ! Ceci est pour toi. (Son père lui tendit une tige d'orchidée marine.) Pour te porter chance ! À moins bien sûr que tu n'aies déjà un poisson dans ta poche ? ajouta-t-il avec un geste de recul.

La jeune sirène gloussa :

— J'opte pour la fleur. Merci.

Il l'embrassa sur la joue.

— Installe-toi. Nous allons bientôt commencer. (Il regarda à travers les fenêtres en forme de dôme, en direction de la scène au-delà des grilles.) Tes sœurs devraient être en place depuis…

— Depuis cinq minutes ! s'écria Sébastien par-dessus son épaule, depuis la plate-forme surélevée au milieu du vestibule d'où il dirigeait l'orchestre en agitant les pinces.

Karina et Perla passèrent à toute vitesse. Leurs bras étaient recouverts de motifs et de couleurs cérémoniels, astucieusement dessinés afin de se marier à leurs coiffes originales, inspirées de leurs territoires respectifs. Les peintures de Karina formaient un ensemble de lances de verre, rappelant le corail glacé typique de la mer de Saithe.

— Baisse la tête quand ils lanceront les confettis ! lui cria Perla.

— En recevoir dans les yeux, c'est l'horreur ! ajouta Karina. Et devine comment je le sais.

— Bien compris !

Ariel leva le pouce tandis que ses sœurs disparaissaient derrière les portes de l'immense vestibule pour prendre place sur l'estrade. Elle effleura le bandeau sur son front, s'assurant qu'il était bien fixé. Ses bras étaient zébrés de tourbillons argentés et parsemés de turquoise. Tout le monde était installé, à l'exception de Mala. Ariel se tapota la nageoire. *Où est-elle ?*

La jeune sirène vit Caspia et Indira nager dans sa direction avec une expression austère, les bras fermement croisés. *Parfait.* La foule attendait avec de plus en plus d'impatience le début du défilé. Même la limace de mer sur l'horloge avait imité les deux sirènes plus âgées, en signe d'agacement. Les poissons-lunes entonnèrent un chant tel un bourdonnement sourd, accompagné d'un fracas de cymbales, avant d'enchaîner avec une marche militaire. Ariel sentit le rouge lui monter aux joues lorsqu'elle regarda en arrière vers la chambre de Mala.

— Allons-nous bientôt commencer ? s'impatienta un robuste poisson doté de longues moustaches grises. C'est que je suis attendu ailleurs.

Son père, qui n'avait pas encore rejoint la scène, allait et venait en discutant avec ses gardes, ignorant la question du poisson.

— Père, signala Ariel. Ce monsieur…

— Peut attendre, coupa sèchement le roi.

La jeune fille n'aimait pas que l'on néglige les invités, et celui-ci non plus, de toute évidence. Constatant qu'on ne lui prêtait aucune attention, le gros poisson partit comme une furie.

— On peut compter sur Mala pour tout gâcher et faire son intéressante, maugréa Caspia. Ça ne m'étonne même plus.

Ariel s'agita nerveusement.

— Où est donc la princesse Mala ? chuchota un invité à son voisin, suffisamment proche pour qu'Ariel l'entende tandis qu'elle s'éloignait. À ce que je vois, elle cherche à s'attirer le même genre de réputation que sa sœur.

Parle-t-il de Tamika ? Quel grossier personnage ! Mala n'était jamais en retard. La curiosité piqua les entrailles d'Ariel.

— Je vais voir dans sa chambre, dit-elle.

— Je t'accompagne, proposa Indira. J'ai le don de la mettre en rogne quand je lui demande d'obéir.

Elles s'aventurèrent au sommet des escaliers et trouvèrent la porte de sa chambre grande ouverte. Ariel se faufila à l'intérieur.

— Mala ! C'est l'heure…

Ariel eut le souffle coupé. La chambre de Mala était sens dessus dessous. Son étole avait été réduite en lambeaux ; les perles de sa coiffe étaient éparpillées par terre. Son miroir était fissuré et les fenêtres de sa chambre avaient été fracassées.

— Ah ! s'écria Indira. Elle n'est plus là ?

Elle se dirigea vers les fenêtres et examina les bris de verre. Ariel ramassa le vieux carnet de sa sœur. La couverture avait été arrachée. *Elle a vraiment disparu. Comment est-ce possible ?*

Ariel cligna des paupières, s'efforçant de trouver les mots justes pour définir le désordre qui s'étalait sous ses yeux, puis elle remarqua un rouleau de parchemin déplié. Elle le ramassa, ce qui lui tacha les doigts. L'encre de seiche était encore fraîche. Son cœur se serra lorsqu'elle lut le message qui y figurait. Des mots terrifiants :

Renoncez au trône de l'océan,
et faites-y siéger un souverain plus juste d'ici la Lune de Corail.
Ou vous ne reverrez plus jamais la princesse.

Chapitre 5

Quatre jours avant la Lune de Corail

Quand Ariel montra le message à Indira, celle-ci fut estomaquée. Elle recula, frappée par la peur, et renversa quelques fragiles babioles disposées sur la table.

— Garde ton calme, tempéra Ariel, tout en ayant elle-même l'impression que deux méduses s'écrasaient l'une contre l'autre dans ses entrailles. Réfléchissons.

Le trône ? Qui ferait une chose pareille ?

— Réfléchir ? Il n'y a pas à réfléchir. Nous devons avertir tout le monde ! paniqua Indira, s'agrippant la gorge alors qu'elle étouffait. Le trône de Père. Je *savais* qu'en venant ici… Un lieu sans aucune protection ni résident attitré, et avec toutes ses tensions un peu partout ces derniers temps… (Elle était essoufflée.) Cet endroit n'est pas sûr.

— Tu ne penses tout de même pas que les monstres marins ont quelque chose à voir là-dedans ? demanda Ariel.

— Qui d'autre ?

Sa sœur voulut lui prendre le message des mains, mais Ariel le tint fermement. Elle ne tirerait aucune conclusion hâtive. Indira expira et sortit en trombe de la chambre. Ariel redescendit à l'étage du dessous, aussi vite que ses nageoires le lui permettaient, mais Indira était bien trop rapide et elle atteignit le vestibule bondé bien avant qu'elle ne puisse l'arrêter.

— Indira, attends !

Elle ne voulait pas provoquer un vent de panique. Mieux valait attirer leur père à l'écart et lui en parler. Ne serait-ce pas plus sage ? Ariel repéra le roi dans le vestibule, toujours en train de saluer les convives. De l'autre côté des grilles du palais, Caspia, Perla et Karina avaient rejoint l'estrade. Ariel commençait à se diriger vers elles quand la voix d'Indira se fit entendre à travers le brouhaha des réjouissances, criant à qui voulait l'entendre :

— Père ! C'est Mala… Sa chambre ! Elle a été enlevée par quelqu'un qui réclame votre trône !

La foule jeta des regards aux alentours, brûlant de curiosité. L'orchestre de Sébastien se tut et l'on n'entendit plus que le clapotis de l'eau. Aucun poisson ne prit la parole. Pendant un instant, l'océan tout entier parut stagner.

— Qu'est-ce que cela ? s'enquit le roi en s'approchant de ses deux filles.

— Nous l'avons trouvé dans la chambre de Mala à l'instant, expliqua Ariel en lui remettant le parchemin.

Elle offrit un sourire timide à l'assistance, essayant de retarder la pagaille à venir. Mais, derrière cette façade, la vision de l'étole déchirée de Mala et des éclats de verre de sa fenêtre brisée occultait ses pensées. Elle serra les bras contre sa poitrine, luttant contre l'envie de hurler.

Calme. Il fallait qu'elle reste calme. Ariel était leur future protectrice. Elle ne pouvait pas se permettre de perdre son sang-froid.

Les rides sur le front du roi se creusèrent, et ses yeux s'écarquillèrent à mesure qu'il lisait et relisait le message.

— Que tout le monde reste ici, déclara-t-il finalement. Je vais examiner les lieux. Sébastien, reprends la musique. Gardes !

Le monde se mit à tourner tandis qu'Ariel regardait son père partir à toute vitesse, suivi par ses gardes. Dès qu'ils eurent disparu à l'étage supérieur, le tumulte éclata, soulevant un nuage de poussière marine. Des cris résonnèrent parmi les invités :

— La princesse a été enlevée ! Les monstres marins veulent s'emparer du trône ! Nous sommes en danger ! Fuyez !

Des convives nageaient dans tous les sens, se bousculant les uns les autres pour s'engouffrer par la porte embouteillée. Sébastien encouragea les poissons-lunes :

— Allez ! Un petit air léger, maintenant. Quelque chose d'apaisant.

Mais, en dépit de ses efforts pour avoir l'air normal au milieu des invités déchaînés, le crabe demeurait plus préoccupé qu'à l'ordinaire.

— Indira ! s'écria Ariel en la tirant par le bras. Tu ne voulais pas être encore moins discrète, par hasard ?

Attirées par le grabuge, ses autres sœurs revinrent à l'intérieur et se dirigèrent vers elles.

— Indira, parle-moi, dit Caspia en secouant celle-ci par les épaules. Qu'as-tu vu ?

— Sa chambre ! (Prise de tremblements, elle avait le regard perdu dans le vague.) Elle… Elle n'était plus là, et tout était en désordre ! On dirait qu'elle a été prise d'assaut !

Indira s'évanouit dans les bras de Caspia ; cette dernière se mit à pleurer. Karina s'était isolée dans un coin, repliée sur elle-même, comme si elle avait vu un fantôme. Perla s'accrochait au flanc d'Ariel, sans voix, les nageoires paralysées sous l'effet du choc.

— Toi ! lança Caspia en pointant un index accusateur sur Karina. Tu as sûrement laissé les grilles ouvertes hier après notre retour, permettant ainsi à un inconnu de se faufiler à l'intérieur du palais ! C'est ça, hein ? Avoue ! (Elle tapota le front d'Indira, toujours étendue sur ses genoux.) C'est une tête de linotte. Elle ne changera jamais.

— Ne commence pas ! répliqua Karina, visiblement secouée.

La paix fragile qu'Ariel avait instaurée entre ses sœurs s'était réduite comme peau de chagrin.

— Caspia…, commença-t-elle, avant d'être interrompue par un invité qui la bouscula violemment sur son passage.

— Non, non, je n'en entendrai pas davantage ! rétorqua Caspia pendant qu'Ariel retrouvait son équilibre. J'ignore comment, mais c'est sa faute. Elle met sans cesse le bazar.

— Je ne t'écoute pas ! (Karina passa devant elle pour rejoindre sa chambre, puis elle se retourna vers Caspia.) Si Indira est ta seule et unique amie, ce n'est pas sans raison. Penses-y !

— Karina, je t'en supplie ! geignit Ariel.

— Ne me supplie pas, *moi*. Supplie-la, *elle* !

Indira battit des paupières, reprenant connaissance.

— Que... Que se passe-t-il ? demanda-t-elle. Qu'est-ce que... Qu'est-ce que Karina a encore fait ?

— À cause de sa négligence, Mala a été *kidnappée* et probablement tuée !

Indira eut un hoquet et retomba dans les pommes.

— Caspia ! réprimanda Perla. Je ne supporte pas plus Karina que toi, mais tu ne devrais pas dire de telles choses !

La musique se prolongeait et Sébastien, toujours aussi serviable, jetait sans cesse des coups d'œil vers l'étage du dessus, où le roi avait disparu avec ses gardes. Les invités se battaient pour rejoindre la sortie. Au-delà du dôme de verre, Ariel aperçut les grilles du palais se gondoler sous la pression de la foule. Les chamailleries de ses sœurs lui tapaient sur les nerfs.

— *SILEEENCE !*

La voix de son père fit vibrer les parois en os du palais. Tout se figea. Lorsque le roi s'exprima, il le fit d'un ton calme et mesuré, en dépit du pli soucieux qui barrait son front :

— Mes gardes viennent de me confirmer que la princesse Mala ne se trouve pas à l'intérieur du palais. Nous ne tirerons aucune conclusion hâtive tant que l'intégralité de Carinae n'aura pas été consciencieusement fouillée. Pour l'heure, cependant, la cérémonie d'intronisation d'Ariel en tant que protectrice doit être ajournée.

Les quelques poissons qui ne s'étaient pas rués vers la sortie s'inclinèrent devant leur souverain.

— Dirigez-vous *calmement* vers la sortie, ordonna-t-il. Rentrez chez vous.

Perla enfonça ses ongles dans le bras d'Ariel. Cette dernière sentit son estomac faire la culbute tandis qu'elle regardait la foule se disperser, bien plus ordonnée maintenant que leur roi avait parlé.

— Je vais retourner dans la chambre de Mala et chercher ce qui pourrait nous aider, dit-elle à Perla.

Elle ne pouvait pas se contenter de rester ici sans rien faire, pas maintenant que son père avait confirmé la disparition de Mala.

— Il en est absolument hors de question ! s'exclama le roi en s'immisçant dans leur conversation. Caspia, Indira… Dans vos chambres, vous toutes. Et n'en sortez pas tant que je ne vous aurai pas dit que la voie est libre.

— Mais, Père…, commença Ariel.

— Dans vos chambres ! tonna le roi.

Ariel croisa les bras, de plus en plus contrariée. Carinae était son territoire, et il s'agissait de sa sœur ! Pas question de rester à l'écart. Elle était trop jeune pour se rendre utile lorsque sa mère avait disparu. Mais elle avait à présent quinze ans et était la protectrice de son propre océan… Enfin, presque.

— Non, Père…

— Ariel, va dans ta chambre ! Sinon, qu'on me pardonne, je t'y enfermerai moi-même ! (Le roi se tourna vers ses gardes, qui surnageaient à proximité, dans l'attente de nouvelles instructions.) Trouvez Usengu et rejoignez-moi dans mes quartiers. Je veux un rapport complet sur les tensions croissantes qu'on m'a rapportées. *Séance tenante !*

Perla tira le bras d'Ariel :

— Allez, viens. Personne ne peut lui faire entendre raison quand il est dans cet état.

Ariel se mordit la lèvre avec détermination. Perla avait raison. Mais tout de même… Alors que ses sœurs s'enfuyaient vers leurs chambres, prises de panique, la jeune sirène les suivit en traînant des nageoires et s'attarda devant sa porte. Dès que les autres furent cantonnées dans leurs appartements, elle remonta le couloir jusqu'à la chambre de Mala. C'était la seule dans cette aile du palais ; elle avait été barricadée et placée sous surveillance.

Son père et ses gardes avaient déjà inspecté les lieux, elle le savait, mais, dans leur précipitation, elle doutait qu'ils aient réellement pris le temps d'y rechercher des indices. Tout le monde semblait prêt à croire que le fautif était un monstre marin, mais peut-être restait-il quelque chose à l'intérieur susceptible de leur fournir une vraie réponse ? Ariel devait en avoir le cœur net.

— Princesse, veuillez regagner vos appartements, ordonna l'une des sentinelles en la voyant approcher.

Ariel leur adressa un sourire qu'elle espérait charmeur :

— Mon père… euh, je veux dire le roi, m'a ordonné de vérifier qu'aucun de nos effets personnels ne se trouve dans la chambre de Mala, par mesure de précaution. Voyez-vous, nous y avons dormi ensemble la nuit dernière, et le roi tient à s'assurer que nos affaires ne se retrouveront pas mélangées à d'éventuelles preuves.

Faux. C'est dans ma chambre que nous avons dormi, mais ce garde ignore ce détail, n'est-ce pas ?

L'espadon de la garde la considéra pendant un instant, puis il s'écarta pour lui céder le passage. Ariel se dépêcha de se faufiler devant lui.

Revoir la chambre de Mala ne fut pas moins difficile que la première fois. La tête de lit en forme de coquillage et l'oreiller-méduse formaient un tas par terre, comme s'ils avaient été déchiquetés à mains nues. Il y avait des éclats de verre sur le sol, ainsi qu'un amoncellement d'affaires appartenant à sa sœur, retournées comme un monceau d'ordures. Ariel tressaillit et s'empressa de passer tout ce fatras au peigne fin. Elle fouilla dans le désordre jusqu'à en avoir mal aux bras. Elle ne savait pas exactement ce qu'elle cherchait, en dehors d'un indice de ce qui avait pu arriver. Comment ses affaires avaient-elles fini cassées et éparpillées un peu partout ? Mala avait-elle résisté à son ravisseur ? Pourquoi n'avait-on rien entendu ?

Ces questions lui donnaient la migraine ainsi que l'impression que les murs se resserraient autour d'elle. Impossible. Ce n'était pas réel. *Et pourtant.* Ariel se dirigea vers la fenêtre, dont le cadre était bordé de morceaux de verre pointus et triangulaires, évoquant la mâchoire d'un requin. Elle ramassa l'un des éclats qui tenaient à peine en place. *Ils sont sans doute sortis par là.* Avec une infinie prudence, elle passa la tête à travers la fenêtre, prenant garde à ne pas s'entailler les écailles. En contrebas, au fond de l'eau, quelque chose de vert étincelait sous le soleil. Ariel se faufila entièrement à travers la vitre. La chose verte était un morceau de varech, enroulé tel un parchemin.

Elle déplia la feuille et poussa une exclamation. C'était un message, rédigé à la hâte d'une écriture oblique et maculé de petites taches qu'Ariel ne put identifier.

Ce qui aurait pu sauver Mère
pourrait également me sauver.

Ariel fixa les mots avec stupeur. Elle reconnaissait cette écriture, du temps de sa prime jeunesse, lorsqu'elle s'était exercée à écrire ses premières lettres. C'était celle de Mala.

Comment avait-elle pu savoir qu'elle aurait à laisser un mot ? S'attendait-elle à être enlevée avant même son arrivée ? Dans ce cas, pourquoi ces paroles mystérieuses à propos de leur mère, au lieu d'informations plus concrètes ?

— Princesse ? Avez-vous bientôt terminé ? appela le garde de l'autre côté de la porte.

Ariel rentra à travers la fenêtre et quitta précipitamment la chambre.

— Merci, j'ai fini, dit-elle au garde, priant pour qu'il ne lui pose aucune question.

La jeune sirène serra le varech dans son poing et se dirigea en toute hâte vers la chambre du roi Triton.

Elle devait lui faire part de sa découverte. Mala leur avait laissé un indice, certes bien mince, et il pouvait être capital pour les aider à la retrouver.

— Ariel ? Que fais-tu hors de ta chambre ?

C'était Karina. Elle se tenait sur le palier, portant son sac à main bourré à craquer.

— Je vais voir Père, répondit-elle, s'arrêtant toutefois en fronçant les sourcils devant le bagage de sa sœur. Une minute. Qu'est-ce que tu fais ? Où vas-tu comme ça ?

— *Chut !* (Karina jeta un coup d'œil aux alentours et entraîna Ariel dans sa chambre.) Je… Je dois rentrer chez moi.

— Chez toi ?

« Mais tu es chez toi, auprès de nous », voulut-elle protester. Toutefois, cela faisait longtemps que l'attitude de ses sœurs ne portait pas à le croire. Ariel avait parfois l'impression d'être la seule à s'accrocher à la chaleur et à la douceur du foyer de son enfance. La manière dont elles nageaient dans les jardins du récif l'après-midi, quand elle était toute petite, et le son de leurs rires qui résonnaient entre ces murs.

Ces souvenirs étaient de faibles murmures, mais Ariel pouvait les entendre si elle y prêtait réellement l'oreille. Et elle se rendait compte qu'ils éveillaient en elle une rassurante nostalgie. Elle ne voulait pas seulement retrouver Mala, mais qu'*elles* la retrouvent, toutes ensemble.

Ariel déroula le parchemin :

— Ne pars pas, je t'en prie. Regarde ce que j'ai découvert à l'extérieur de la chambre de Mala. Je veux le montrer à Père pour qu'il me laisse l'aider. Après tout, ceci est mon territoire…

— Père est sorti avec sa garde. Il a déjà monté une équipe de recherche. (Karina lui saisit le poignet.) Ariel, donne-lui ceci à son retour et ne t'en mêle plus. Promets-le-moi.

— Karina, s'il te plaît…

— Écoute-moi bien, Lula…

Le surnom que lui donnait Karina était son préféré. Elle lui avait raconté que c'était sa mère qui l'avait baptisée ainsi lorsqu'elle était toute petite. Cette dernière avait essayé de lui apprendre à prononcer son prénom, mais Ariel ne parvenait qu'à dire *Lula*. Le surnom n'avait pas bougé depuis.

— Si ce que dit ce message est vrai, alors Mala est en grand danger. Je refuse que tu…

Perla s'interrompit, et recoiffa une mèche d'Ariel derrière son oreille avant de poursuivre :

— Mère refuserait qu'il t'arrive quoi que ce soit. Je t'en prie. Donne ceci à Père lorsqu'il s'en reviendra, et va te mettre à l'abri dans son palais.

— Partir ? demanda Ariel avec indignation. Mais je viens tout juste d'arriver ! Je dois devenir la protectrice de cet océan ! Comme vous toutes. J'ai une mission, moi aussi.

— Relis donc ce message, Lula. Mala est en grand danger. Père ne laissera aucune de nous s'en mêler.

— Mais c'est moi qui ai trouvé cet indice, pas lui, insista Ariel en agrippant fermement le message entre ses mains. J'ai tout de suite su où chercher.

— Tu te crois plus intelligente que notre père ?

— Ce n'est pas ce que j'ai dit. Mais j'ai de bonnes idées.

— Bien sûr que tu en as, mais Père est un homme borné. Il ne verra pas la chose sous cet angle. (Karina déposa un baiser sur son front.) Écoute-moi, Lula. Fais ce que je te dis. Je dois y aller.

Là-dessus, Karina prit congé.

L'expression sinistre de sa sœur fit naître un frisson le long de son échine. Ariel avait prévu de s'adresser à son père, mais il était absent. Si ce message signifiait que l'enlèvement de Mala avait un rapport avec sa mère, alors il n'y avait pas une seconde à perdre. Elle ignorait totalement quand le roi serait de retour, et elle ne pouvait savoir avec certitude s'il l'écouterait ou non. Il fallait agir *immédiatement*. Pourrait-elle convaincre ses autres sœurs de l'aider ? Elles en savaient peut-être davantage à propos du décès de leur mère ; peut-être que ce message aurait plus de sens pour elles.

Ariel pivota et alla frapper à la porte de Caspia et Indira. Cette dernière ouvrit. Ses cheveux étaient tout emmêlés, à croire qu'elle avait passé les derniers instants à s'efforcer de les arracher.

— Que fais-tu là ? Est-ce que tout va bien ?

— Euh oui, désolée. Puis-je entrer ?

— Tu sais que tu devrais être dans ta chambre, comme Père l'a ordonné.

Indira la regarda de travers, puis ouvrit plus grand la porte. C'était bon signe. À l'intérieur, Ariel découvrit Caspia en train de faire le ménage, comme elle le faisait chaque fois qu'elle était angoissée.

Ariel serra le message dans son poing. *Pas tout de suite*. Avant de leur faire part de sa volonté assumée de désobéir, la jeune sirène devait d'abord s'assurer qu'elles étaient sur la même longueur d'onde.

— Tu te sens mieux ? demanda-t-elle à Indira.

— Je suis simplement morte d'inquiétude. Mais Père va tout arranger. D'après lui, il est fort probable qu'un monstre marin de Carinae soit derrière tout ça.

Mais comment peut-il en être sûr ? Le message ne mentionne aucunement les monstres marins. Pourquoi penserait-il une chose pareille ?

— Les monstres marins vous ont-ils déjà causé des problèmes sur vos territoires ? s'enquit Ariel.

— Tu es sérieuse ? intervint Caspia avant de regarder Indira. Elle parle sérieusement ?

Ariel avait horreur qu'elles la traitent de cette manière. Comme si elle ne savait rien de rien, étant donné qu'elle était à peine une protectrice. Mais elle ravala son agacement et songea plutôt à Mala. Elle ne ferait pas d'esclandre à ce sujet. Pas maintenant.

— Évidemment que oui, reprit Caspia avec un ricanement moqueur. Ces dernières semaines à Apneic ont été un véritable cauchemar à cause des chimères qui inondent le lit des rivières avec leurs écailles. Et peu importe toutes les fois où je leur ai signalé en audience qu'il faut s'en débarrasser dans les zones prévues à cet effet, elles outrepassent mes ordres et ne cessent de répéter que les évacuations des dites zones sont bouchées.

— N'y aurait-il pas un moyen de régler le problème d'évacuation *tout* en continuant de délester les écailles dans les zones réservées ? souleva Ariel. Le résident pourrait leur faire savoir que tu ne tiens pas seulement compte de ton règlement, mais aussi de leurs préoccupations. Ce serait un compromis acceptable… Tu ne trouves pas ? N'est-ce pas là tout l'intérêt des résidents ? D'assurer la liaison entre vous et d'aider au maintien de la paix ? Usengu dit toujours que…

— Tu entends ça, Caspia ? coupa Indira en croisant les bras. Pas encore protectrice et déjà une solution à tout.

— Je t'en prie, j'essaie juste de me rendre utile, rien de plus, rétorqua Ariel sans pouvoir s'en empêcher.

— Et tu es naïve, répliqua sèchement Indira.

La jeune sirène poussa un soupir de lassitude.

— Écoutez, je ne veux pas me disputer avec vous. Simplement retrouver Mala.

Elle n'avait pas eu l'intention de révéler si tôt son véritable but. Mais elle n'en pouvait plus de ces prises de bec.

— Comment ça, *la retrouver* ? l'interrogea Caspia en fronçant les sourcils.

Ariel leur présenta la feuille de varech.

— Regardez. Cela vous évoque-t-il quelque chose ? Je crois que c'est Mala qui l'a écrit et j'essaie d'en saisir la signification.

Les deux sœurs lurent le message et restèrent estomaquées. Les yeux brillants, Indira secoua la tête avec perplexité.

Le silence s'installa.

— Si tu as raison et que Mala a bel et bien écrit ce message, alors elle est en danger.

Indira la regardait à peine.

— Je sais, mais…

— Père devrait se charger de cela, ajouta Caspia. Il faut le lui remettre. (Elle voulut s'emparer du message, mais Ariel fut plus rapide.) Donne-moi ça !

Elle criait, mais sa voix était chargée de peur, non de colère. Elle était terrifiée. Toutes ses sœurs avaient peur. Ariel n'arriverait pas à obtenir leur aide ; elles étaient trop bouleversées.

— Je ne plaisante pas, Ariel !

Caspia croisa les bras, et ses deux sœurs lui jetèrent un regard noir.

J'ai commis une erreur.

— Dis-le à Père !

— Ou c'est nous qui le ferons !

— Bien sûr que je vais lui dire ! Mais il n'est pas là pour l'instant. Que suggérez-vous ? De ne rien faire ?

— Va attendre son retour dans sa chambre, à l'instant, et remets-le-lui dès qu'il sera rentré.

Elles la poussèrent vers la sortie, et Ariel comprit alors que son invitation était révoquée. Ses sœurs lui claquèrent la porte au nez sans qu'elle puisse répliquer.

Ces deux-là étaient impossibles. Mais Ariel avait tout de même une sœur sur qui elle pouvait compter. Elle se précipita vers la chambre de Perla et fut agréablement surprise de trouver sa porte déverrouillée.

— Oh, bonté gracieuse, je me faisais un sang d'encre ! lança-t-elle en prenant Ariel dans ses bras. Je suis allée voir si tu allais bien. D'où viens-tu comme ça ? Des nouvelles de Père ? Ou de qui que ce soit ?

— Non. Mais regarde ce que j'ai trouvé dehors, juste sous la fenêtre de Mala.

Ariel lui présenta le message, et Perla plissa les yeux. La jeune sirène expliqua les circonstances de sa découverte et lui parla de l'infinité d'interrogations que celle-ci soulevait.

— Manifestement, Indira et Caspia n'ont pas compris non plus ce que cela signifie. Mais ces mots semblent suggérer qu'en enquêtant sur la mort de notre mère, nous saurons comment venir en aide à Mala.

Perla relut le message, puis elle arpenta la chambre.

— En as-tu parlé à Père ?

— Il est absent pour l'instant. Je me disais que nous pourrions l'examiner… toutes les deux ?

— Tu plaisantes, Ari ? Dis-moi que c'est une blague.

Ariel fit face à sa sœur. Pouvait-elle la comprendre ?

— Je devrais apporter mon aide dans cette enquête. Le Zénith sera bientôt mon territoire. Je comptais *vraiment* demander à Père de m'en donner l'autorisation, je te le jure. Mais il n'est pas là, et nous ne pouvons pas rester les bras croisés.

Perla se mordit la lèvre, affichant une expression lasse teintée d'embarras. Elle n'adhérait pas tout à fait au projet d'Ariel, mais elle semblait y réfléchir.

— Tu marques un point, concéda-t-elle.

— Si je laisse Père tout arranger et que je ne fais rien, de quoi aurai-je l'air ?

Ariel se débarrassa de son étole. Elle lui montrerait combien elle pouvait être débrouillarde. Sa décision était prise : elle agirait, avec ou sans l'aide de Perla.

— Aide-moi à retirer cette coiffe.

— Ariel…

— Perla !

Celle-ci soupira, puis elle s'approcha d'Ariel pour l'aider à retirer la couronne de perles de ses cheveux.

— Qu'allons-nous faire ?

Nous. Ariel était certaine qu'elle finirait par accepter.

— Nous allons mener l'enquête, en commençant par le seul endroit dans cette région ayant un rapport avec notre mère.

Chapitre 6

Quatre jours avant la Lune de Corail

Le roi étant sorti avec la majorité de ses gardes, Ariel n'aurait aucun mal à quitter subrepticement le palais. Le mémorial de la reine à l'extérieur de l'enceinte étant ce qui, dans la région, évoquait le plus son décès, la jeune sirène décida que ce serait leur première destination. Elles vérifieraient sur place si Mala avait semé d'autres indices, ou s'il s'y trouvait quoi que ce soit pouvant éclaircir un tant soit peu son message.

— Viens, c'est par ici.

Perla et elle remontèrent tranquillement le couloir et pénétrèrent dans le foyer, où quelques instants plus tôt résonnait encore le vacarme des réjouissances. En se précipitant en masse vers la sortie, les convives avaient fait tomber les guirlandes, précédemment tendues le long des fenêtres, maintenant répandues en travers du sol. Le fond de l'océan était tapissé d'un mélange de confettis sales, d'éclats de verre et de coquillages brisés. Cependant, Ariel continuait de regarder droit devant elle et entraînait Perla en direction de la sortie.

— Princesse, appela quelqu'un derrière elle. Est-il vrai que le roi s'est vu demander d'abdiquer ?

Mais Ariel ignora les quelques Carinéens qui s'étaient attardés sur place et qui l'abreuvaient de questions quant au pourquoi de tout ce désordre.

Elle rentra la tête dans les épaules et les dépassa sans s'arrêter.

— Baisse la tête, Perla. Ne les regarde pas.

Les doigts de sa sœur se resserrèrent sur sa main.

La culpabilité lui vrillait les entrailles. Elle aurait dû être en mesure de répondre à leurs inquiétudes. Leur apporter son aide. Mais pour l'heure, découvrir ce qui était arrivé à Mala était la meilleure façon de les aider – d'aider tout le monde.

En chemin vers la sortie, Ariel aperçut Julia, qui arpentait le couloir de long en large. La gouvernante semblait plus pâle qu'à l'ordinaire, comme au bord du malaise. La jeune sirène s'attendait à ce qu'elle leur ordonne de regagner leurs chambres sur-le-champ, mais, à son grand étonnement, Julia se contenta d'écarquiller les yeux et elle fila dans la direction opposée.

Les deux sœurs s'échappèrent du palais en toute hâte et suivirent l'exact même itinéraire qu'elles avaient emprunté la veille au soir. Les grilles du mémorial étaient verrouillées et le sable était intact, tout était tel qu'elles l'avaient laissé.

— Père et ses gardes n'ont même pas fouillé cet endroit ! s'exclama Ariel avec incrédulité.

Perla haussa les épaules :

— J'imagine que nous avons bien fait de venir vérifier, alors.

— Hmm. Regarde autour de toi et cherche un signe indiquant que Mala serait venue ici, ou n'importe quel indice qui nous aiderait à comprendre la signification de ce message.

Ariel arracha l'enchevêtrement d'algues oscillantes qui poussaient tout autour des pieds de la statue, fouillant sous les racines en quête d'une boucle d'oreille égarée ou d'un bout d'étole déchirée – la moindre preuve pouvant indiquer que sa sœur avait tenté d'échapper à son ravisseur, ou d'autres miettes de pain qu'elle aurait semées.

Mais après un long moment, ses recherches restant infructueuses, Ariel élargit la zone d'investigation au-delà des grilles, à l'écart du mémorial. Perla se rendit dans la direction opposée, pour couvrir davantage de terrain. Ariel passa les fonds marins au peigne fin, retournant chaque pierre et déplaçant la moindre broussaille ayant coulé depuis la surface, jusqu'à en avoir mal aux bras. Elle était sur le point de renoncer lorsqu'un nuage de zooplancton fila dans un bruissement sous son nez. Ariel se rua derrière lui.

— Excusez-moi ! Auriez-vous vu une sirène avec de longs cheveux bruns passer par ici ?

Le plus petit du lot fit signe à sa troupe de s'arrêter :

— C'est à nous que vous parlez ?

— Oui, en effet, répondit Ariel, quelque peu déroutée par leur hésitation. Si vous n'y voyez pas d'inconvénient ?

Le zooplancton leva les mains en signe de soumission :

— On ne veut pas d'ennuis.

— Des ennuis ? (Ariel fronça les sourcils.) Pourquoi auriez-vous…

— On a entendu dire que le roi organisait des rafles parmi les peuples marins, pour les enfermer dans son donjon. Et qu'il les livrait en pâture à ses filles ! ajouta-t-il en faisant reculer son groupe.

Ariel secoua la tête, persuadée d'avoir mal compris.

— Pardon ? Mais quelle idée ! Où avez-vous entendu une chose pareille ?

— Par un copain à moi. Et par le copain d'un copain. Il s'en passe de belles de nos jours.

C'était parfaitement absurde ! Ces sœurs étaient-elles au courant de cela ? Jamais leur père ne ferait cela. Certes, il était borné, il avait tendance à s'emporter et cela faisait des années qu'il se murait dans l'indifférence, mais de là à enfermer des citoyens et des créatures marines ? Pour les manger ? C'était tellement ridicule que c'en était risible.

— Je peux vous assurer que le roi n'organise aucune rafle, déclara Ariel. Et je n'ai aucun intérêt à vous faire du mal, ou quoi que ce soit de la sorte. Je ne cherche qu'à retrouver ma sœur. Navrée de vous avoir fait peur, monsieur.

La vive inquiétude du zooplancton se mua en une profonde perplexité :

— Votre sœur, vous dites ?

Ariel acquiesça.

Les minuscules créatures se mirent à jacasser entre elles, en échangeant des hochements de tête.

— Vraiment désolé, mademoiselle, je suis au regret de vous dire que nous n'avons croisé personne.

Ariel poussa un soupir de découragement.

— Merci quand même. S'il vous plaît, restez vigilant. Et si vous apercevez quoi que ce soit qui sort de l'ordinaire, veuillez m'en informer. (Elle désigna le palais.) Venez me voir là-bas. Je suis… Je m'appelle Ariel. Je suis la nouvelle protectrice de Carinae. Et vous êtes ?

Toujours aussi confus, le petit être tordit sa minuscule bouche. Une princesse ? Et elle lui demandait comment il s'appelait ?

— Gus, répondit-il finalement. On s'appelle tous Gus.

Derrière lui, les autres confirmèrent en acquiesçant de concert.

— Ravie de vous avoir rencontrés… les Gus ?

Le premier Gus inclina la tête en guise de salutation, puis son groupe fut emporté par un courant marin. Ariel aurait pu jurer les avoir entendus murmurer : « Merci de ne pas nous avoir mangés ! »

Qui a bien pu leur mettre ces histoires en tête ?

— Tu as trouvé quelque chose ? demanda Perla.

Elle tenait dans ses bras un filet de pêche dans lequel était empêtré un tas de détritus : éclats de verre étincelants, barbillons, quelques hameçons scintillants et autres chatoyantes curiosités étaient pris dans les mailles.

— Rien, répondit Ariel. C'est quoi tout ça ?

— Des cochonneries. (Elle lâcha le filet, qui dériva vers le sol.) Mais regarde ça, dit-elle en s'emparant d'une touffe de cheveux enchevêtrée dans une maille. Je crois qu'ils appartiennent à Mala.

Ariel prit les cheveux. Ils ressemblaient effectivement beaucoup à ceux de sa sœur, mais ils pouvaient tout aussi bien appartenir à n'importe quelle sirène aux cheveux bruns. Ils pouvaient également être tombés au cours d'une précédente visite. S'agissait-il d'une coïncidence ? Elle se tapota la lèvre et posa son regard sur le filet de détritus que Perla avait rapporté, formant à présent un tas sur le sol. *Il y a peut-être d'autres indices là-dedans.*

— Voyons voir.

Ariel farfouilla dans le filet, décrochant les objets coincés dans les cordages, mettant soigneusement de côté ceux qui méritaient d'être examinés plus attentivement. Un éclat de verre émit une lueur rose.

Serait-ce... ? Ariel l'observa de plus près et le gratta du bout de l'ongle, lui ôtant un peu de son éclat. *De la peinture ?* Pour la cérémonie, Mala avait prévu de recouvrir son corps de motifs roses, inspirés de la végétation intensément bigarrée de la mer de Chaine. Ariel poursuivit ses fouilles, cherchant à comprendre comment la peinture de Mala avait bien pu atterrir sur ses éclats de verre. Autant essayer de débusquer un trésor dans des sables mouvants. Elle se rendit compte que le filet était déchiqueté à l'une de ses extrémités. Comme s'il avait été suspendu à un crochet et que l'on avait violemment tiré dessus. Une idée lui vint. Que cela signifiait-il ? Mala avait-elle tenté de s'agripper à ce filet pour échapper à ses ravisseurs, le déchirant au passage ? Ariel ne pouvait en jurer. Les cheveux. La peinture. Sa sœur était forcément passée par ici, n'est-ce pas ? *Bon sang, si je connaissais mieux les environs, faire des recherches me serait infiniment plus simple.* Les ouvrages qu'elle avait étudiés au fil des ans lui avaient appris beaucoup de choses, mais rien ne valait d'explorer soi-même une région pour bien la connaître. Malheureusement, Ariel ignorait encore tout de cette partie de Carinae. Pour le moment.

Perla la guida jusqu'à un emplacement situé à environ deux brasses de baleine de là, près d'un récif aux couleurs de l'arc-en-ciel.

— C'est là que je l'ai trouvé.

Ariel observa les environs, regardant alternativement la direction par laquelle elles étaient venues et celle que suivait le sentier. Ce chemin lui était totalement inconnu. Il ne menait ni au palais de Carinae, ni au château de son père, ni même au mémorial. C'était un chemin dépouillé, aux eaux plus noires et profondes, et où la végétation se raréfiait grandement. Si elle n'avait vu cet endroit qu'en peinture, Ariel n'aurait jamais songé qu'il puisse se trouver au Zénith. Dans une mer aussi belle, elle n'imaginait aucun habitant choisir de vivre dans un endroit pareil. Probable raison pour laquelle il semblait si dépeuplé.

La lumière changea, et un grondement sourd se répercuta dans le lointain. Ariel leva les yeux vers la surface, au-dessus de laquelle les nuages étaient en train de s'amonceler. Son père serait sans doute bientôt de retour, et elle devait lui faire part de leurs découvertes. Tandis qu'elle se tournait vers Perla pour lui dire qu'il était temps de rentrer, sa nageoire percuta une pancarte enfoncée dans le sol.

MONSTRES MARINS
ZONE RÉSERVÉE

La jeune sirène resta paralysée. Cette zone était celle où vivaient les monstres marins de Carinae. Pour une indicible raison, ce constat fit peser un poids sur ses épaules. Cette sensation était perturbante. D'un côté, le traité laissait entendre – et le roi le lui avait répété – qu'il était plus sûr pour tout l'océan que les créatures qualifiées de monstres marins soient confinées sur leurs territoires. Et à en croire ses sœurs, Triton était convaincu que le responsable de l'enlèvement de Mala, l'individu qui cherchait à s'emparer de son trône, était un habitant de cette réserve. Mais d'un autre côté, Ariel ne souscrivait guère à cette hypothèse.

— Nous devrions rentrer, Perla. Toutefois, j'aimerais m'entretenir avec l'un des habitants de cette zone. Le résident, pourquoi pas ? Une fois qu'il sera nommé.

— Oh ça ! Vous allez avoir beaucoup à vous dire, souligna Perla en frémissant.

Ariel haussa les épaules. Sur ce point, ses sœurs et elle – excepté Mala – ne s'étaient jamais entendues. La méfiance de leur père à l'égard des monstres marins et du monde extérieur les avait toutes terrorisées. Pour Ariel, cela semblait un peu étouffant. Pour les autres, cela découlait du fait d'avoir perdu leur mère à un très jeune âge. Elles pensaient qu'Ariel n'avait pas saisi toute la dangerosité de l'océan, et sa famille voyait les monstres marins comme l'incarnation de ce danger. Même s'ils n'étaient à sa connaissance pas responsables de la mort de sa mère, il semblait que ce drame ait fragilisé la confiance de tout le monde.

— Je veux dire… Le traité est clair, ajouta Perla, tirant Ariel de ses ruminations. « Un monstre et une sirène sur chacune des sept mers devront veiller, sans s'aimer ni se défiler. »

Du point de vue des monstres marins, tout cela paraissait plutôt injuste. Certes, le traité signifiait que celles et ceux ayant été désignés comme tels auraient, sous l'égide du roi, un représentant direct en la personne du résident. Mais cela signifiait aussi qu'au cas où un problème surviendrait, ils en endosseraient la responsabilité et devraient rendre des comptes.

Ariel s'apprêtait à réagir aux propos de sa sœur quand une ombre blanche et floue fila devant elle à toute vitesse.

— Chut !

Ariel ralentit. Elles se faufilèrent dans l'ombre et aperçurent un jeune poisson dodu, blanc et strié de bleu, en train de ratisser les brins d'algues, renversant les feuilles sur le sol. Aurait-il vu quelque chose ? Serait-il lui aussi à la recherche de Mala ?

— Je vais lui parler, annonça Ariel.

Perla lui agrippa fermement le bras :

— Non ! Si ça se trouve, il est dangereux !

— Quoi ? (Elle se dégagea de l'emprise de sa sœur, les sourcils froncés.) Mais voyons, il est minuscule.

— Sa taille ne prouve strictement rien ! Ses nageoires pourraient être venimeuses.

Les yeux d'Ariel se révulsèrent.

— Très bien, reste ici. Je crierai si j'ai besoin d'aide.

— Ariel !

Mais elle était partie depuis longtemps et déjà aux trousses du poisson. Alors qu'il retournait les pierres l'une après l'autre, Ariel remarqua qu'il tremblait des nageoires.

— Ahem. Bien le bonjour, le salua-t-elle.

Le petit poisson poussa un glapissement avant de se réfugier sous l'anémone de mer qu'il venait de soulever. En dépit de ses efforts pour se cacher, sa queue dépassait, s'agitant violemment.

— Je suis navrée ! s'excusa Ariel en s'étreignant les mains avec regret. Je ne voulais pas te faire peur.

— Si-si-s'il vous plaît, ne-ne-ne… n'approchez pas, supplia-t-il.

Flûte. Ariel se sentit coupable. Elle mit un peu de distance entre eux pour lui faire comprendre qu'elle ne lui voulait aucun mal. Elle jeta un coup d'œil à Perla – cette sirène adulte, environ cinq fois plus grande que le poisson mais tout aussi apeurée que lui, en train de se dissimuler derrière du varech. L'ironie de la situation était des plus comiques.

— Je m'appelle Ariel.

Le nid de végétaux où le poisson s'était abrité tressauta sous ses tremblements.

— Je ne te ferai aucun mal, c'est promis, ajouta-t-elle.

La jeune sirène posa le filet dans lequel elle avait trouvé la touffe de cheveux et le verre cassé, puis elle leva les mains en signe de reddition.

— Je ne suis pas armée. (Le poisson sortit légèrement la tête et l'examina de bas en haut.) Je suis à la recherche de quelque chose, et j'ai l'impression que toi aussi. Alors, je me suis dit que j'allais venir te dire bonjour.

— Bonjour.

Le poisson sortit entièrement la tête, jetant des coups d'œil dans toutes les directions avant de poser son regard sur Ariel. Ses tremblements s'apaisèrent. C'était un début, mais Ariel s'en contenterait. Elle haussa les épaules et lui adressa un sourire, prenant bien garde à respecter la distance qui les séparait.

— Je... Je ne veux pas d'ennuis. Je cherche juste quelque chose. Mais si vous préférez que m-m-m'en aille, alors...

— Bien sûr que non. Tu étais là avant nous, dit Ariel. Que cherchais-tu exactement ? Je l'ai peut-être vu.

— Je, hum, eh bien, je cherche mon interpellatiseur.

Ariel n'avait jamais entendu parler d'une chose pareille.

— Ton quoi ?

— Je le prononce peut-être mal. C'est mon amie la mouette qui me l'a donné. D'après elle, je pourrais m'en servir pour chercher des trésors.

Un poisson ami avec un oiseau ? Comme c'est excitant !

— Mais je l'ai fait tomber quelque part. Ici, il me semble, dit le poisson en se tapotant la bouche.

— Je n'ai pas la moindre idée de ce que ça peut être. Navrée que tu n'arrives pas à le retrouver. Depuis combien de temps cherches-tu ?

Son regard se posa sur le sol.

— Euh, qua-quatre jours, je dirais.

Ariel se mordit la lèvre. Quel que soit cet objet, il aura certainement été emporté par le courant, maintenant. Que faire ? Elle fit signe à Perla de s'approcher. Sa sœur semblait avoir compris que le jeune poisson ne représentait aucun danger. Elle sortit de sa cachette et les rejoignit en nageant, lui adressant un timide signe de la main.

— Voici ma sœur Perla, annonça Ariel. Nous n'avons pas saisi ton nom.

— Polochon.

— Enchantée, Polochon, répondit Perla, dont les épaules s'affaissèrent légèrement.

Polochon plissa les yeux :

— Attendez. Vous êtes… (Il poussa une exclamation et recula.) Vous êtes les filles du roi ! Je suis désolé, Vos Altesses !

Il prit sa tête entre ses nageoires et se mit à tourner en rond, ce qui ne fit qu'accentuer sa panique.

— Oh ! là, là ! Je parle aux filles du roi ! Dois-je m'incliner, ou…

Le petit poisson leur offrit sa plus belle révérence :

— Pardonnez-moi, je vous en prie.

— Oh, non-non-non, s'il te plaît, intervint Ariel. Tu n'as pas à t'incliner. Au fait, aurais-tu vu d'autres sirènes dans les parages ?

Polochon se tapota la tête. Puis il pointa sa nageoire vers les eaux désertes qui, un peu plus tôt, avaient provoqué l'inquiétude d'Ariel.

— J'ai bien vu un monstre marin aller dans cette direction.

— *Je le savais*, murmura Perla. Je te l'avais dit, sœurette.

Ariel n'était toujours pas convaincue.

Les traits de Polochon respiraient la confusion :

— Au cours de mes voyages à travers les océans, j'ai croisé tout un tas de monstres marins. Cela fait des lunes que je suis dans la zone du Zénith. L'eau est très claire à cette époque de l'année, et on y trouve toutes sortes de végétaux qui ne poussent *qu'en ce moment*. J'adore ça. Sans parler de toutes les algues qu'on trouve ici. Il y en a plus de quarante variétés différentes. (Il se prit le ventre.) J'ai visité trois fois chacun des sept territoires, mais, à cette époque de l'année, c'est celui-ci que je préfère. En fait, j'envisageais de faire de nouveau le tour des territoires très bientôt, mais j'ai perdu mon interpellatiseur.

— Tu en connais un rayon sur cette région, souligna Ariel.

Polochon esquissa un sourire modeste.

— Merci beaucoup.

Ses voyages lui ont probablement appris énormément de choses, songea Ariel. Pourrait-il les aider ?

Sauf que Polochon était craintif, timide, et il avait peur de son ombre. Il était peu probable qu'il soit partant pour retrouver une sirène disparue. Peut-être pourrait-elle le convaincre en douceur ? Le faire se sentir en sécurité.

— Polochon, je dois en apprendre davantage sur ce territoire et les créatures qui y vivent. Serais-tu disposé à m'aider… en me fournissant des informations, je veux dire ? Rien de dangereux. Tu pourras résider au palais protectoral. Nous verrons sur place si nous avons l'un de ces interpellatiseurs pour toi.

Perla lui jeta un coup d'œil torve, et Ariel déglutit avant d'esquisser un sourire.

— Venir à la cour ? (Les yeux de Polochon doublèrent de volume.) Moi ? À la cour ?

— Oui !

— Je… Je ne sais pas. On dirait qu'il y a beaucoup de monde et…

— Mais non, tu auras ta propre chambre.

— Ce n'est pas une bonne idée, marmonna Perla entre ses dents. Comment comptes-tu organiser ça ?

Ariel ignora les remarques de sa sœur. Polochon se tapota de nouveau la tête, en pleine réflexion.

— Il y aura à manger, poursuivit-elle. Un vrai festin ! Du gâteau aux algues et du pain croustillant. Les cuistots de la cour peuvent te mitonner tout ce que tu veux.

— Hmm…

Ses lèvres se froncèrent et il se tambourina de nouveau le crâne. Son regard circula entre les deux sirènes.

— Ça fait un moment que je n'ai pas mangé un bon repas.

Ariel rayonna d'avance.

— Et… (Polochon posa sa nageoire sur sa joue.) Je peux partir quand je veux ?

— Absolument ! promit Ariel.

— Hmm, bon, d'a-d'accord. Je… Je veux bien vous aider.

Ariel serra la nageoire de Polochon, le couvant du regard. Comment Père accueillerait-il la chose ? Serait-il d'accord pour recevoir son aide ? Selon elle, c'était une excellente idée. Il pouvait vraiment leur être utile. Il *fallait* que son père comprenne combien elle prenait son rôle de protectrice au sérieux. Ariel s'éloigna, ouvrant la voie vers le palais. Bien que n'ayant rien trouvé de très utile à leur enquête, elle était certaine qu'obtenir l'aide de Polochon était déjà une petite victoire.

Chapitre 7

Quatre jours avant la Lune de Corail

Polochon nageait timidement derrière Ariel et Perla, les inondant de questions tout le long du trajet jusqu'au palais à propos de leurs occupations dans cette partie de l'océan, ce à quoi Perla s'abstint, heureusement, de répondre. Ariel satisfit à sa curiosité avec autant d'honnêteté que possible, sans toutefois lui faire savoir qu'elles étaient à la recherche de leur sœur.

— Qu'est-ce qui t'a pris de l'emmener ? la morigéna discrètement Perla, tandis que Polochon était à la traîne, scrutant toujours les alentours au cas où il repérerait l'embout scintillant de son interpellatiseur.

— *Il me prend* qu'il en sait sans doute bien plus sur ce territoire que nous n'en saurons jamais, étant donné qu'il le parcourt depuis des lunes, murmura Ariel en retour. As-tu entendu tout ce qu'il connaît sur cette région ?

— Oui, mais il a peur de son ombre.

— Et alors ? Il ne risque rien avec nous.

— Es-tu sûre de cela, Ariel ? (Sa sœur lui enfonça les ongles dans le bras.) Sommes-nous seulement en sécurité nous-mêmes ?

— Ne dis pas ça, répondit Ariel en fronçant les sourcils. Nous allons découvrir qui a enlevé Mala et la ramener à la maison.

La jeune sirène n'en démordrait pas.

— Tout va bien ? s'enquit Polochon, qui les suivait à la trace.

— Tout va très bien ! répondit-elle avec un enthousiasme et un sourire forcés.

Mais Polochon ne lui prêtait plus attention. Il les dépassa, les yeux rivés sur quelque chose juste devant lui.

— Vous avez vu ça ? dit-il en agitant les nageoires comme s'il polissait une paroi en verre. Il y a un sceau tout autour du palais.

Il fit onduler sa nageoire dans l'eau, et un voile orange se mit à scintiller.

— Ah bon ? fit Ariel.

Le roi avait dressé des sceaux de sécurité autour de son château et des palais de chacune de ses filles. C'était une barrière invisible, semblable à une bulle géante. Il les avait imprégnés de magie grâce à son trident, de sorte que seules les personnes en ayant reçu l'autorisation puissent les franchir. Un jour, Ariel avait vu une pieuvre essayer de s'attaquer à un sceau. Ses lèvres avaient doublé de volume, et elles étaient devenues si lourdes que l'animal avait été entraîné par le fond, où il était resté bloqué jusqu'à ce que les gardes viennent le récupérer. Mais comment se faisait-il qu'il y ait déjà un sceau ici ? Elles n'étaient au Zénith que depuis peu. Le roi l'avait-il érigé avant leur arrivée ?

— Saurais-tu nous dire depuis combien de temps il est là ? demanda Ariel.

Polochon pinça les lèvres :

— Eh bien, depuis un bout de temps, on dirait. Mais le plus étrange, continua-t-il, c'est que les palais des autres territoires en ont eux aussi, sauf qu'ils émettent une lueur bleue quand on s'en approche. Celui-ci est orange, ouvert, comme s'il ne marchait pas. On dirait qu'il est cassé, ou quelque chose comme ça. Regardez…

Il s'avança et franchit le sceau sans problème. Ariel fut estomaquée. Impossible. N'importe qui pouvait passer au travers !

Un crime a eu lieu au palais – ma sœur a été kidnappée. Et maintenant, le sceau de sécurité supposé ne laisser entrer que les invités de la cérémonie a été rompu ?

Elle se tapota pensivement la bouche, les bras parcourus d'un frisson tandis que les pièces du puzzle qu'elle s'efforçait désespérément d'assembler lui glissaient comme du sable entre les doigts.

Ce sceau brisé aurait-il un lien avec l'enlèvement de Mala ? Comment l'expliquer autrement ? Son ravisseur avait bien dû entrer, puis ressortir. Si le sceau avait subi une défaillance accidentelle, et que le roi l'avait su, il aurait immédiatement fait le nécessaire pour qu'il soit réparé. Cela sentait le sabotage à plein nez.

Perla serra le collier de coquillages qu'elle portait autour du cou. Ariel la questionna :

— Qui pourrait rompre un sceau érigé par le roi ?

— Hmm, eh bien, le roi, évidemment. Tous les résidents ont la possibilité de modifier les sceaux, au cas où quelqu'un devrait s'adresser à Usengu, par exemple. Père leur offre cette prérogative en même temps que leurs autres dons lors de leur prise de fonction.

— Oh, bien sûr, oui.

Je n'y avais pas pensé. Ariel se souvenait vaguement de l'avoir entendu dire pendant ses études. Les résidents étaient sélectionnés sur leur territoire, parmi leur propre peuple. Chacun devait être évalué par son père. Cependant, une fois que ce dernier les jugeait dignes de confiance, il leur remettait un présent : une compétence spécifique en gage de bonne foi et de gratitude. Mais en dehors de cela, ses études ne lui avaient pas révélé grand-chose à propos des monstres marins.

Les résidents représentaient une poignée de monstres à qui Père avait accordé sa confiance. Une fois, Ariel avait assisté à l'intronisation de l'un d'entre eux, à Chaine, le territoire de Mala. Le royaume entier avait été terrifié d'apprendre que Ieka – surnommé *l'Infâme* en raison de sa famille composée de chasseurs voraces qui se régalaient de toutes sortes de créatures marines et de sirènes – allait être nommé résident de la mer de Chaine. Toutefois, il avait juré n'avoir jamais partagé l'appétit de ses parents et qu'il préférait de loin suivre un régime à base de plantes marines. Il avait passé avec succès tous les tests du roi Triton et fut ainsi nommé résident. Ariel avait oublié quel était le présent dont le roi l'avait gratifié. Elle était alors très jeune ; elle se souvenait d'avoir assisté à toute la cérémonie, accrochée au bras de Tamika. Polochon avait raison : en dehors du roi lui-même, seuls les résidents pouvaient trafiquer un sceau de sécurité.

Mais alors… Elle se couvrit la bouche, frappée d'effarement. Celui ou celle qui avait rompu le sceau avait aussi enlevé Mala, ou y avait contribué. *Cela ne fait aucun doute.* Ariel serra ses bras autour de sa poitrine, et regarda fixement le sceau orange brisé. Les résidents étaient des gens *dignes de confiance*. Cela n'avait aucun sens. Et pourtant... c'était la *seule* explication plausible. Il y avait en tout six résidents. Et à en croire Usengu, aucun d'entre eux n'avait assisté à la cérémonie, leur présence étant requise sur leur territoire pour veiller au grain. Mais supposons que l'un d'entre eux soit quand même venu ? L'angoisse fit chavirer son estomac. Il semblerait que ces six-là étaient les suspects les plus probables.

Ariel croisa le regard de Perla, qui arborait une expression crispée et chargée d'inquiétude. À l'évidence, sa grande sœur et elle avaient la même chose à l'esprit.

Le nœud dans la poitrine de la jeune sirène se resserra.

— C'est bien, déclara-t-elle. Les choses se précisent.

— Qu'est-ce qui se précise ?

Polochon s'était glissé derrière elle. Ariel empêcha ses mains de trembler et expira. Du calme. Elle devait conserver son calme.

— Oh, je... Je parlais de ce qui est arrivé au sceau.

C'était plus ou moins la vérité. Elle pointa le palais du doigt :

— Entrons.

Polochon la considéra pendant un instant et acquiesça.

Ils entrèrent tous les trois dans le palais, veillant à ne pas alerter les gardes de leur présence. Perla chuchota à Ariel qu'elle allait vérifier si leur père était revenu, puis elle s'élança par-devant eux. Lorsqu'ils dépassèrent le foyer désert où l'intronisation d'Ariel avait presque eu lieu, Polochon regarda nerveusement les décorations cassées, partiellement déblayées en raison des événements de la journée. Ariel se contenta de lui adresser un sourire rassurant :

— Alors ! Les résidents, dit-elle aussitôt qu'ils eurent rejoint ses appartements.

Elle sortit de l'encre de seiche, un morceau de toile et entreprit de lister les noms de chaque territoire :

MER DE PITON

MER DE FRACUS

MER DE SAITHE

MER D'APNEIC

MER DE BRINEDIVE

MER DE CHAINE

— Pourquoi tiens-tu tant à savoir qui a rompu le sceau ? s'enquit Polochon.

— Euh... (Elle regarda en tous sens pour éviter son regard inquisiteur.) Oh, je me disais simplement que celui qui a brisé le sceau essayait peut-être d'entrer au palais pour avoir une audience avec mon père, ou Usengu. Il pourrait s'agir d'une affaire importante.

Elle se mordit la lèvre, espérant que ses balbutiements ne l'avaient pas trahie. En vérité, si Mala avait été enlevée par un résident – et Ariel priait pour que ce ne soit pas le cas –, elle voulait connaître le moindre de leurs déplacements et agissements, afin de comprendre la nature de la potentielle menace qui planait sur sa famille.

— Connais-tu le nom des résidents et leurs assignations ? demanda-t-elle à Polochon.

Ariel avait brièvement étudié les résidents en histoire de l'océan, mais c'était il y a longtemps. Ses professeurs abordaient rarement les sujets relatifs aux monstres marins, et bien qu'elle ait encore quelques notions, le savoir de Polochon lui serait d'une aide précieuse.

Le poisson l'observa pendant un instant, puis il examina la liste plus attentivement.

— Bien sûr que je les connais. J'en ai croisé la plupart au cours de mes voyages. Et j'ai entendu de nombreuses histoires sur chacun d'entre eux.

Ses nageoires effleurèrent le morceau de toile, et Ariel y nota aussitôt les noms de ceux dont elle se souvenait.

— La résidente de Piton s'appelle Callyne, déclara-t-elle.

— Exact. Quand elle a prêté allégeance, le roi lui a octroyé le don d'entendre des sons très faibles partout à travers l'océan. Ainsi, elle peut percevoir des menaces venant de très loin. Et le résident de Brinedive s'appelle Mangus. Je ne sais quel don le roi lui a accordé.

— Celui de créer des vortex sous-marins.

Ariel griffonnait avec frénésie, complétant sa liste des suspects. Elle se souvenait d'avoir entendu parler des capacités de Mangus par sa sœur Indira.

— Et à Apneic ? (Elle se tapota le menton.) Il me semble que c'est… Non, Brutus est mort, et c'est son fils Roine qui a pris la relève, n'est-ce pas ?

— Oui, absolument.

Polochon et Ariel continuèrent ainsi jusqu'à ce que chaque résident soit inscrit, ainsi que les capacités dont ils se souvenaient. À eux deux, ils en retrouvèrent cinq sur six :

MER DE PITON – Callyne
Entend les sons très faibles

MER DE FRACUS – Silius
Capacité inconnue

MER DE SAITHE – Tolum
Incapable de mentir

MER D'APNEIC – Roine
Gonfle jusqu'à doubler de volume

MER DE BRINEDIVE – Mangus
Crée des vortex sous-marins

MER DE CHAINE – Ieka
Provoque la paralysie

Polochon s'étreignit le ventre.

— Non pas que je tienne à interrompre notre travail, mais tu n'avais pas parlé de gâteaux aux algues ?

Ariel leva les yeux de ses notes. Mais où étaient ses manières ? Les cuisines avaient préparé un véritable festin à l'occasion de la cérémonie.

— Bien sûr ! Excuse-moi. Je vais voir ce que je peux trouver. À tout de suite.

Ariel ouvrit la porte et heurta Perla de plein fouet.

Sa sœur la repoussa à l'intérieur de la chambre et ferma derrière elle.

— Ariel, c'est Père. Il…

Elle jeta un coup d'œil vers Polochon et se mordit la langue.

Lui était-il arrivé quelque chose ? Avait-il reçu de mauvaises nouvelles concernant Mala ? La panique frétillait en elle telle une anguille. Elle saisit Perla par les épaules et l'attira dans un coin à l'écart de Polochon pour qu'elles puissent s'entretenir discrètement.

— Oui ? Qu'y a-t-il ?

— Karina est partie sans prévenir personne, chuchota-t-elle. Père est *furieux*. Il a dit que nous allions toutes retourner dans son château sur-le-champ. Ses gardes et lui se chargeront personnellement de l'enquête. Il… Il est certain qu'un monstre marin de Carinae est derrière tout ça. Il a l'intention d'instaurer un couvre-feu dans tous les territoires et il fera en sorte que sa garde ratisse toute la région, d'une frontière à l'autre, en interrogeant tout le monde.

Il fait erreur, songea Ariel. De son point de vue, le sceau brisé indiquait visiblement que le coupable était un résident, et non un habitant du Zénith. À moins qu'il y ait eu un complice ? Mais pourquoi un habitant de Carinae ferait-il équipe avec quelqu'un originaire d'un autre territoire ?

— Un interrogatoire ? questionna Polochon en les rejoignant. Un monstre marin serait derrière quoi ? C'est en rapport avec ce qu'on raconte à propos du roi ?

Sa voix était calme et mesurée, mais il tremblait de toutes ses écailles.

Il parle des rumeurs. Ariel soupira. Elle voulait sans plus attendre aller trouver son père et lui parler des indices qu'elle avait découverts, mais, d'un autre côté, elle était consciente que pour avoir toute l'aide de Polochon, elle devait se montrer honnête envers lui.

— En fait, je n'ai aucun projet de recherche, avoua-t-elle en désignant le morceau de toile. Je dresse une liste de suspects. Cet après-midi, quelqu'un a enlevé ma sœur lors de mon intronisation en tant que protectrice, exigeant que mon père renonce au trône, sans quoi nous ne la reverrons jamais. (Elle s'éclaircit la voix.) Or, j'essaie de découvrir qui a pu la kidnapper et où elle peut bien se trouver. L'heure tourne. Plus longtemps elle sera partie, moins nous aurons de chances… de la retrouver vivante.

Polochon en resta bouche bée.

— Alors c'est une enquête ? A-avec des criminels et d-d-des suspects ? C'est d-d-dangereux !

— En effet, mais je dois agir, tu comprends ? (Elle afficha son sourire le plus triomphal.) Et tu es si intelligent que j'ai pensé que tu pourrais m'aider.

Un sourire timide s'étira sur le visage du petit poisson.

— Ma foi, je connais deux ou trois choses. Mais *jamais* je ne pourrais c-c-confondre le suspect d'un crime.

— Polochon, tu es brillant. (Elle lui effleura affectueusement le crâne, ce qui le fit sourire de plus belle.) Je suis certaine que tu pourrais le faire, et même plus encore.

Polochon referma la bouche et songea aux paroles de la jeune sirène.

— Tu es trop gentille. J'ai l'impression d'être un bon à rien, alors je reste tout le temps seul. Je n'ai jamais eu d'amis. C'est pour ça que je voyage autant et que je ne tiens pas en place. Pour ne pas déprimer.

Ariel observa un moment de silence. Polochon se sentait seul. Elle connaissait cette sensation.

— Je regrette aussi de ne pas t'avoir dit toute la vérité, confia-t-elle. Mais Polochon, tu n'es plus seul, maintenant. Tu n'as plus à l'être. Nous pouvons nous créer une nouvelle maison ici, en tant qu'amis.

Il leva sur elle sa mine morose et la regarda droit dans les yeux :

— Tu... Tu serais d'accord ?

— Naturellement ! insista-t-elle. Maintenant, nous devons parler à mon père. Lorsque nous reviendrons, nous mangerons du gâteau aux algues et nous te trouverons une chambre.

Ariel entraîna Polochon, qui était terrifié à l'idée de rencontrer le roi. Elle avait à peine franchi le vestibule que son père les aperçut.

La jeune sirène attrapa Polochon par la nageoire et se précipita à sa rencontre.

— Père !

— Ariel, tu devrais être en train de faire tes bagages, la morigéna-t-il, le front creusé de sillons. Nous partons dès l'aurore.

Elle s'éclaircit la voix, faisant fi des pirouettes de son estomac.

— Père, compte tenu du fait que je devrais être protectrice à cette heure, j'ai longuement et mûrement réfléchi à la question : je vais rester au Zénith. Je suis déjà parvenue à comprendre que...

— Qui est-ce ?

— C'est Polochon, mon nouvel ami.

Elle le poussa en avant, et le petit poisson était si nerveux qu'elle crut qu'il allait devenir tout vert. Elle poursuivit :

— Il est plus intelligent que tous les poissons que vous ayez rencontrés. Il sait énormément de choses sur la région. Il a…

— Tu l'as fait venir ici ? (Son père plissa les yeux.) Tu l'as fait franchir mon sceau ?

— En vérité, non. D'ailleurs à ce propos…

— Tu m'as désobéi et tu as quitté ta chambre, conclut le roi en se massant les tempes. Si je n'avais pas déjà les cheveux gris, tes sœurs et toi les feriez blanchir à vue d'œil.

— Père, je vous en prie.

Ariel regarda Polochon, qui s'était mis à trembler devant la contrariété apparente du roi.

— Dites-lui bonjour, ajouta-t-elle discrètement, dans l'espoir que son père ferait au moins preuve de politesse.

Triton poussa un soupir. Il posa son regard sur le poisson, et ses traits se durcirent :

— Enchanté, Folichon.

— C'est Polochon, corrigea Ariel en rougissant de honte.

— T-Tout l'honneur est pour moi, répondit Polochon en s'inclinant.

— Si tu veux bien nous excuser, Polisson. (Le roi attira sa fille à l'écart.) Que peut bien savoir ce jeune poisson à propos de mon royaume que je ne sache pas déjà ?

Ariel se redressa.

— Père ! C'est ridicule, voyons !

Usengu approcha :

— Bien le bonsoir, princesse. Sire.

Voyant Polochon, le serpent de mer fit une grimace. Ariel avait horreur de la façon dont on se méfiait des étrangers, par ici.

— Il est avec moi, expliqua-t-elle.

— Fort bien, dit Usengu avant de se tourner prestement vers le roi. Veuillez me pardonner de vous avoir si grossièrement importunés, sire. Les préparatifs pour la logistique et les séances de planification sont achevés. Nous avons des rapports actualisés sur les sources de tension dans la région. Il faut nous hâter.

Usengu se pencha à l'oreille du roi, murmurant tout ce qu'il avait à lui dire. Ariel s'excusa auprès du petit poisson :

— Je suis vraiment navrée, Polochon.

Mais, terrifié par Triton, ce dernier gardait le regard fixé au sol.

— Très bien, Usengu, dit le roi. Fais-les venir. Tous ceux qui te semblent suspects. Je tiens à les interroger moi-même. J'arrive dans une minute.

— Mais, Père, j'ai découvert un message écrit de la main de Mala. De plus, tes gardes se sont-ils rendus à la frontière ? Le sceau de sécurité a été…

— *Il suffit !* Ariel, tu vas m'obéir maintenant, ou, que l'on m'en garde, tu seras punie jusqu'à la prochaine Lune de Corail ! tempêta-t-il.

Ariel souffla. Derrière elle, Polochon tremblait de tout son être.

— Vous faites peur à Polochon. Vous devriez avoir honte !

Son père pouvait parfois se montrer insupportable. Bouillant d'exaspération, elle saisit Polochon et quitta le roi, furieuse. Il était d'une telle étroitesse d'esprit !

Elle n'avait même pas pu lui parler du sceau, ou du message de Mala. De toute façon, il n'aurait rien écouté. Et cette piste qu'il suivait, ces suspects potentiels en provenance du Zénith… Était-il seulement sur la bonne voie ? Ariel et Polochon retournèrent dans la chambre de la jeune sirène. Perla les y attendait :

— Alors ? Comment cela s'est-il passé ?

Pour toute réponse, Ariel croisa les bras.

— C'était une bonne idée, souligna sa sœur. De retrouver Mala nous-mêmes, je veux dire.

— Oh, mais notre enquête est loin d'être terminée.

Polochon déglutit lourdement.

— Nous allons retrouver Mala, insista Ariel. Nous devrons simplement faire en sorte que Père ne se mêle pas de nos affaires.

Chapitre 8

Trois jours avant la Lune de Corail

La suite de la journée se déroula comme un rêve confus. Pendant qu'Ariel et Perla étaient confinées dans leurs chambres, le roi Triton et sa garde passèrent le restant de l'après-midi à suivre des pistes et à interroger des Carinéens. On avait envoyé Usengu dans les autres territoires pour apprendre ce qui s'y chuchotait à propos du kidnapping. Le lendemain matin, Ariel et ses sœurs avaient été tirées du lit dès potron-minet et avaient regagné le palais royal. La jeune sirène avait encore mal à la queue d'avoir dû suivre le rythme de son père.

Ariel n'avait pas eu la moindre occasion de lui parler des résidents. Elle avait essayé de l'aborder pendant le voyage, mais chaque fois qu'elle mentionnait l'enquête il lui répliquait de le laisser faire. Sa frustration ne faisait que s'accroître quand, dès leur retour, son père avait décrété que le château serait bouclé et qu'Ariel, ses sœurs et Polochon – dont elle avait réclamé la présence en tant qu'invité – devaient rester cloîtrés dans leurs chambres.

— Que sommes-nous ? Des prisonnières ? Dans notre propre maison ? avait marmonné Ariel dès que Triton eut tourné le dos.

— C'est pour notre propre sécurité, sœurette, avait réprimandé Caspia, prenant comme d'habitude le parti de leur père. En tant que protectrice, tu te dois de peser tous les risques. Et c'est exactement ce que fait Père en ce moment.

Sur le coup, Ariel n'avait pas eu la force d'argumenter, mais elle était parvenue à murmurer à Perla et Polochon qu'une fois délestés de leurs bagages, ils devraient s'éclipser de leurs chambres et la retrouver dans la sienne, pour l'aider à affiner leur liste de suspects.

La jeune sirène était soulagée de se retrouver au milieu de ses affaires. La plupart d'entre elles étaient encore empaquetées. Julia et les autres domestiques se chargeaient de les déballer. Mais se retrouver entourée de murs et d'objets familiers l'aidait à se détendre. Elle pouvait y arriver. Elle parviendrait à retrouver Mala. Un autre drame ne les séparerait pas plus qu'elles ne l'étaient déjà…

Ariel arpenta sa chambre, toujours plus anxieuse à mesure que le temps passait.

Où sont-ils ?

Toc. Toc. Elle ouvrit la porte, et son cœur se gonfla à la vue des joues rebondies de Polochon.

— Enfin, vous voilà !

Elle guetta l'arrivée de Perla, mais le couloir était désert.

Polochon s'invita à l'intérieur et examina ses affaires. Ariel s'empressa de fermer la porte derrière lui, non sans s'être assurée au préalable qu'aucun garde ne l'avait vu entrer.

— Tiens ? Tu as une tricoteuse ? fit Polochon.

— Une quoi ?

Il tendit sa nageoire vers un objet pointu qui était sur son étagère.

— Il paraît que c'est comme ça que ça s'appelle. Eurêka, mon amie la mouette, dit que ça sert à fabriquer des jolies choses tout plein de couleurs avec des algues.

Ariel fit rouler le long objet argenté entre ses doigts. Elle l'avait trouvé un soir dans les fonds marins et s'était dit qu'il s'agissait sans doute d'un outil servant à creuser. Cependant, à bien y penser, au vu de son petit embout pointu, il semblait bien mal adapté à cet usage.

Polochon examina la coquille évidée où était posée la tricoteuse, auprès d'autres objets en provenance de la surface qu'Ariel avait collectés au fil des ans, et fouilla dans le bric-à-brac que ses sœurs auraient qualifié de déchets.

— Tu devrais faire un peu de rangement là-dedans.

Le poisson entreprit de trier les pièces de sa collection, et Ariel écarta vivement la coquille.

— Mes sœurs me bassinent avec ça, dit-elle. Père pense que ces objets sont nocifs. J'aime autant les garder cachés.

Une tricoteuse. Quel curieux objet. Elle fit de nouveau tourner la baguette dans sa main, puis la remit avec le reste avant de simplement replacer le tout sur son étagère, à l'abri derrière un coquillage :

— On n'a pas de temps à perdre. Mala est là-dehors, et nous devons aider à la retrouver.

Ariel étala sa liste de suspects. Maintenant que Polochon connaissait l'usage réel de ses informations, ils pouvaient entrer dans le vif du sujet.

— Alors. Si les résidents sont les seuls à pouvoir rompre des sceaux, le kidnappeur de Mala ne peut être que l'un des six élus. Tu confirmes ?

— Oui, c'est forcément l'un d'entre eux, approuva Polochon. Enfin, si on s'en tient aux personnes influentes capables d'agir sur les sceaux, alors nous pouvons aussi compter Usengu dans la liste. Mais ce serait insensé, vu sa réputation.

Ariel plissa le nez. *Usengu n'a reçu aucun don de la part de Père, n'est-ce pas ?*

— Qu'entends-tu par « personne influentes » ?

— Bah, les monstres marins l'écoutent. En tant que résident-superviseur et conseiller du roi, il a leur attention. Ce sont ses sujets.

Toute cette conversation à propos d'Usengu mit Ariel mal à l'aise. Pour bien des raisons, l'ajouter à la liste des suspects n'avait aucun sens. *Il fait partie de la famille.* De plus, il était tout le temps resté à l'intérieur du château. Elle l'avait vu quelques instants seulement avant la disparition de Mala et, après cela, son père avait tenu un conciliabule avec ses gardes. Or, Usengu était toujours convié à ces réunions.

— Polochon, tous les habitants de notre royaume sont les sujets de mon père.

— Oui, en théorie. Mais si c'était vrai, il n'y aurait pas de traité Monstres – Sirènes, n'est-ce pas ?

Elle ne pouvait pas le contredire. Polochon avait raison. Triton avait clairement exprimé ses positions quant aux monstres marins.

Les doléances de leur communauté semblaient s'amonceler davantage que celles des autres. À l'évidence, le roi n'était pas pressé de répondre à leurs besoins. Leur mécontentement n'était guère étonnant. Ariel avait entendu les rumeurs de colère et de tension parmi les peuples marins, mais le roi Triton n'abordait ces choses-là que dans des réunions à huis clos.

— Au cours de tes voyages, quelle opinion les gens avaient-ils de mon père ? demanda-t-elle à Polochon.

Le petit poisson fixa le sol, muré dans le silence.

— Tu peux tout me dire, l'encouragea Ariel. Cela restera entre nous, promis.

— Eh b-bien, pour être franc, dans bien des lieux, Usengu est plus populaire que le roi. (Ses yeux bougeaient nerveusement, comme si le simple fait d'avoir dit ça à voix haute était une trahison.) Pa-parce qu'il représente les monstres marins. Ils les écoute. Il ne les considère pas… comment dire… comme des *bêtes.* Même pour quelqu'un comme moi, qui ne suis pas un monstre marin et dont l'opinion importe peu, Usengu est en quelque sorte… quelqu'un d'inspirant. Tu vois ce que je veux dire ?

Son père avait plus d'une fois librement usé du terme « *bêtes* » pour décrire les monstres marins, dans le but de convaincre Ariel et ses sœurs qu'il s'agissait de créatures effrayantes.

— Je ne régnerai pas de la même manière, promit la jeune sirène.

En tant que protectrice, elle n'accepterait jamais cela. Elle s'assurerait que les attentes des monstres marins seraient satisfaites. Ils faisaient partie des citoyens, au même titre que n'importe quel autre peuple marin :

— Enfin, pour ta gouverne, en ce qui me concerne, sache que je vois les choses autrement.

— Je sais, sourit Polochon.

Pour la première fois, il ne semblait pas effrayé. Peut-être que leur amitié nouvelle était plus importante qu'il n'y paraissait. Peut-être que ses voyages finiraient par lui manquer et qu'un beau jour, Polochon reprendrait la route. Ou peut-être qu'il resterait dans les parages et l'aiderait à devenir une meilleure protectrice qu'elle ne se l'imaginait.

— Bien, alors voilà, fit-elle en posant le doigt sur la liste de suspects, dont elle passa les noms en revue. Nous devons enquêter sur chacun d'entre eux. Mais par lequel commencer ?

Ils arpentèrent la chambre, le regard fixe. Ariel parcourut les notes que Polochon et elle avaient prises. Il n'y avait aucun moyen de savoir avec certitude lequel des résidents avait trafiqué le sceau.

— Nous sommes dans une impasse.

— Avec six suspects, fit une voix.

Perla ! Enfin, elle était venue. Ariel ne l'avait même pas entendue ouvrir la porte.

— Nous passons à côté de quelque chose, mais quoi ? (Elle sortit le message retrouvé dans la chambre de Mala et lut entre les petites taches.) *Ce qui aurait pu sauver Mère pourrait également me sauver.*

— Perla, qu'est-ce qui aurait pu sauver Mère ?

Sa sœur ayant mieux connu la reine, elle avait peut-être la réponse à cette question.

Mais celle-ci secoua la tête.

— Je l'ignore. Je n'ai rien trouvé. Et Père était si discret sur ces choses-là à l'époque. Je sais seulement où elle est morte, grâce à…

— La pierre tombale en son honneur, conclut Ariel.

Le monument érigé à l'endroit où leur mère avait péri était différent des mémoriaux construits sur les autres territoires. Celui-ci se trouvait à Fracus, et c'était le plus imposant et le plus grandiose de tous. Des pierres précieuses extraites de grottes sous-marines avaient été fichées dans la statue pour figurer ses yeux, et l'on avait noué des brins de flore marine dans la roche poreuse en guise de chevelure. On disait que la manière dont la lumière se reflétait dessus la rendait encore plus spéciale. Ariel rêvait de pouvoir la voir un jour. En grandissant, elle avait entendu dire que sa mère était très appréciée du peuple. Même par des personnes qui ne voyaient pas le règne de Triton d'un bon œil.

— Je ne vois pas comment je saurais ce qui pourrait avoir sauvé Mère… sans connaître les circonstances de sa mort, souligna Ariel. Tout ce que nous savons, c'est *où* elle est morte.

Ariel avait fini par se résoudre à sourire au lieu de réclamer des détails sur la disparition de sa mère. Mais ce message laissé par Mala était le seul indice dont elle disposait. Elle devait suivre cette piste.

Perla soupira :

— La mer de Fracus.

Le territoire de Tamika.

L'absence de Tamika à la cérémonie d'intronisation d'Ariel n'avait rien eu de surprenant, mais la jeune sirène avait tout de même éprouvé de la déception. En se rendant à l'endroit où leur mère avait péri, comprendrait-elle mieux les circonstances de ce décès dont personne ne parlait jamais directement ? Ariel l'espérait. Elle savait ce qui lui restait à faire. Mais cela ne lui plaisait guère.

— Perla, retourne dans ta chambre prendre tes rapidageoires.

— Va-t-on encore sortir en douce ?

— J'emmènerai Polochon, dit Ariel, sans tenir compte de l'évidente question de sa sœur.

— A-attends, je p-peux aussi rester ici si…

— Je doute que quelqu'un connaisse mieux l'océan que toi, Polochon. Et je ne sais pas exactement ce que je suis censée chercher là-dehors, mais je ne peux pas me permettre de passer à côté du moindre indice. Je t'en prie, j'ai besoin que tu m'accompagnes.

Le poisson prit une inspiration, puis il acquiesça. Ariel lui en demandait beaucoup, elle le savait.

— Je te remercie, Polochon.

— Ariel, où allons-nous ? s'enquit Perla.

Sur sa liste de territoires, la jeune sirène dessina un cercle autour de leur destination et répondit :

— À la Cuisine du Pêcheur. Explorer l'endroit où notre mère a perdu la vie.

Après que Perla fut revenue avec ses rapidageoires, leur petite troupe se mit en route. Heureusement, leur père étant accaparé par son enquête, ils purent se faufiler sans mal hors du palais. La mer de Fracus était le territoire le plus proche de leur foyer, ce qui rendait plus étrange et perturbant le fait que Tamika ne leur rende jamais visite. Mais si proche soit-elle, la mer de Fracus était bien différente de celle de Carinae.

Là où le territoire d'Ariel était lumineux, doux et plein de couleurs, les eaux de Fracus étaient *chaudes*. Ariel avait remarqué que les poissons avaient de grandes et larges branchies – afin de mieux respirer dans ce climat, supposait-elle. Au lieu de récifs multicolores et de bancs de poissons chatoyants, ils ne virent sous eux que des fosses caverneuses. Les fonds marins ressemblaient en partie à des montagnes souterraines, et tout y était brun, orangeâtre et jaune, comme si le soleil s'y était noyé et avait tout calciné. Ariel essaya d'imaginer sa mère dans ses ultimes moments, seule face à une telle désolation, si loin du confort de son foyer.

Un tilapia s'adressa à un groupe de raies mantas qui prenaient le soleil. Ariel épia leur conversation.

— Avez-vous entendu la nouvelle ? Le roi est en train de changer Fracus en dépotoir, où il enverra pourrir tous ceux qui lui déplaisent !

Les raies en restèrent bouche bée.

— J'avais entendu dire que les choses allaient mal, mais pas à ce point, réagit l'une d'entre elles. Chaque jour, je me dis que j'aimerais partir pour Saithe. M'en aller loin d'ici. Mais je n'en ai pas le droit…

Elles émirent un sifflement désapprobateur, et Ariel dut se mordre l'intérieur de la joue. Elle aurait voulu s'arrêter et leur demander où ils avaient entendu proférer de tels mensonges ! Elle se boucha les oreilles et ravala la nausée que lui inspiraient ses messes basses préoccupantes. Perla serra les dents en passant devant eux. Ils n'avaient pas le temps de faire halte pour s'adresser à ces poissons. Et pour leur dire quoi ? Lui feraient-ils confiance ? Elle en doutait. Tout cela n'annonçait rien de bon.

L'endroit où leur mère avait péri était auréolé d'une flore marine couleur rouille. Toute la zone semblait avoir été préservée, laissée intacte pour honorer sa mémoire. Mais, aux yeux d'Ariel, la région paraissait subir les effets d'une corrosion cauchemardesque. Elle souleva le cordon qui délimitait le secteur. Perla et Polochon nagèrent à ses côtés.

— Cela fait si longtemps… Des années, il me semble.

Les poignets de Perla furent attirés l'un à l'autre tels deux aimants, comme si elle assimilait pour la première fois l'immense tristesse que représentait la disparition de leur mère. On ne ressentait pas la même émotion dans la Cuisine du Pêcheur qu'au mémorial de Carinae. Nager dans le même espace où sa mère avait vécu ses derniers instants bouleversait Ariel d'une manière inexprimable.

Souviens-toi pourquoi tu es ici, se morigéna-t-elle. Qu'est-ce qui aurait pu sauver leur mère ? Pour pouvoir répondre à cette question, elle devait en apprendre davantage sur les conséquences de son décès. Or, le seul moyen de le découvrir était d'examiner le lieu de son trépas. Elle n'était pas certaine du rapport que cela avait avec Mala, mais si sa sœur lui avait laissé ce message, c'est que c'était important. Peut-être avait-elle déniché des informations indiquant lequel des résidents l'avait enlevée ? Son chagrin brouillait les pièces du puzzle qu'elle s'efforçait d'assembler. Elle ne pouvait qu'espérer que les mots de Mala la mèneraient sur la bonne piste.

— Peut-être qu'il reste ici quelque chose de cette journée qui pourrait nous éclairer sur ce qui s'est passé, souligna Ariel avant de s'éclaircir la voix. Trouvons ce que nous sommes venus chercher et rentrons avant que Père ne remarque notre absence.

— Je fouille sous les débris, annonça Perla sur un ton crispé.

— Je vais aller voir en bas, offrit Polochon en s'enfonçant dans le sol, soulevant un nuage de particules. Au cas où le temps aurait enfoui quelque chose sous le sable.

— Bonne idée. Je vais voir si je trouve quelque chose de ce côté, déclara Ariel en pointant du doigt un groupe de rochers autour du mémorial.

Elle louvoya entre eux, ne sachant pas avec exactitude ce qu'elle cherchait dans les crevasses. Des rochers de tailles et formes diverses étaient disséminés parmi la végétation. Certains, plus imposants et à la surface calcaire striée de lignes anguleuses, semblaient ébréchés. Elle inspecta les mottes et repéra un amas de débris au-dessus de planches de bois cassées. Elle le fouilla et ne trouva qu'un banc de poissons, que sa curiosité avait dérangés.

Elle leur présenta ses excuses et ils s'enfuirent à toute vitesse.

Ariel continua de sonder les morceaux de corail et déplaça un pan de bois. Une fois qu'elle eut retourné chacun des décombres, ses bras étaient douloureux à force d'avoir soulevé de lourdes charges. Perla la rejoignit, bredouille, elle aussi.

— Rien, déclara sa sœur. C'est à croire que Mère n'est même jamais venue ici.

Ariel déglutit :

— Il doit bien y avoir quelque chose. Il nous suffit de le trouver.

Perla fronça les sourcils.

— Je pense que nous ne découvrirons rien, sœurette. C'était il y a trop longtemps.

— Non, il y a *forcément* quelque chose ! s'emporta Ariel avec trop d'agressivité.

Elle se rendit compte que ses ongles avaient percé des croissants de lune dans la peau de son bras, tout autour de son bracelet. Elle relâcha rapidement sa prise, retrouva son sang-froid et se laissa tomber sur un rocher :

— Ce que je veux dire, c'est qu'il ne faut pas renoncer. Mala compte sur nous.

Perla s'installa à ses côtés et l'entoura d'un bras rassurant, s'exprimant d'une voix douce :

— Ariel. Tout va bien.

— Sauf que rien ne va, n'est-ce pas ?

Elle regretta ses mots à la seconde où elle les prononça. Il était injuste de poser cette question à sa sœur. Une question sans véritable réponse. En outre, même s'il en existait une, cela n'arrangerait rien.

Ariel ferma les yeux et songea à Mala. À quoi pensait-elle en venant ici ?

Perla lui serra l'épaule, et Ariel sentit sur elle la bienveillante chaleur de son regard.

— Tu es trop dure envers toi-même...

— *Ahhh !*

Perla fut interrompue par un cri strident. Polochon ! Ariel se précipita sans même savoir dans quelle direction il se trouvait. Il faisait trop sombre pour y voir clair, mais elle parvint à discerner la silhouette du poisson quelques mètres plus loin, la tête enfouie dans une étendue d'algues broussailleuses.

— Polochon !

Ariel se rua sur lui et saisit la partie inférieure de son corps, le tirant en arrière.

— Aïeuuuuh ! s'écria-t-il.

— Que se passe-t-il ? Es-tu…

Mais dès que la tête de Polochon émergea, Ariel comprit la cause de sa douleur. Un minuscule poisson aux dents acérées et aux yeux menaçants lui mordait le nez. Il tourna vers Ariel l'un de ses yeux globuleux, et celle-ci eut un mouvement de recul.

— Bonté divine !

— *Beu-di-meux !* cria Polochon en battant des nageoires.

— Quoi ? fit Ariel, qui tirait plus fort pour l'arracher aux griffes du poisson.

— BEU-DI-MEUX !

Il avait beau crier, sa voix restait étouffée par la mâchoire de son agresseur. Il se débattit, s'efforçant de s'échapper à son emprise. Ariel tira de toutes ses forces jusqu'à ce que le poisson se décroche et s'éloigne. Le nez de Polochon avait l'air d'une grosse méduse rouge.

— Tu n'as rien ? s'enquit-elle.

— VE-NI-MEUX ! C'est une rascasse, un poisson v-v-venimeux ! (Il se précipita en arrière, sans s'arrêter de hurler.) Fichons vite le camp d'ici !

Quelque part à proximité, Perla poussa un cri, et une nuée de poissons semblables à celui qui avait mordu Polochon surgit des algues. Ariel attrapa son ami et le serra contre elle.

— Perla !

Elle se tourna pour chercher sa sœur du regard, mais se retrouva nez à nez avec tout un banc de rascasses. Ils étaient cernés.

Chapitre 9

Trois jours avant la Lune de Corail

Un chant, aussi fort qu'un carillon résonnant à travers un chapelet de coquillages, se fit entendre dans l'océan. Ariel en chercha la provenance et vit Perla qui, la main posée sur le diaphragme, laissait s'échapper la mélodie stridente. Les poissons venimeux se figèrent, stupéfiés par le chant de sa sœur. *Son Chant de sirène.* Ariel l'avait déjà entendue le fredonner, mais elle ne l'avait encore jamais vue s'en servir.

— Tu n'as rien ? demanda-t-elle à Polochon.

Celui-ci hocha la tête.

— Le venin des rascasses n'est pas dangereux pour les autres poissons. Les sirènes, par contre…

Il laissa sa phrase en suspens, et Ariel déglutit nerveusement. Elle rejoignit Perla, suivie de près par Polochon.

— Combien de temps cela va-t-il durer ?

Mais Perla ne pouvait pas répondre. Sa bouche grande ouverte soutenait les notes de son Chant. Sa poitrine se soulevait tandis qu'elle s'efforçait de faire durer la mélodie afin de maintenir ses effets paralysants. Mais ses forces s'amenuisaient. Lorsque son Chant cesserait, l'essaim de poissons pourrait repartir à l'assaut. Ariel ne savait pas comment apporter son aide. N'ayant aucun Chant à elle, la jeune sirène se sentait quelque peu inutile, mais elle devait agir malgré tout.

Avant qu'Ariel ne puisse songer à un plan, elle aperçut de longues défenses et des dents deux fois plus grandes que sa tête qui chargeaient dans sa direction. Elle s'écarta à la hâte, entraînant Polochon et Perla.

— Je vous tiens !

Elle les maintenait fermement, et le Chant de sirène strident de sa sœur s'arrêta. Perla était à ses côtés, paralysée par la peur, et les rascasses commencèrent lentement à sortir de leur torpeur.

Une queue gigantesque passa à côté d'eux, soulevant un nuage de poussière qui obscurcit leur vision. Les mots lui restèrent en travers de la gorge. Elle les avait conduits jusqu'à la mer de Fracus, seule. Ils se retrouvaient attaqués par de minuscules poissons aux dents acérées, et maintenant *ça*. Tout était sa faute.

— Nous devons partir d'ici ! s'écria Perla en s'agrippant à elle. Ces *choses* vont nous dévorer !

— Je… En fait, je crois que… ça marche. On dirait que…

La voix de Polochon faisait écho à la perplexité qui gagnait Ariel. Alors que le sable retombait autour d'eux, la jeune sirène constata que toutes les rascasses s'étaient dispersées. À leur place se trouvait une créature telle qu'Ariel n'en avait jamais vu. Son corps ondulait, comme celui d'un serpent, mais aussi affûté que la silhouette d'un espadon. Il flottait devant les rascasses, ses yeux rouge vif se resserrant au-dessus de ses défenses et de ses dents proéminentes.

Un monstre marin.

Il se tourna dans leur direction, dévoilant des dents dignes d'un requin, et Ariel resta paralysée. *Fiche le camp d'ici, Ariel !* Mais ses nageoires refusaient de bouger. Le monstre faisait au moins trois fois sa taille.

— Je vous en prie, dit ce dernier. N'ayez aucune crainte.

Il fallut un instant à la sirène pour comprendre que la créature s'adressait à eux. Ariel recula. À l'exception d'Usengu, elle n'avait jamais rencontré d'autre monstre marin. Elle ne savait pas vraiment ce qu'elle ressentait. La méfiance de son père vis-à-vis des étrangers l'incitait à la crainte, mais les battements de son cœur restaient réguliers. Rien dans le comportement du monstre ne donnait à penser qu'il puisse lui faire du mal. Pourtant, elle ne fit aucun mouvement.

— Je me nomme Silius, résident de la mer de Fracus, poursuivit la créature. Vous êtes les sœurs de notre protectrice, si je ne m'abuse ? Les filles du roi.

Le pouls d'Ariel commença à s'emballer, mais elle expira et s'efforça de saisir le sens de ses paroles.

— V-Vous avez chassé ces rascasses ?

— En effet.

— Oh ! Mais c'est bien sûr..., murmura Polochon à Ariel. J'ai entendu parler de lui et de ses immenses défenses. J'aurais dû le reconnaître plus tôt.

Ariel desserra son bras autour de Polochon, sans toutefois le laisser s'éloigner. Silius faisait partie de leurs suspects et ils ne l'avaient pas disculpé, mais il ne semblait pas constituer de menace dans l'immédiat.

— Toutes mes excuses, continua Silius. La sécurité est renforcée dans ses eaux. Nous avons pour ordre de repousser tout individu inconnu.

Perla restait en retrait derrière eux, encore un peu secouée.

— Merci, dit-elle.

— Oui, merci infiniment, ajouta Ariel. Ces rascasses nous ont fait une peur bleue.

— Une minute. Vous devez être la petite dernière du roi Triton. (Silius gardait une certaine distance, mais il s'exprimait avec amabilité.) Cela faisait fort longtemps que je ne vous avais pas vue. La dernière fois, vous étiez cachée derrière les nageoires de votre mère.

Ariel tressaillit et Silius la toisa de haut en bas. C'était étrange pour elle que certaines personnes se souviennent de parties de son existence qu'elle-même avait oubliées.

— Vous avez rencontré ma mère ?

— Effectivement. Elle m'a demandé une faveur, il y a des années de cela. La reine était une personne vraiment charmante. Toutes mes condoléances, princesse. (Il inclina sa tête immense.) Qu'est-ce qui vous amène à Fracus ?

Ariel s'efforçait de le regarder droit dans les yeux, et non de fixer ses dents redoutables. Elle peinait à trouver une réponse. Elle ne pouvait tout de même pas lui faire savoir qu'ils enquêtaient sur la mort de sa mère, surtout s'il était mêlé à la disparition de Mala.

— Hmm eh bien… Notre sœur Tamika est ici, alors nous…

— Vous avez parlé avec Tamika ? la coupa-t-il en plissant les yeux.

— Non, mais nous, euh… Nous espérions la voir.

Ariel afficha son sourire le plus convaincant, mais elle ne put se résoudre à croiser le regard de Silius. Le monstre parut sceptique :

— Hmm. Eh bien, si vous la voyez, dites-lui que j'aimerais moi aussi m'entretenir avec elle.

— Attendez une minute, intervint Perla. Alors, vous ne l'avez pas vue, vous non plus ?

— Non. Pas depuis des années. Elle est cloîtrée dans son palais depuis… Eh bien, depuis que le mémorial a été érigé, si vous voyez ce que je veux dire. (Ses yeux se portèrent vers le sol.) Je ne voulais pas évoquer un sujet aussi… sensible. À Fracus, la reine était très appréciée. Elle l'est *toujours*.

Ariel sentit ses épaules s'affaisser légèrement.

— Il n'y a pas de mal. Quand avez-vous vu Tamika pour la dernière fois ? Êtes-vous certain qu'elle se porte bien ?

— Ma foi, elle gouverne et supervise certaines choses. Nous communiquons par parchemins interposés. Elle se montre très prudente quant aux personnes qu'elle autorise à l'approcher de près et elle n'accorde que peu d'audiences. Personne ne peut lui rendre visite. Elle se montre de temps en temps, elle arbitre les conflits commerciaux et organise les tours de garde. Toutefois, de nombreux citoyens éprouvent de l'inquiétude, en ce moment. Nous avons entendu dire que le roi Triton opérait des rafles, et les monstres marins craignent d'être concernés. J'espérais que la princesse pourrait les rassurer, mais mes demandes restent lettre morte. Ne vous méprenez pas, ajouta-t-il en levant les nageoires. Loin de moi l'intention de la dénigrer.

— Non, cela va sans dire, le rassura Ariel.

— Les citoyens de Fracus adorent Tamika. Un de mes amis me disait l'autre jour combien il lui était reconnaissant d'avoir envoyé des volontaires lui prêter main-forte quand sa maison a été détruite par le ressac. C'est une femme très attentionnée. Elle a le cœur sur la main. (Silius soupira et appuya sa nageoire sur une tache rose et palpitante située près de ses yeux.) La dernière fois que je l'ai vue, c'était lors d'un troc avec les miens. Les choses ont mal tourné.

— Vous voulez dire… avec d'autres bêtes comme vous ? voulut savoir Perla.

Il releva le menton, et Ariel aurait juré que ce choix de mot l'avait fait tiquer.

— J'aurais dû dire « monstres marins », corrigea Perla.

— Pas la peine de vous excuser, Votre Altesse. Vous n'avez fait qu'employer le terme d'usage.

— Au contraire, elle vous doit des excuses, insista Ariel, intimant à sa sœur de se taire.

Que le terme soit d'usage ne signifiait pas que Silius l'appréciait pour autant. Par d'ailleurs, ne convenait-il pas de l'appeler comme il l'entendait ?

— Si vous tenez au terme technique, on nous appelle les oloxums, expliqua-t-il. Notre espèce s'apparente à la fois au requin-tigre et à l'éléphant de mer.

Ses lèvres s'écartèrent, et Ariel eut un nouvel aperçu de toute sa denture, mais, à la manière dont les commissures se redressaient, elle comprit qu'il était en train de sourire.

— Je n'avais encore jamais rencontré d'oloxums, reconnut-elle.

— Moi non plus, murmura Perla.

— Le contraire serait étonnant. Nous sommes une espèce rare, même parmi les monstres marins. Usengu a pensé que je serais la personne idéale pour travailler avec Tamika, du fait de ma grande taille et de l'immensité de Fracus. J'ai quelques cousins ici et là. Je suis reconnaissant envers le roi de m'avoir offert ce don de mémoire, qui me permet de rester proche d'eux.

Son visage s'éclaira davantage, et Ariel en eut chaud au cœur. Il était fier de ses accomplissements. Comme il se devait.

La jeune sirène s'éclaircit la voix :

— Un don de mémoire, dites-vous ?

Était-ce à cela que servait la tache rose près de ses yeux ?

— C'est ça, affirma Polochon. Un don de mémoire ! Je savais que c'était quelque chose du genre !

Ariel avait oublié qu'il était encore blotti sous son bras. Mais il semblait s'être pris d'affection pour Silius, car il se dégagea et se rapprocha du monstre marin. *Hmm.* Silius était fort sympathique et d'une grande sincérité. Pouvaient-ils décemment l'accuser d'être derrière la disparition de Mala ? Il fallait raison garder. Ariel ne pouvait pas rayer les suspects de sa liste au seul prétexte qu'ils se montraient aimables. Elle venait à peine de le rencontrer. Il pouvait parfaitement être en train de jouer la comédie. Elle ne devait prendre aucun risque dans cette enquête. La vie de Mala était en jeu. Et peut-être le trône.

En revanche… s'il n'était pas impliqué, son don de mémoire leur serait peut-être utile pour retrouver Mala. Ariel l'interrogea :

— Comment cela fonctionne-t-il exactement ?

— Je peux stocker des souvenirs dans des objets – des coquillages ou même certaines plantes, expliqua-t-il. Votre père est conscient que les oloxums sont rares de nos jours, dispersés dans les océans. Aussi, ce don me donne tous les souvenirs hérités de mes aïeux. Je peux revoir leurs vies en un clin d'œil. Jusqu'au moindre instant de chacune de leurs existences. Ainsi que tous les moments que j'ai moi-même vécus au fil des ans.

Silius piocha un coquillage à proximité, puis il se tapota la tête et en tira une petite perle violette, qu'il déposa à l'intérieur.

— Je peux également les partager avec d'autres, continua-t-il. C'est simple comme bonjour. Vous pouvez assister à mon dernier échange avec votre sœur, si vous le souhaitez, offrit-il en lui présentant le souvenir.

Ariel regarda le coquillage avec perplexité. Quel don épatant.

— Non, ce ne sera pas nécessaire. Je vous crois. C'est très impressionnant.

— Waouh, souffla Polochon.

Perla se rapprocha davantage, la bouche entrouverte. Le cœur d'Ariel s'alourdit d'un chagrin accablant. *Imagine si tu pouvais revoir tous les souvenirs de Mère.* Perla lui prit la main et lui adressa un sourire, comme si elle avait deviné ses pensées.

— C'est bien vrai, reconnut Silius. Mais comme vous le savez, tous les pouvoirs ont leurs inconvénients. Si jamais je quitte les frontières de Fracus, je perdrai tous ces souvenirs.

Ariel fut surprise d'entendre cette nouvelle. Était-ce pour cela que son père lui avait octroyé une telle capacité ? Pour le retenir ici ? Ou n'avait-il vraiment agi que par altruisme ? Elle voulait croire que la seconde option était la bonne.

— Alors ça veut dire que vous ne pouvez pas être coupable, déclara Polochon avant de se couvrir la bouche avec les nageoires. Oups ! Désolé.

Silius plissa le front :

— Excusez-moi, mais je ne saisis pas. Coupable de quoi, exactement ?

Polochon avait raison : s'il ne pouvait pas quitter Fracus, Silius ne pouvait ni avoir trafiqué le sceau ni avoir enlevé Mala. Ariel raya mentalement son nom de la liste des suspects. Il était si gentil, et en plus il leur avait sauvé la vie. Il semblait même n'éprouver pour sa sœur qu'amour et compassion. Peut-être pourrait-elle lui demander son point de vue. Par mesure de précaution, Ariel ne dévoilerait pas tout son jeu, elle ne ferait que tâter le terrain… C'était un bon compromis, non ?

— Auriez-vous eu vent de dangers, de désordre en cours dans le royaume ? Ou de quoi que ce soit qui ait un rapport avec notre sœur Mala ?

Le corps de Silius se redressa. Du fait de sa masse imposante, l'eau s'agita autour de lui si violemment que le cœur d'Ariel eut un raté.

— Non… mais… (Ses nageoires tirèrent nerveusement l'une sur l'autre.) Je suis dans une position délicate. Ma loyauté revient au roi, naturellement, ainsi qu'aux personnes qu'il a placées à des postes d'autorité, comme votre sœur et Usengu, par exemple. Jamais je ne voudrais parler à tort et à travers ni compromettre ma situation. C'est un poste à vie, voyez-vous. Il ne prendra fin qu'à ma mort.

— Bien sûr, je comprends, assura Ariel. Je vous serais reconnaissante de la moindre information que vous pourrez nous communiquer.

— Je dirais simplement ceci. (Il leur fit signe d'approcher et Ariel obtempéra, laissant derrière elle Perla et un Polochon apeuré.) Les règles de notre royaume sont mises à l'épreuve.

— À l'épreuve ? susurra-t-elle.

Ariel consulta Perla du regard. Celle-ci paraissait tout aussi décontenancée.

— Et *nombreux* sont ceux qui s'en inquiètent, affirma le monstre marin. Vous devriez interroger votre père à propos de la véritable histoire du royaume. (Il inclina la tête.) Je vous en dirais bien plus, mais nous devrions nous mettre en mouvement. Cet endroit est dangereux.

— Dangereux ?

En dehors des rascasses, Ariel s'était figurée qu'ils étaient hors de danger.

— Voyez-vous ces marques sur les rochers, là-bas ? C'est l'œuvre de chasseurs de sirènes.

Ariel poussa une exclamation. Il était de notoriété publique que ces chasseurs affluaient à Fracus à l'approche du festival de la Lune de Corail, raison pour laquelle le roi avait délimité certaines zones de sécurité pour que les sirènes puissent assister aux festivités.

Silius poursuivit :

— Ils jettent de lourds filets dans l'espoir de capturer les vôtres. Puis, une fois ceux-ci bien garnis, ils plongent d'immenses mâchoires dans l'eau, plus grandes que celles d'une baleine, pour les récupérer et les remonter à la surface. Des engins aussi tranchants que mortels. Ce domaine est réputé pour être fréquenté par des chasseurs. Je pensais que vous seriez au courant, étant donné que votre mère fut…

Il laissa sa phrase en suspens.

Ariel sentit son corps s'engourdir. Elle avait bien entendu parler de ces chasseurs. Des créatures en provenance de la surface, traquant les sirènes pour leurs écailles, qu'ils semblaient revendre pour obtenir des trésors. La jeune sirène ferma les yeux et s'imagina des filets tranchants, découpant les écailles. Sa mère était-elle morte ainsi ? Ce n'était donc pas un accident, contrairement à ce que l'on avait voulu lui faire croire.

Mère a été… traquée ?

— Cette région… Vous dites qu'elle est réputée pour ses chasseurs ?

— La Cuisine du Pêcheur ? Assurément. C'est d'ailleurs de là qu'elle tient son nom.

— Pourquoi diable Mère s'est-elle trouvée ici ? se demanda Ariel à voix haute.

La vive douleur qu'elle avait ressentie plus tôt lui vrilla le ventre. Elle s'apprêtait à questionner Silius plus avant, quand…

— ARIEL ! PERLA ! VENEZ ICI TOUT DE SUITE !

Qui… ?

Ariel porta son regard en direction des cris quand Indira gonfla ses poumons et souffla, braillant son Chant de sirène au visage de Silius. Sa sœur venait de faire son apparition, suivie de près par Caspia, et vociférait sa mélodie sur le pauvre monstre marin. L'eau se mit à bouillir et la peau de ce dernier commença à rougir.

Ariel cria à s'en ébranler le cerveau :

— Arrêtez ! Il essaie de nous aider !

Elle écarta brutalement Indira, et Silius retrouva son teint à la fois grisâtre et bleu foncé. Il cligna des paupières et s'écarta.

— Vous n'avez rien, Silius ? s'enquit la jeune sirène.

— Tout va bien, princesse. Je survivrai. Je ne veux causer aucun ennui.

Le monstre marin s'éloigna sans qu'elle puisse le retenir, ou même faire les présentations. Furieuse, Ariel fit face à ses sœurs :

— Vous ! Qu'est-ce qui vous a...

— Nous ? coupa Indira, tirant douloureusement Ariel par le poignet. Tu oses nous réprimander ? Nous venons de te sauver les écailles !

— Vous avez failli faire du mal à quelqu'un qui cherchait à nous aider, oui !

— Cette épouvantable chose ?

Ariel leva les yeux au ciel.

— Oui ! répondit-elle avec exaspération. Et d'abord, comment nous avez-vous trouvés ?

— Ce n'était pas sorcier. Ta chambre regorge de notes que tu as gribouillées au sujet de ta petite enquête.

Ariel se mordit la lèvre. Elle n'avait pas pensé à ranger sa chambre avant de partir.

— Tu n'as rien à faire dans ma chambre en mon absence.

— Nous sommes venues te surveiller, expliqua Indira en croisant les bras. Père se croit omniscient.

— Par ailleurs, ton intimité est le cadet de tes soucis, ajouta Caspia. Tu as filé en douce ! Nous devrions tout raconter à Père !

— Vous ne lui avez encore rien dit ?

Voilà qui était surprenant de leur part.

— Non, car nous ne tenons pas à ce qu'il nous saute à la gorge. Mais continue comme ça, et nous le ferons, menaça Indira.

Ariel poussa un soupir. Au moins, elle n'allait pas avoir d'ennuis dans l'immédiat. Elle regarda tout autour d'elle à la recherche de Polochon, qui avait pris la fuite dès qu'Indira et Caspia étaient arrivées. Elle le vit essayer de se cacher derrière un morceau de corail et elle lui fit signe de s'approcher. Il la rejoignit prudemment, jetant des regards anxieux vers ses deux sœurs aux mines patibulaires.

— Navrée de t'avoir mêlé à une dispute de famille, s'excusa-t-elle.

— C'est... C'est rien, fit-il en se frottant le nez. Je suis juste content que c-ce soit terminé.

— Vous êtes vraiment impossibles, les filles, morigéna Perla en se faufilant entre ses sœurs, suffisamment près pour heurter leurs épaules. J'étais avec elle. Nous...

Ariel lui adressa un regard perçant, lui intimant le silence. À ses yeux, il était maintenant parfaitement indéniable qu'Indira et Caspia n'étaient pas dignes de confiance.

— Nous nous en sortions à merveille, termina Perla.

Indira posa les mains sur ses hanches.

— Vous n'en aviez pas l'air...

Les yeux d'Ariel se révulsèrent :

— Figurez-vous que ce monstre marin que vous avez effrayé n'est autre que Silius, le résident de la mer de Fracus, et il est au courant de certaines choses. Il nous a avertis que les règles de notre monde étaient mises à l'épreuve.

Est-ce bien la formulation exacte ?

Caspia n'eut pas l'air amusée.

— Tu plaisantes, j'espère ?

— Elle est on ne peut plus sérieuse. Il suffit de la regarder, souligna Indira en poussant un soupir d'exaspération. Peut-on y aller ? En partant maintenant, nous pourrons peut-être dormir un peu cette nuit.

— Je me fiche éperdument de votre sommeil, fulmina Ariel, gardant son calme à grand-peine. *Moi*, c'est pour Mala que je m'inquiète !

— Mala n'est pas la sœur parfaite que tu t'imagines, répliqua Indira. Elle s'est probablement elle-même mise dans le pétrin. (Elle souffla et Caspia acquiesça.) Père réglera ça.

Ariel n'était pas sûre de ce qu'elle entendait par là. Mais la querelle qui opposait ses deux sœurs à Mala était sans fin. C'était une impasse.

— Et qu'en est-il de Karina ? Elle est partie en trombe, vous l'avez remarqué ? Elle paraissait angoissée. Ça ne vous inquiète donc pas ? Nous devrions nous lancer à sa recherche. Silius…

— Karina est toujours en retard, mais c'est toujours la première à partir, intervint Caspia. Ça ne m'étonne pas d'elle.

Ariel avait l'impression de s'adresser à un mur. Ou à son père. Les yeux de Polochon allaient et venaient d'une sœur à l'autre.

Perla saisit la jeune sirène par le coude :

— Inutile d'insister, Ari.

— Elles ont p-peut-être raison, tu sais, surenchérit Polochon, dont le nez était encore tout rouge et gonflé. On devrait rentrer. C-c-c'est qu'il se fait tard…

Ariel se sentit coupable.

— Tu as raison. Nous devrions rentrer et faire examiner ton nez. Je pense que quelques algues médicinales te feront du bien.

Vaincue, Ariel poussa un soupir résigné. Elle n'irait nulle part avec ses sœurs ce soir.

Chapitre 10

Trois jours avant la Lune de Corail

Le palais du roi était plongé dans le silence lorsque Ariel et ses sœurs se faufilèrent à l'intérieur, regagnant chacune leur chambre respective. La jeune sirène ne cessait de ressasser les paroles de Silius. Les règles de leur monde étaient mises à l'épreuve. Qu'avait-il voulu dire par là ? Quelles règles ? Celles concernant les monstres marins ? Les protectrices ? Ou s'agissait-il d'autre chose ?

— Princesse Ariel ? appela l'un des gardes du roi. Est-ce vous ?

Ariel accéléra, se rappelant que sa chambre était probablement encore sens dessus dessous. La dernière chose dont elle avait besoin, c'était que l'on découvre les indices qu'elle avait rassemblés et qu'on les lui prenne.

Les gardes se hâtèrent pour ne pas se laisser distancer, mais leurs armures de coquillages les ralentissaient. Ariel ouvrit la porte à la volée, et flanqua sa liste de suspects, ainsi que tout son désordre, dans une corbeille de varech tressé qu'elle dissimula sous son lit juste au moment où les gardes s'invitaient dans sa chambre. Ils la dévisagèrent et elle leur rendit leurs regards avec une farouche détermination :

— Eh bien quoi ? J'essaie de dormir, si ça ne vous fait rien.

De l'autre côté de la pièce, elle remarqua que le filet qu'elle avait rapporté du mémorial de Carinae était étalé en travers de son lit. *Nom d'une carpe !* Elle qui pensait avoir tout caché. Si les gardes ne détournaient pas le regard, ils ne se rendraient compte de rien.

— Le roi a exigé que tout le monde soit couché, princesse. Nous sommes chargés de vous consigner dans vos chambres jusqu'à nouvel ordre. Ne traînez pas dans les couloirs. (L'espadon plissa les yeux, la détaillant avec méfiance.) Et aucun visiteur n'est admis.

Il scruta la pièce, et Ariel comprit alors qu'il était à la recherche de Polochon.

— Il se trouve dans sa chambre, leur apprit-elle. S'il n'y a rien d'autre, je vous prie de sortir.

La jeune sirène réprima la culpabilité qui lui vrillait les entrailles. Elle s'en voulut d'avoir haussé le ton – c'était bien la première fois qu'elle le faisait. Mais elle commençait à en avoir assez de tous ces gens qui ne l'écoutaient pas. Les gardes se retirèrent et elle s'effondra sur son lit. Quel soulagement ! Rien ne l'empêcherait de découvrir le sens des paroles de Silius. D'une manière ou d'une autre, elles le conduiraient à Mala. Elle en avait l'intime conviction.

Ariel examina la fenêtre de sa chambre. Le soleil se lèverait sous peu, ce qui signifiait qu'il ne leur restait que deux jours pour retrouver Mala. S'ils échouaient à la sauver, Père céderait-il réellement son trône pour la récupérer ? Était-ce le plan des ravisseurs depuis le début ? Leur message n'était pas clair. Pouvait-on seulement leur faire confiance pour honorer leur part du marché s'il fallait en arriver là ? Ariel tournait en rond. Ne jamais revoir Mala, ou bien abandonner son trône ? Elle n'imaginait pas son père considérer l'une ou l'autre de ces éventualités. Ses paupières s'alourdirent et elle les ferma un peu plus longtemps qu'elle n'aurait dû. Elle n'avait pas le temps de dormir, pas alors que la vie de sa sœur était en danger.

Et si j'essayais de reprendre contact avec Silius ? Elle envisagea d'examiner de nouveau les indices qu'ils avaient trouvés. Mais elle ne pouvait courir le risque de ressortir toutes ces babioles ou d'être démasquée par son père et ses gardes. Il y avait tant à faire, et pourtant elle sentait que le roi épiait le moindre de ses faits et gestes. Ariel se mordit la lèvre, tant et si bien qu'elle finit par se faire mal. L'instant d'après, elle plongea dans un sommeil agité.

Toc, toc, toc.

Le bruit fit sursauter Ariel. Elle bâilla et chassa le sommeil de ses yeux. Combien de temps s'était-elle assoupie ?

Toc, toc, toc.

— Qui est là ?

Ariel observa les alentours, mais elle ne vit personne. Puis elle comprit que le bruit provenait de la fenêtre. Des rayons de soleil se déversaient dans sa chambre ; une assiette de nourriture était posée sur son bureau en os de baleine.

Toc, toc, toc.

Ariel plissa davantage les yeux face à la lumière aveuglante et reconnut le visage blanc et bleu qui se tenait de l'autre côté de la vitre.

— Polochon !

Elle ouvrit brusquement la fenêtre et il s'invita à l'intérieur.

— Salut, Ariel !

— Salut ! Mais pourquoi passes-tu par là ?

— J'ai essayé de te rendre visite tout à l'heure, mais les gardes me l'ont interdit. Ils sont plus nombreux qu'hier. Comme je voulais te voir, j'ai demandé à Eurêka, mon amie la mouette, de distraire ceux qui sont postés à l'extérieur du palais. Elle a plongé en piqué dans l'eau et leur a chipé quelque chose. Ils se sont lancés à ses trousses.

Ariel sentit son cœur se serrer. Soit son père avait compris qu'ils s'étaient éclipsés la nuit dernière, soit sa vigilance s'était accrue depuis l'enlèvement de Mala. Comment était-elle censée se rendre utile en restant cloîtrée à l'intérieur du palais ?

— Bon, il n'y a pas de temps à perdre. Si les gardes sont encore à la surface, nous ferions mieux de nous presser avant qu'ils ne reviennent.

Polochon fit la grimace :

— Oh, A-Ariel, je ne veux plus causer d'ennuis. J-j-je voulais simplement venir discuter avec toi. Je pensais regagner discrètement ma chambre pour l'heure du déjeuner, dit-il en se serrant le ventre.

— J'aimerais simplement cacher toutes ces choses quelque part avant que quelqu'un ne mette la main dessus. (Ariel brandit sa liste de suspects.) Un endroit où Père ne les trouvera jamais.

Sans parler de mes fouineuses de sœurs.

— Euh, je… Je vais peut-être faire l'impasse, cette fois-ci.

— Oh allez, s'il te plaît.

Elle rassembla le filet, les éclats de roche, les algues emmêlées et le reste des « détritus » qu'elle avait amassés et cachés dans sa chambre au fil des ans. Elle verrouilla la porte et la barricada avec du fouillis. Comme elle avait veillé tard, les gardes la croiraient en train de dormir.

— Ça ne sera pas long, promit-elle.

Polochon regarda autour de lui, comme s'il cherchait une raison de rester. N'en trouvant aucune, il poussa un soupir de résignation.

— Bon, d'accord.

Ariel lui serra la nageoire en guise de remerciement.

— Nous serons revenus avant que Père ne soupçonne quoi que ce soit, c'est juré !

Après s'être assurés qu'aucun garde ne traînait dans les parages, Ariel et Polochon se rendirent à une caverne, située sous la coque de bois d'une épave. L'entrée du tunnel était parsemée de picots et de bernacles, et se frayer un chemin au travers s'avéra plus délicat que prévu. Mais c'était une bonne chose qu'elle soit difficile d'accès. À l'intérieur, les parois de la grotte rocheuse étaient creusées à perte de vue d'étagères naturelles. Le sommet était percé d'une ouverture, à travers laquelle le soleil scintillait sur Ariel.

— Tu es sûre de vouloir laisser tes affaires ici ? s'enquit Polochon en époussetant de ses nageoires les étagères taillées dans la roche.

La caverne se trouvait à trois bonnes brasses de baleine de son palais.

— Cela réduira les risques que Père les découvre, tu ne crois pas ?

— Tu ne veux pas lui dire ce que tu sais, tout simplement ? J'ai dans l'idée que ce serait un peu plus prudent.

— Polochon, j'ai essayé de lui parler, mais tu as bien vu à quel point il est borné. Il n'écoute rien.

Ariel brandit un globe de verre qu'elle avait trouvé en chemin vers la grotte, roulant au fond de l'océan. Qu'était-ce donc et à quoi pouvait-il bien servir ? Elle appuya dessus, mais l'objet était robuste. Elle le tint devant ses yeux, mais ne vit rien sous sa surface brumeuse. Elle la posa malgré tout sur une étagère.

Soudain, l'écho d'une voix résonna dans la caverne, se répercutant contre ses parois :

— Il y a quelqu'un ?

Ariel se cacha derrière un rocher. Polochon se joignit à elle, les yeux exorbités.

— Nous avons été suivis, chuchota la sirène.

Son cœur fit un bond dans sa poitrine tandis qu'elle cherchait du regard un objet tranchant dont elle pourrait se servir pour se défendre en cas de besoin.

— Ariel ?

Perla sortit du couvert des ombres, s'extirpant de l'étroite entrée du tunnel.

— Perla ! Mais que fais-tu en dehors du palais ?

— Je vous ai vus filer en douce depuis ma fenêtre, alors je vous ai suivis. Bonté divine, ma grande, ce que tu nages vite ! Bref, qu'est-ce que c'est que cet endroit ?

Elle tourna la tête et piocha une petite babiole argentée et brillante qu'Ariel avait un jour trouvée coincée dans une anémone.

— Un endroit où nous retrouver sans que Père puisse suspecter nos activités, expliqua la jeune sirène. As-tu des nouvelles ?

Perla secoua la tête :

— Julia est venue m'apporter mon petit déjeuner. Les événements semblent l'avoir vraiment bouleversée. Elle m'a dit que Père était sorti avec quelques gardes pour chercher et interroger certains monstres marins locaux, mais, jusqu'ici, ils n'ont rien découvert sur Mala.

Ariel poussa un soupir. Il ne suivait même pas la bonne piste. Elle avait espéré que le roi aurait au moins trouvé quelque indice au cours de ses recherches.

— Et pour Karina ? voulut-elle savoir. A-t-elle donné de ses nouvelles ? Elle est partie si précipitamment. Crois-tu qu'elle soit au courant de quelque chose ?

Perla marqua une pause, passant en revue la liste des suspects.

— Tu sais, cela ne m'a pas semblé important jusque-là, mais… Non, oublie cela, ce n'est sûrement rien.

— Dis-nous ! insistèrent en chœur Ariel et Polochon.

Perla plissa le front, comme si les mots s'embrouillaient dans son esprit.

— Eh bien… Tu te souviens de l'autre jour, quand Karina et moi nous disputions – tu sais, lorsque nous sommes arrivées pour assister à ton intronisation ?

Ariel hocha la tête, et sa sœur poursuivit son récit :

— Karina a mentionné qu'un navire s'était récemment échoué sur le Récif aux Ossements, la zone la moins profonde de l'extrême nord de son territoire, la mer de Saithe. Elle disait qu'il était bourré d'hameçons et de tout un tas de filets, comme ceux qui ont tailladé ces rochers et dont Silius nous a parlé.

— Le Récif aux Ossements ? (Les yeux de Polochon lui dévorèrent le visage.) On l'appelle le cimetière de glace. Il paraît que les eaux là-bas sont si froides par endroits qu'il suffit de les toucher pour mourir gelé, dit-il en frissonnant.

Perla acquiesça.

— Karina voulait prévenir Père à propos du naufrage, avant le début de ta cérémonie. Elle pensait que le bateau pouvait être lié aux chasseurs de sirènes, mais je refusais qu'elle dise quoi que ce soit qui aurait pu gâcher l'événement.

Ariel fronça les sourcils, et Perla continua :

— Mais tout bien considéré, si Karina a vu juste et qu'il s'agit bien d'un navire de chasseurs, comment ont-ils su qu'ils trouveraient des sirènes dans la mer de Saithe ? Nous n'avons encore jamais vu de chasseurs s'aventurer dans ces eaux auparavant. Père autorise même notre peuple à venir y assister aux festivités de la Lune de Corail.

Elle a raison. Les chasseurs de sirènes n'avaient jamais fréquenté que deux endroits dans tout l'océan, et aucun ne se trouvait à proximité de la mer de Saithe.

Ariel tripotait un gadget sur une étagère pendant que les pièces du puzzle s'emboîtaient dans son esprit.

— Mère a été *assassinée* par des chasseurs de sirènes, et un autre bateau de chasseurs pourrait s'être trouvé sur le Récif aux Ossements, récapitula-t-elle. Silius a donné l'impression que quelque chose de plus important était à l'œuvre. Est-ce cela qu'il a voulu dire en parlant des règles de notre monde qui étaient mises à l'épreuve ? Des chasseurs de sirènes sillonnant d'autres océans ? Pourrait-il y avoir un lien avec l'enlèvement de Mala ? (Elle se tapota la lèvre.) Se pourrait-il que les chasseurs aient plongé sous l'eau et capturé Mala de leurs propres mains, sans filet ni grosses mâchoires étranges ?

Ariel eut l'impression de naviguer à vue.

Perla fronça les sourcils :

— Mais si Mala savait que des chasseurs de sirènes allaient l'enlever, pourquoi n'avoir rien dit dans son message ? Pourquoi être restée si évasive ?

— C'est vrai, soutint Polochon. Et puis, un chasseur de sirènes n'a pas le pouvoir de briser un sceau érigé par le roi. Seul un résident peut avoir kidnappé Mala.

— Eh bien, si ce navire échoué à Saithe appartient bien à des chasseurs de sirènes, alors ils vont certainement partir à la recherche de leurs amis disparus, souligna Ariel. Nous devons au moins vérifier ce qu'il se passe à Saithe et avertir Karina. Et tant qu'à faire, nous fouillerons le Récif des Ossements, au cas où il y aurait là-bas un indice nous permettant de retrouver Mala.

Perla protesta :

— Enfin, Ariel, nous ne pouvons pas aller au Récif des Ossements ! Les gardes de Père remarqueront notre absence dès leur retour.

— Saithe est un endroit redoutable, ajouta Polochon, secouant la tête avec emphase. Rien que ses températures arctiques la rendent extrêmement dangereuse pour certains poissons. J-j-j-je ne peux…

Indira peut réchauffer tout ce qui l'entoure grâce à son Chant de sirène. Si seulement elle pouvait nous accompagner… mais elle n'acceptera jamais. Nous sommes seuls. Mais ce ne sera pas le cas de Karina.

Ariel mit son sac sur son épaule. Sa décision était prise. Leur voyage à Fracus avait été instructif. Elle devait à présent chercher des réponses dans le Récif aux Ossements.

— Polochon, tu peux retourner au palais et nous couvrir. Perla ? J'espère que tu ne crains pas le froid.

Chapitre 11

Deux jours avant la Lune de Corail

Le Récif aux Ossements ne ressemblait à rien de ce qu'Ariel avait vu auparavant. Elle comprenait maintenant pourquoi Karina était toujours si livide. L'océan était bien plus sombre que celui où elle avait grandi. On était au beau milieu de l'après-midi, mais la lumière du soleil transperçait à peine la surface des flots. Ariel avança en serrant les dents, luttant contre le courant qui s'enroulait autour d'elle comme une étreinte glacée.

Pourtant, elle ne pouvait nier que Saithe était une merveille à part entière. Une flore gelée étincelait dans la pénombre, telle la voûte céleste nocturne vue de sous la surface de l'océan. Ariel serra ses bras autour de sa poitrine, frictionnant sa peau couverte de chair de poulpe. Elle avait froid – un froid qui transperçait son épiderme et la gelait jusqu'à la moelle. Elle se hasarda à regarder au-dessus d'elle, mais des blocs de banquise stagnaient sur l'eau, les emprisonnant sous la glace. *J'espère que nous suivons la bonne direction.*

Les fonds marins étaient constitués d'un nid d'algues et de récifs brillants, violet et bleu foncés. Lorsqu'elles passèrent près de créatures marines, dont beaucoup lui étaient inconnues, Ariel se surprit à les dévisager. Elles avaient toutes de très grands yeux – du fait de la pénombre, présumait-elle. Les créatures croisèrent les sirènes sans même leur adresser la parole. Et, bien qu'Ariel se sente dans l'obligation d'être amicale, elle était bien trop exténuée pour leur dire quoi que ce soit.

— Je pense que c'est quelque part par là, dit-elle.

La jeune sirène essayait de se remémorer les cartes des différents océans, qu'elle avait étudiées lorsqu'elle se préparait à devenir protectrice. Tandis qu'elle cherchait aux alentours le moindre repère évocateur, Ariel remarqua un flot de bulles jaillissant vers le haut, semblable au jet d'une source hydrothermale. Un poisson se tenait à proximité, frottant ses nageoires l'une contre l'autre. Cela lui fit penser aux bains du palais. Le roi avait ordonné leur construction pour que toute la famille puisse se réchauffer lors des nuits particulièrement fraîches. À l'évidence, Karina avait repris cette idée pour en faire profiter ses concitoyens. Ariel pointa les bulles du doigt, et Perla tourna vivement la tête.

— C'est futé, tu ne trouves pas ?

Mais sa sœur ne fit aucun commentaire. Elle était avare de compliments lorsqu'il s'agissait de Karina. Elles nagèrent plus avant, puis elles aperçurent une pancarte indiquant que le Récif aux Ossements se trouvait droit devant elles. Mais une forêt de varech glacé se dressait sur leur chemin.

Perla claquait des dents à cause du froid. Ariel se rapprocha, se serrant contre sa sœur pour partager avec elle sa chaleur corporelle.

Un blanc étincelant se reflétait au fond de l'océan. Elle n'eut pas besoin d'y regarder à deux fois pour comprendre que le sol du cimetière était jonché d'ossements. Imaginer leur origine lui arracha une grimace. Les os formaient des montagnes aux parois givrées, de tailles et de formes variées. Elles avaient peut-être eu tort de venir ici. Quelque chose changea dans l'eau, et l'atmosphère s'assombrit. Le peu de soleil dont disposait Saithe ne brillait guère plus que quelques heures. Elles devaient se hâter.

— Je n'arrive pas à croire que Karina p-p-puisse v-v-vivre dans ses conditions, dit Perla tandis qu'elles nageaient en direction des colonnes de varech.

Plus elles s'enfonçaient, plus les éclats de lumière en provenance de la surface s'estompaient, un rayon après l'autre. Le varech ondulant s'épaississait en un nid dont Ariel ne voyait pas l'issue. Son souffle se raréfiait à mesure que le monde se refermait sur elle.

Ariel s'accrocha fermement au bras de Perla. Le varech bougeait plus furieusement dans l'eau, se débattant de gauche à droite. La jeune sirène se pinça pour faire refluer sa panique grandissante. Avait-elle entraîné sa sœur au cœur du danger ? *Encore… ? Non, bien sûr que non. C'est simplement le froid. Ne te déconcentre pas*, s'encouragea-t-elle, essayant d'observer les environs.

Quelque chose attira son regard. Elle lâcha le bras de Perla et se rua vers le sol, se faufilant au milieu de ces étouffantes stalagmites. Sous une pile d'ossements, un filet semblable à celui qu'elles avaient trouvé à Fracus était à demi dissimulé par la roche. Perla apparut derrière elle. Ses lèvres étaient aussi bleues que sa chevelure, mais elle acquiesça, ayant remarqué la même chose que sa cadette. Ariel saisit le filet et le coinça sous son bras. Elles l'examineraient plus attentivement une fois qu'il y aurait plus de lumière.

— Rapprochons-nous de la surface. Il commence à faire trop sombre par ici.

Perla opina du chef, et Ariel les conduisit en hauteur à travers l'amas de stalagmites. Mais les algues, qui jusqu'ici n'avaient fait qu'osciller lentement d'avant en arrière, se mirent à bouger. Leurs brins glacés s'amalgamaient en s'enroulant les uns autour des autres. Ariel essaya de passer au travers, mais les stalagmites s'entortillaient, de sorte qu'il fut impossible de les franchir ou de les contourner. Elle tourna la tête, les veines palpitantes malgré le froid qui s'était emparé de ses os. Il devait bien y avoir un moyen de quitter les fonds marins sans avoir à traverser cette forêt verglacée.

— Attention !

Perla repoussa brusquement Ariel au moment où un morceau de varech s'enroulait autour de son poignet en se tortillant. Cette dernière tira sur les algues, ignorant la brûlure glaciale qui lui mordait les doigts. Le froid serpentait sur sa peau et elle haleta, se contorsionnant sous l'étreinte polaire qui l'enveloppait. À ses côtés, elle entrevit des feuilles couvertes de givre qui s'agrippaient au torse de Perla et l'entraînaient vers le fond.

— Au secours ! Ariel ! À l'aide !

— Perla !

Plus Ariel bougeait, plus la plante glacée l'étreignait. Elle se retrouva paralysée. L'algue l'enserrait à partir de la taille, mais la jeune sirène s'accrochait farouchement au filet. Elle ouvrit la bouche, mais sentit un froid intense lui effleurer la gorge au moment où les feuilles remontaient le long de son corps tout en lui enserrant le cou. Elle resta immobile, envahie par la peur. Puis, à sa grande surprise, les plantes se figèrent.

— Perla, essaie de ne pas bouger ! intima Ariel.

La jeune sirène discernait à peine sa sœur, qui avait presque entièrement disparu derrière les algues. Perla cessa de se débattre et le varech suspendit son assaut.

— Bien, à présent… si nous bougeons vraiment très lentement, nous pourrons peut-être nous sortir de là.

Ariel se tortilla avec une infinie prudence, et les stalagmites gelées se resserrèrent autour de son thorax. En contrebas, la végétation reprit vie.

— Ça fait mal !

— Chhhut !

Bon, tout mouvement leur était impossible. Aucune d'échappatoire ne s'offrait à elles. Ariel comprit alors d'où provenaient tous ces ossements au fond de l'océan.

— Perla, reste tranquille et laisse-moi réfléchir.

Une queue bruissa devant elle avant qu'elle ait pu trouver une solution. Le monde se mit à tourner et plusieurs choses advinrent en même temps. Ariel sentit l'emprise des algues s'accroître autour de sa poitrine. Il y eut un éclair blanc. Puis les plantes la relâchèrent. Elle fut transportée par quelqu'un, contre le courant et avec une telle rapidité qu'elle put à peine faire le moindre geste. L'eau défilait devant elle à toute vitesse ; qui que soit son sauveur, il était vif comme l'éclair. Plus ils s'éloignaient, plus elle se réchauffait. Elle remua les bras et cligna des paupières, retrouvant la sensation de son visage. La chaleur s'insinua dans ses doigts, qu'elle remua à leur tour.

Elle cligna de nouveau des paupières et vit Perla. Elle aussi était tirée par une sirène familière à la délicate chevelure violette.

— Karina ? parvint-elle à dire.

Sa sœur lui adressa un sourire.

C'était bien elle ! Si elle n'avait eu le filet rugueux entre les mains, Ariel aurait cru qu'il s'agissait du fruit de son imagination. Mais Karina était là, ses cheveux lilas cascadant le long de son dos.

— Comment as-tu su que nous…

— *Chut !* Garde tes forces pour quand nous serons à l'intérieur.

Karina leur tint les mains tandis qu'elles s'éloignaient du Récif aux Ossements et pénétraient dans le palais de Saithe. Deux piliers flanquaient l'entrée, sculptés de motifs évoquant des flocons de neige. Des panneaux de verre s'ouvrirent à leur approche. Une fois arrivées, Karina les relâcha, et il leur fallut un instant pour que la sensation de vertige s'estompe.

— Ça va aller ?

Karina prit Perla, toute frissonnante, par les épaules. Puis elle fit signe à un banc de thons qui se mirent à tournoyer dans la pièce, réchauffant l'eau autour d'elles.

— Je crois, répondit Perla, bougeant lentement ses lèvres pâles.

— Le froid va se dissiper. (Karina afficha un sourire rassurant.) Je reviens tout de suite.

Leur sœur les abandonna dans le vestibule. Ariel ne se souvenait pas de la dernière fois où elle avait vu Perla et Karina discuter sans se chamailler. Alors *s'entraider* ? C'était probablement une première. Ariel posa le filet sur sa queue et tira prudemment sur les mailles. Toutes sortes de détritus étaient pris dans ses fibres. Elle tritura un nœud robuste et parvint à le dénouer, libérant les déchets, qui tombèrent par terre. Elle aperçut alors un morceau de papier déchiré, sur lequel étaient dessinées plusieurs localités sous-marines.

Une carte ?

Ariel retourna le papier, l'examinant sous tous les angles. Il semblait en effet s'agir d'une sorte de carte, comme celles qu'elle avait étudiées au palais. Ou plutôt, un morceau de carte. Celui-ci indiquait l'emplacement du Val de la Baleine, à Chaine, ainsi que du Col Verdoyant à Brinedive, deux endroits considérés comme sûrs et donc fréquentés par des sirènes. Ariel se rongea les ongles. Les chasseurs de sirènes se servaient-ils de cette carte pour les traquer ? Elle ne voyait pas pourquoi des humains iraient naviguer dans ces eaux périlleuses sans un but bien précis en tête. Elle l'observa plus attentivement pendant que Perla se réchauffait à ses côtés. Ariel releva la tête, étonnée que Karina ne soit pas encore revenue.

— Karina ? appela-t-elle. Tout va bien ?

Elle quitta la pièce et rejoignit le hall. Elle entendit un bruit derrière la double porte voisine. Ariel la poussa et resta estomaquée.

Elle se trouvait dans le foyer, où des tunnels semblaient conduire aux différents étages du palais. Mais il y régnait un véritable désordre. Les lieux donnaient l'impression d'avoir été complètement mis à sac. Orbes de lumière fracassés ; tables brisées ; mobilier renversé ; rideaux déchiquetés, pendant à moitié aux fenêtres. Ariel fixait la scène, en état de choc.

— Je vous avais demandé d'attendre dans l'entrée, lança Karina.

Elle émergea de l'un des tunnels, les joues roses d'embarras.

— Karina, que s'est-il passé ? demanda Perla, qui avait suivi Ariel.

— Rien. Tout va bien. (Elle les regarda de travers, repoussant quelques débris du bout de la queue.) Je dois juste faire un peu de ménage.

Ariel se rapprocha de Karina, qui tremblait.

— Que se passe-t-il ?

— Raconte-nous, je t'en supplie, insista Perla. Es-tu blessée ? Quelqu'un a-t-il…

— Non ! répliqua sèchement Karina.

Elle marqua une pause, fixant le sol du regard avant de pousser un soupir :

— À mon retour de Carinae, tout était dans cet état. Un monstre marin a dû entrer par effraction. Honnêtement, je n'ai aucune idée de qui ou pourquoi. Je fais de mon mieux pour superviser les choses ici, pour répondre à leurs besoins, et eux ils…

— Pourquoi n'as-tu rien dit ? coupa Ariel, atterrée.

— Pour que Père me retire mes responsabilités ? railla Karina. Ou que Perla, Caspia et Indira se réjouissent de savoir à quel point je suis une mauvaise protectrice ?

— Tu ne pouvais pas prévoir ce qui allait se passer, dit Perla.

— C'est vrai, affirma Ariel.

Puis elle cligna des paupières. Elle n'en croyait pas ses oreilles : Perla venait de défendre Karina !

— Tu n'étais pas là, ajouta-t-elle. Tu ne peux pas être tenue pour responsable.

Karina lui serra affectueusement le bras, et Ariel se sentit réconfortée, profitant de cet instant. Enfin ! Malgré la confusion généralisée et la disparition de Mala, ses deux sœurs avaient enterré le harpon de guerre. La lèvre de Karina tressaillit tandis qu'elle refoulait ses émotions.

— Tu peux te laisser aller, tu sais.

Perla prit Karina dans ses bras, et celle-ci craqua, poussant un gémissement sonore tout en se frottant tristement les poignets l'un contre l'autre.

— Ne dites rien à Père, surtout !

Ariel enlaça ses deux sœurs. Elle n'avait jamais vu Karina dans cet état. Et encore moins Perla manifester une telle gravité.

— Jamais de la vie, promit-elle. Ce sera notre secret. Cependant, nous devons découvrir qui est le responsable.

— C'est bien le problème, souligna Karina. Les seules personnes qui ont accès au palais sont mes domestiques et le résident.

— Leur as-tu demandé s'ils ont vu quelque chose ?

— La plupart des membres de mon personnel sont partis préparer la Lune de Corail. J'avais trop peur de ne serait-ce que mettre le nez dehors. La seule raison pour laquelle je suis sortie aujourd'hui, c'est que j'ai entendu des poissons échanger des messes basses à propos de la présence d'étrangers à proximité du Récif aux Ossements. Et en parlant de ça ! (Elle s'arracha à l'étreinte de sa sœur et s'en prit à Ariel.) Lula ! Mais qu'avais-tu donc en tête ? Ce récif ne porte pas ce nom pour *rien* !

— Je m'excuse. Mais je suis déterminée à savoir ce qui est arrivé à Mala. Père ne veut rien entendre et il refuse que nous participions aux recherches. En conséquence, nous avons voulu…

— *Tu* as voulu, précisa Perla. Je suis simplement venue pour éviter que tu ne te fasses tuer. Et de fait…

— Très bien. *Je* voulais voir l'endroit où Mère est morte, à cause du message que Mala nous a laissé. J'ai ensuite entendu parler du naufrage qui avait eu lieu ici. Par curiosité, je souhaitais vérifier si les deux étaient liés.

Ariel gigota, comprenant avec embarras combien elle avait été stupide de s'être aventurée par deux fois dans des eaux aussi dangereuses.

— Je suppose qu'au fond de moi, j'espérais que Mala se trouverait ici. Que nous la retrouverions.

Dit tout haut, cela semblait si ridicule. Si naïf. Peut-être n'était-elle pas faite pour diriger un territoire, en fin de compte. Peut-être avait-elle besoin que Sébastien la supervise.

— La seule chose que tu trouveras dans le Récif aux Ossements, ce sont des ossements, la réprimanda Perla. Je ne sais pas où est Mala, mais si elle se trouvait sur mon territoire, je serais au courant.

— Je te dis cela sans méchanceté, sœurette, rétorqua Perla. Mais on dirait bien qu'il se passe à Saithe des choses dont tu n'es pas *du tout* au courant. Quelqu'un te veut du mal, c'est évident. Enfin, regarde un peu ce bazar !

Les paroles de Perla renvoyèrent Ariel à celles de Silius. Elle leva les yeux vers sa sœur et lui demanda :

— Karina, peux-tu nous dire pourquoi tu as quitté Carinae aussi précipitamment ?

— Tu veux dire après avoir appris que Mala avait été enlevée ?

L'intonation de sa voix s'affaiblit et elle leur tourna le dos. Ariel et Perla échangèrent un regard.

— J'ai vu Mala, ce matin-là, avoua leur sœur. Elle a dit quelque chose avant d'être… (Sa voix se brisa et elle secoua la tête.)

Maintenant, je la vois chaque fois que je ferme les yeux. Comme un fantôme déterminé à me hanter.

Ariel posa la main sur l'épaule de Karina :

— Tu peux te confier à nous. Quoi qui puisse te tracasser, tu n'es pas obligée de le garder pour toi.

Karina les regarda l'une après l'autre avec hésitation.

— Vas-y, l'encouragea Perla. Ne crains rien.

— Je me sens très mal, à y bien penser. Je… Je n'ai pas bien écouté ce qu'elle disait, vous comprenez ? J'étais surtout agacée de l'avoir trouvée dans ma chambre en train d'essayer d'emprunter ma perle à cheveux. (Karina expira lourdement.) Avec le recul, tout cela me paraît bien insignifiant. En revanche, elle a dit qu'elle allait laisser quelqu'un traverser le sceau. Ariel, elle avait préparé une surprise pour toi, pour ta cérémonie d'intronisation. Mais elle ne m'en a pas dit davantage.

Ariel se souvenait du sourire malicieux sur le visage de Mala la dernière fois qu'elle l'avait vue. De quelle manière comptait-elle ouvrir le sceau ? Seuls un résident ou le roi pouvaient influer sur cette protection. Aurait-elle demandé son aide à un résident ? Celui-là même qui l'avait enlevée ?

— Je n'y ai pas songé, reprit Karina. Mais quand Mala a disparu… j'ai pris peur. Je ne sais pas. Peut-être me sentais-je coupable ? Je voulais rentrer à la maison. Où je me sentirais en sécurité.

À la maison. Nous y revoilà. Fut un temps, c'était le château de leur père, leur maison. Mais leurs nouvelles maisons, loin de cette maison-là, avaient empiété sur ce concept jusqu'à l'engloutir, tel un amas de bernacles. Leur foyer n'avait plus rien à voir avec ce lieu où le chant de leur mère emplissait les couloirs. Dans son palais de Saithe, Karina s'était éloignée des souvenirs de leur maman, des pièces où avait résonné sa voix, du personnel qui avait connu ses sourires. Ici, sa grande sœur n'avait pas à dissimuler son chagrin.

— Ensuite, en arrivant ici, je suis tombée là-dessus et…

— Tu as eu encore plus peur, conclut Perla à sa place.

Karina acquiesça :

— J'ai tellement honte.

— Il n'y a aucune raison, dit Ariel. Vous avez toutes été marquées par la mort de Mère, chacune à votre manière.

— Mère n'a rien à voir là-dedans, insista Karina.

Ariel aurait parié le contraire. Tant de choses étaient en rapport avec leur mère, comprit-elle. Toutefois, elle n'avait pas l'intention de contredire sa sœur. Elle devait les aider à comprendre, patiemment et avec douceur.

— À ce propos, nous pensons que Mère a été… (Les mots lui obstruèrent la gorge.) Que des chasseurs de sirènes s'en sont pris à elle.

Elle tendit la main vers le morceau de carte déniché dans le filet, mais Karina baissa le regard et se mordit la lèvre. Ariel fronça les sourcils :

— Tu étais au courant ?

— Oui, avoua-t-elle en acquiesçant. Mala et moi l'avions deviné après avoir appris qu'elle était morte à Fracus, où les chasseurs de sirènes sont monnaie courante. Mais j'ignore si les autres le savent. Indira, Caspia… Il faut dire que nous ne nous adressons pas la parole. Et toi, Perla ? Le savais-tu ?

Celle-ci secoua la tête, la bouche entrouverte à cause du choc.

Ariel soupira. Quels autres secrets ses sœurs lui dissimulaient-elles ? Elle n'avait pas le temps d'interroger Karina à ce sujet. Elles devaient consacrer toute leur énergie à retrouver Mala.

— J'ai découvert ce morceau de carte dans un filet appartenant aux chasseurs. Penses-tu qu'il puisse avoir un rapport avec le résident qui a enlevé Mala ?

— Une minute : le ravisseur de Mala est un résident ?

— Nous en sommes presque certaines, affirma Perla, avant de tout raconter à propos du sceau brisé et des avertissements de Silius.

Ariel se renfrogna :

— Mais cela n'explique toujours pas la présence des chasseurs de sirènes ni le morceau de carte que j'ai trouvé.

Elle fixa le dit papier qu'elle tenait entre les mains. Puis elle se figea. Son sang ne fit qu'un tour. Son pouls s'emballa. Aucun habitant de la surface ne pouvait connaître les noms figurant sur cette carte : seuls les peuples marins les connaissaient.

À moins que…

Sapristi !

— Se pourrait-il que le résident qui a enlevé Mala ait aussi fait savoir aux chasseurs où vivent les sirènes ? souleva Ariel.

Les trois sœurs jetèrent des regards dans toute la pièce, hésitant à s'en tenir mordicus à cette seule théorie au risque de se rendre compte après coup qu'elles s'étaient trompées. *Cela signifierait que les chasseurs de sirènes sont de mèche avec un habitant de l'océan.* Mais à la connaissance d'Ariel, aucune créature marine en dehors des sirènes ne savait parler le langage des êtres vivants à la surface.

Comment communiqueraient-ils entre eux ? Était-ce seulement possible ?

— Mais la demande de rançon laisse à penser que le ravisseur fait partie des individus qui contestent le règne de notre père, souligna Perla, le visage marqué par l'inquiétude. Pourquoi des chasseurs de sirènes le haïraient-ils, ou exigeraient-ils qu'il leur cède le trône ?

— Je n'en sais rien.

Les épaules d'Ariel retombèrent lourdement et elle s'adossa contre un mur. Les arguments de Perla étaient tout à fait valables. La jeune sirène avait l'impression de tenir les pièces d'un puzzle qui semblaient changer de forme en fonction de l'angle sous lequel elle les regardait. Par ailleurs, toute cette histoire ne lui disait rien qui vaille. Des sujets de leur père, travaillant main dans la main avec des chasseurs de sirènes ? Était-ce réellement en train d'arriver ? Elle se sentit mal.

Que sais-je réellement ? À quoi puis-je me fier ?

— Karina, nous allons t'aider à faire un peu de ménage, proposa Perla.

Ariel acquiesça et elles se mirent au travail. Elle avait besoin de réfléchir. À l'aide de sa queue, elle balaya un tas de fouillis et forma un monticule jusqu'à ce que le sol refasse son apparition. *Silius ne s'était pas trompé.* Les règles de leur monde étaient bien mises à l'épreuve. Son estomac était encore complètement noué. Mais pourquoi ? Ariel finirait par le découvrir.

Chapitre 12

Deux jours avant la Lune de Corail

Ariel, Perla et Karina passèrent la majeure partie de la soirée à remettre le foyer en ordre. Pendant ce temps, Ariel songea à la signification de la carte.

Elle essaya de soulever un meuble trop lourd pour elle :

— Perla ? Aide-moi à porter ça, tu veux bien ?

Elle se tourna, mais sa sœur n'était plus là.

— Perla ?

Toujours aucun signe d'elle, mais la jeune sirène aperçut deux petits yeux globuleux en train de l'observer derrière une toile suspendue.

— Qu'est-ce que… ?

Elle nagea dans leur direction et arracha la toile, dévoilant une ouverture suffisamment large pour qu'un bateau puisse y passer. Au beau milieu flottait une créature de la taille d'un baleineau.

Son dos incliné vers l'arrière arborait deux ailerons dorsaux, et son ventre était bordé de branchies. De longs barbillons, lui permettant de s'orienter dans les eaux sombres de Saithe, dardaient de son nez dans toutes les directions, et un gigantesque évent perçait le sommet de son crâne. Était-ce un monstre marin ? L'estomac noué devant l'imposante créature, la jeune sirène s'empara de l'objet le plus pointu à sa disposition. Grâce aux meubles fracassés, elle n'en manquait pas.

— Qui êtes-vous ? demanda-t-elle. Comment êtes-vous entré ?

— Tolum ! Tu es sain et sauf !

Karina dépassa Ariel et vint enlacer le museau de la créature. Ariel se mordit la lèvre. Se serait-elle encore trompée ? Perla fut de retour dans la pièce et glapit à la vue du dénommé Tolum.

— Tolum est notre résident, expliqua Karina.

— Oh, bonté divine ! Toutes mes excuses !

Rouge de honte, Ariel lâcha vivement son arme. Elle aurait voulu se faire toute petite pour pouvoir se terrer dans un bigorneau.

Tolum dressa fièrement le menton, puis il se tourna vers Karina :

— Oui, princesse, je suis indemne. Navré de ne pas avoir été à mon poste. La colère gronde dans la région, avec toutes ces rumeurs concernant le roi. Je m'efforce de maintenir l'ordre.

Perla consulta Ariel du regard, plissant les sourcils avec confusion. *Des rumeurs ? Elles se sont donc répandues jusqu'à Saithe ? Jusqu'où ces ouï-dire à propos de Père s'étendent-ils donc ? Continuent-ils de se propager en ce moment ?*

— Que s'est-il passé ici, princesse ? *Vous* n'êtes pas blessée ?

Le regard de Tolum se chargea d'inquiétude tandis qu'il observait le hall d'entrée. Karina l'informa au sujet de l'intrusion, et le monstre se mit dans tous ses états, lui présentant sa sympathie et lui demandant de tout lui raconter en détail. Ariel ne s'était pas attendue à ce qu'ils entretiennent des rapports aussi amicaux. Après tout, Tolum figurait sur la liste des suspects. Perla faisait-elle preuve de la même proximité envers son résident ? Était-ce courant ? Père leur avait dressé un portrait… hautement différent de ces créatures.

Comment avait-il décrit le traité Monstres – Sirènes, déjà ? *« Une précaution nécessaire visant à garder les plus méprisables à l'écart » ?* Quelque chose de ce genre. Or, il suffisait de voir Tolum pour comprendre qu'il n'y avait chez lui rien de méprisable. Pas plus que chez Silius ! Triton aurait prétexté que c'était la raison pour laquelle ils avaient été nommés résidents. Que, à l'instar d'Usengu, ils faisaient partie des « bons éléments ». Mais Ariel en doutant sérieusement.

— C'est absolument scandaleux ! s'insurgea Tolum une fois que Karina eut terminé son récit. Nous aurons le fin mot de l'histoire, princesse.

— Auriez-vous une idée de qui pourrait être derrière tout ça ? s'enquit Ariel.

— Je n'ai pas la moindre piste en tête. Il pourrait s'agir de n'importe qui, mais je vais étudier la question sur-le-champ.

— Oh, bien sûr ! Je vous en prie, soyez minutieux, souligna Ariel.

— Il y a d'importantes tensions entre les sirènes et les monstres marins, en particulier dans les environs.

Karina acquiesça :

— Les rumeurs concernant notre père ne cessent d'enfler. Usengu est venu ici toutes les semaines pour essayer d'aider Tolum à les dissiper.

— L'ambassadeur Usengu est un excellent orateur, appuya Tolum en souriant. Ce serpent pourrait apaiser la mousson par la seule force de ses mots. Les tensions peuvent malgré tout déboucher sur toutes sortes de débordements. Ces derniers jours, je me suis efforcé de maîtriser la situation en passant du temps en compagnie des monstres marins du territoire. Mais... (Il soupira.) La tâche n'est pas facile, car ils n'ont pas tout à fait tort.

— Qu'entendez-vous par là ? demanda Ariel en se redressant.

— Il semble que les requêtes adressées au roi par les monstres marins via Usengu n'aient pas obtenu de réponse dans les délais voulus. Nombreux parmi eux n'ont pas reçu de réponse du tout. Or, je crains que ce manque de réaction ne fasse que confirmer leurs craintes à propos des rumeurs entourant Sa Majesté le roi.

Oh, je vois. La situation est délicate, effectivement.

Le front de Karina se creusa de sillons. N'avait-elle donc pas entendu les rumeurs ? Au moins Tolum semblait-il avoir la situation bien en main, et Ariel en fut soulagée. Elle raya mentalement son nom de la liste des suspects. Le résident était incapable de mentir. S'il se trouvait en compagnie de monstres marins sur le territoire de Saithe, il ne pouvait dès lors pas être le ravisseur de Mala. Par ailleurs, sa sollicitude pour Karina paraissait bien trop sincère pour être de la comédie.

— Soyons clairs, continua-t-il. Je ne tirerai aucune conclusion hâtive quant au responsable de cette intrusion. Le coupable pourrait être n'importe qui : un monstre marin, une sirène, ou un quidam de passage. Et avec toutes ces rumeurs qui circulent...

— Quelles sont ces rumeurs, exactement ? voulut savoir Karina.

— Ma foi, je viens tout juste d'en avoir vent, je n'ai donc pas encore eu l'occasion de vous en parler, mais j'ai entendu dire que les monstres marins ne sont pas les seuls fauteurs de troubles.

Encore cette impression, exactement comme avec Silius, songea Ariel en se remémorant leur visite à Fracus.

Tolum eut une hésitation, puis Ariel sentit son cœur s'emballer lorsqu'il poursuivit :

— J'ai entendu dire qu'une sirène *et* un monstre marin perturbent ensemble l'ordre établi.

Ariel resta tracassée toute la journée. La déclaration de Tolum, et ses propres indices disparates, s'accrochait à elle comme une étoile de mer à un rocher. Pendant qu'ils nettoyaient les derniers débris dans le vestibule, la jeune sirène se répétait en boucle les paroles du résident, tentant de leur donner un sens. D'une manière ou d'une autre, Mala était le centre de l'affaire. Elle en avait l'intime conviction.

Lorsqu'ils eurent enfin fini de balayer, à l'extérieur du palais de Saithe, la jeune sirène jeta un dossier de chaise cassé en deux par-dessus le reste des déchets.

— Je vais avertir le service des encombrants, déclara Perla avant de retourner à l'intérieur.

— Devez-vous vraiment repartir aussi vite, toutes les deux ?

Les paupières de Karina n'étaient plus gonflées et elle avait enfin cessé de se frotter les poignets. Elles étaient même parvenues à lui arracher quelques rires grâce à leur meilleure imitation du roi sermonnant Tolum, l'un des rares êtres dans tout l'océan en comparaison duquel il semblait petit.

— Nous devrions rentrer avant que Père ne remarque notre absence. (Ariel priait pour que Polochon ait pu couvrir leurs arrières.) Viens avec nous, Karina. Ce serait sans doute plus prudent. Père serait ravi de ta visite. Cela pourrait même remonter le moral de tout le monde !

Karina fit la grimace. Ariel ajouta :

— Je te signale que si Perla et toi pouvez vous entendre, il peut se produire des choses encore plus étranges.

Elles éclatèrent de rire.

— Je ferais mieux de rester ici pour voir ce que Tolum découvrira, répliqua Karina. Mais, Ariel… cette histoire est très sérieuse. J'apprécie réellement tout le soutien que tu m'as apporté.

D'ailleurs, je me disais que je ferais mieux de rentrer à Piton pour vérifier certaines choses, ajouta Perla en les rejoignant. Ces révoltes semblent n'aller qu'en empirant. Avec tout ce qui est arrivé ici, j'ai le sentiment que je dois retourner chez moi. Et vite.

— Les choses se précisent, je le sens, dit Ariel. Je dois repartir à la grotte et examiner tout ce que nous savons.

Les doigts de Karina se refermèrent délicatement et avec douceur autour de son poignet.

— Je t'en prie, mon adorable Lula, renonce à ton enquête.

— Mais nous sommes si près du but !

— Quelqu'un nous a déjà pris Mala, insista Karina. Or, si tu as vu juste et que les chasseurs de sirènes sont liés de près ou de loin à toute cette affaire, jamais je ne pourrais me pardonner s'il devait arriver quelque chose à l'une d'entre vous. Rentre à la maison et dis à Père tout ce que tu sais sans faire de vagues. Montre-lui la carte. Il prendra la chose au sérieux, je n'en doute pas. Même si l'information provient d'un résident. Il sait que Tolum ne peut pas mentir.

Ariel baissa les yeux. Pour la première fois depuis le début de ses recherches, elle ressentit une pointe de culpabilité. Elle savait que ses sœurs s'inquiétaient pour elle, qu'elles ne voulaient pas voir leur petite sœur s'attirer des ennuis. Mais ne comprenaient-elles pas que si cela pouvait sauver Mala, le jeu en valait la chandelle ?

— Je réfléchirai à ce que tu as dit pendant le voyage de retour et j'envisagerai sérieusement d'en parler à notre père, promit Ariel.

Vu la façon dont Triton s'était adressé à elle la dernière fois qu'elle avait essayé de mentionner ses découvertes, elle n'était guère enchantée à l'idée de lui faire part des dernières informations, mais si cela pouvait tranquilliser Karina, cela méritait réflexion.

— Crois-moi, il t'écoutera, assura Karina. Il apprécie Tolum.

— Bien. Nous devrions y aller. (Ariel serra fermement sa sœur dans ses bras.) Au fait, que penses-tu de ce que Tolum a dit à propos des sirènes ? C'est préoccupant, tu ne trouves pas ?

— Je l'ignore, mais Tolum est mon bras droit. Il a le don de flairer les ennuis et il n'est pas du genre à colporter des ragots.

Devant l'expression troublée de ses sœurs, Karina ajouta :

— Mala va s'en tirer, les filles. D'une manière ou d'une autre.

— Je l'espère, dit Perla. Et je jure que plus jamais je n'ignorerai ses agaçantes divagations. Et je lui tresserai les cheveux, même si elle me tape sur les nerfs.

Elles rirent et s'enlacèrent. Ariel se joignit à l'embrassade. Les visages de ses sœurs, écrasés contre le sien, rendirent l'étreinte suffocante. Mais à cet instant précis, Ariel n'aurait voulu être ailleurs pour rien au monde. *Et vu qu'il est question de sœur disparue…*

— Nous devrions aller voir Tamika, suggéra-t-elle.

— À mon avis, c'est un cas désespéré, répliqua Karina.

— Tout comme Perla et toi, jusqu'à aujourd'hui.

— Sauf que Tamika agit comme une étrangère depuis la mort de Mère, souligna Perla, rompant leur embrassade pour enfiler ses rapidageoires. Je ne sais même plus qui elle est. Toutes ces rumeurs que j'ai entendues – comme le fait que des oursins ont pris le contrôle de son palais… Je me demande s'il y a un fond de vérité là-dedans.

Ariel priait pour que ce ne soit pas le cas. Elle espérait que Tamika se portait bien et que les gens se trompaient à son sujet. La jeune sirène enfila à son tour ses rapidageoires, et toutes deux firent leurs adieux à Karina.

En quelques instants, Saithe fut à lointaine distance derrière elles. Toutefois, les paroles de Perla et Karina surnageaient dans les pensées d'Ariel, comme une bouée déterminée à flotter au premier plan. Tamika s'était peut-être isolée, mais cela ne changeait rien à la personne qu'elle était : la fille de leur mère, *ainsi que* leur sœur. Souffrait-elle aussi de sa disparition ? Était-ce pour cela qu'elle gardait ses distances ? Ariel se mordit la lèvre. *Mala. Je dois retrouver Mala.* Peut-être valait-il mieux qu'elle réunisse sa famille en s'attaquant à un problème à la fois.

Perla raccompagna Ariel jusqu'au palais royal, puis elle reprit la route pour Piton. À son arrivée, la jeune sirène découvrit le château plongé dans le silence. Par chance, les sentinelles postées devant l'entrée semblaient vaquer à d'autres occupations, et elle put s'inviter à l'intérieur sans difficulté aucune. Elle rejoignit sa chambre pour s'assurer que Polochon allait bien et frappa à la porte.

— Je ne me sens vraiment mal, répondit une voix râpeuse et fluette.

Ariel rit en comprenant que Polochon essayait de l'imiter.

— Polochon, c'est moi. (La porte s'ouvrit.) Dois-je en déduire que tout s'est bien passé ?

— Oh, Ariel, nom d'un petit bonhomme ! Je suis bien content que tu sois revenue, fit le poisson en reprenant sa voix normale. Ta gouvernante est vraiment tenace, tu sais ? Quand je lui ai dit que tu ne te sentais pas bien – enfin, que *je* ne me sentais pas bien –, elle a ramené la moitié du personnel des cuisines devant la porte avec du bouillon d'os, puis elle a insisté pour que je me fasse examiner les écailles.

Ariel éclata de rire. Julia avait toujours fait office de mère de substitution :

— Eh bien, en effet, elle prend bien soin de moi. Que lui as-tu dit ?

— Que j'étais trop fatigué et pas d'humeur à recevoir de la compagnie. Et que lorsque je… Enfin, quand *tu* serais réveillée, tu descendrais pour manger quelque chose. En tout cas, je pense avoir mérité une double ration de gâteaux aux algues pour le dîner.

Il changea ensuite de sujet :

— Qu'as-tu appris à Saithe ? Oh, au fait, j'ai cru comprendre que le roi et ses gardes étaient rentrés il y a peu. Mais il paraît qu'ils n'ont pas fait le moindre progrès dans leurs recherches.

Ariel fronça les sourcils, se remémorant les conseils de Karina. Son père et elle étaient rentrés bredouilles à la maison, et le temps commençait à manquer.

— Je vais parler à Père de toutes mes découvertes. Il le faut.

Il n'est pas plus près de retrouver Mala qu'il ne l'était le jour de la cérémonie. Tout ça parce qu'il s'oppose à toute idée autre que les siennes. Je parie que si nous pouvions unir nos forces, nous retrouverions Mala en un rien de temps.

— Je dois participer aux recherches, poursuivit-elle. Comme nous tous.

Polochon lui souhaita bonne chance, et Ariel répéta tout ce qu'elle avait l'intention de dire à son père avant de frapper à sa porte.

— Entrez.

Dans la salle de séjour jouxtant sa chambre à coucher, le roi Triton siégeait sur son trône au sommet d'une estrade, noyé sous les rouleaux de parchemin – des cartes sans exception marquées d'un grand *X* rouge. Une liste de noms *interminable* recouvrait une table courant le long de la pièce – la plupart avaient été raturés.

— Père ?

Le roi leva les yeux, et ses rides se creusèrent :

— Ariel. Te sens-tu mieux ? J'ai entendu dire que tu étais souffrante.

Il se leva, l'inflexion de sa voix s'accordant à son empressement de la savoir en bonne santé. Ariel fut ravie de le voir sourire.

— Oui, bien mieux. Je crois que j'avais juste besoin de repos.

— Parfait. Julia était inquiète.

— Oui, c'est vrai, et j'irai la voir dès que j'en aurai terminé ici. Je voulais simplement vous parler, Père.

Elle se frictionna nerveusement la nageoire, s'efforçant de ne pas gigoter.

La mâchoire du roi se crispa :

— Écoute, si c'est à propos de ce qui s'est passé au Zénith, sache que je n'aurais pas dû te gronder de cette manière. C'est inexcusable, je n'irai pas prétendre le contraire. Nous n'avons aucune nouvelle piste concernant Mala. Quant aux précédentes… (Il jeta un coup d'œil vers la longue liste de noms et poussa un soupir.) Elles n'ont abouti à rien. Toutefois, Usengu a plusieurs idées dont nous débattrons ce soir lorsqu'il aura terminé sa ronde.

Sa voix se brisa et ses deux poignets s'approchèrent l'un de l'autre, comme sous l'effet d'une attraction magnétique. Il lui tourna le dos et posa finalement ses mains sur ses hanches. Il ne s'autoriserait jamais à se frotter les poignets en sa présence. Ce serait exposer son chagrin. Comme si réprimer ses sentiments le rendait invulnérable. Alors qu'au contraire, ce serait en les exprimant qu'il trouverait de la force. Ariel avait appris quelque chose au cours des derniers jours : affronter sa peine demandait du courage.

Ariel agrippa les bras vigoureux du roi et le força à se retourner :

— Je suis inquiète pour elle, moi aussi.

— Oui, naturellement. (Il s'éclaircit la voix.) Qu'est-ce qui t'amène ?

L'angoisse qui lui comprimait la poitrine se fit plus intense :

— Ce que j'ai à vous dire ne va pas vous plaire.

Allait-elle réellement tout lui avouer ? Admettre qu'elle avait défié son autorité ? Lui confier que Perla et elle avaient bien failli périr dans le Récif aux Ossements ? Elle tira nerveusement sur ses locks. Il fallait qu'elle lui dise. Mala était quelque part là-dehors, et son père n'avait pas la moindre idée de comment la retrouver.

Les lèvres de Triton formèrent une ligne étroite, mais Ariel parvint à ravaler la boule qui lui nouait la gorge :

— J'ai moi aussi enquêté sur ce qui est arrivé à Mala… sans votre consentement.

Les sourcils du roi se rejoignirent :

— Tu as *quoi* ?

— Oh, ça suffit !

Triton resta stupéfait. Ariel avait élevé la voix. Cela lui fit une drôle de sensation, mais au moins avait-elle son attention.

— Je vous en conjure, Père… Écoutez-moi. Vous devez entendre ce que j'ai à dire.

Le roi secoua la tête. Il fulminait d'avance, mais il garda le silence, et Ariel lui en sut gré. Elle lui raconta alors toute l'histoire : le message de Mala, le sceau brisé, leur voyage jusqu'à Fracus, puis au Récif des Ossements.

— En résumé, je pense que les chasseurs travaillent avec quelqu'un pour traquer des sirènes, car les emplacements figurant sur la carte correspondent à des territoires très fréquentés par notre peuple. Ils ont même sondé le Récif aux Ossements ! On nous a rapporté que les relations entre les sirènes et les monstres marins n'ont jamais été aussi tendues. En outre, Tolum de Saithe nous a dit que…

Son père fronça les sourcils. Il était tout ouïe, à présent.

— Tolum nous a dit que les monstres marins n'étaient pas les seuls en cause, reprit-elle. Une sirène serait également impliquée. C'est trop gros pour être une simple coïncidence. Il y a forcément un rapport avec Mala. Et étant donné que les résidents et vous-même êtes les seuls qui aient pu rompre le sceau du Zénith, alors il ne fait *aucun doute* que le coupable n'est autre qu'un résident.

Ariel voulut reprendre son souffle mais n'y parvint pas. Elle prit conscience qu'elle s'étreignait fermement les poignets et qu'elle s'enfonçait les ongles dans la peau.

Elle avait réussi. Elle avait tout avoué. Elle se prépara à essuyer la réaction de son père, mais celui-ci resta quelques instants sans piper le moindre mot.

Le roi s'écarta, ses lèvres pincées indiquant qu'il était plongé dans une intense réflexion.

— Alors, qu'en dites-vous ? s'enquit-elle.

— Tolum est incapable de mentir. C'est là le don que je lui ai octroyé.

— En effet.

Fichtre ! Alors, il m'a vraiment écoutée ?

— Et tu as appris tout cela par toi-même ?

— Perla et Karina m'ont apporté leur concours, avoua-t-elle.

Le roi parut étonné :

— Karina et Perla ? Ensemble ? Cela ne leur ressemble guère.

— Elles ont fait la paix, affirma Ariel.

Son père écarquilla les yeux. Ces mots semblaient avoir éveillé un souvenir en lui. Son expression autoritaire s'accentua et son regard s'abîma dans le vague :

— Elles me rappellent la façon dont j'ai agi autrefois avec quelqu'un, dit-il comme s'il parlait tout seul.

Il n'avait jamais rien mentionné de tel auparavant.

— Vraiment ?

— J'ai connu une sorcière. Une sorcière des mers. Nous passions notre temps à nous chamailler, mais nous étions proches l'une de l'autre. Puis elle fit une chose si terrible… que je l'ai bannie, conclut-il en serrant la mâchoire.

— Je l'ignorais totalement.

Pourquoi n'en a-t-il jamais parlé ? Ariel ne le presserait pas de questions pour l'instant. Pas avant d'avoir retrouvé Mala. Le roi changea de sujet :

— Je ne sais que faire de ces informations que tu m'apportes, Ariel. Je dois y réfléchir. Mais je te remercie. Je tiendrai compte de tous tes dires. Tu as ma parole. En revanche, tu dois savoir que j'ai de bonnes raisons de penser que les monstres marins du Zénith sont responsables de la disparition de Mala. Cela fait bien trop longtemps qu'ils sont sans surveillance.

— Père, que nous ne sachions pas grand-chose à leur propos ne signifie pas pour autant que tous les monstres marins sont indignes de confiance. Silius est…

— Ne t'avise pas de me faire la leçon quant aux dangereuses créatures qui évoluent dans ses eaux, Ariel. Je pourrais te conter les histoires que ton grand-père m'a racontées et qui te vaudraient des années d'insomnie. Par ailleurs, tu as toi-même dit qu'un résident était forcément impliqué dans cette affaire.

— Quand bien même, Père, mes sœurs et moi-même sommes-nous toutes identiques ? Pouvez-vous réellement faire l'amalgame de tout un peuple en vous fondant sur les actes d'un ou deux individus seulement ? Que l'un des résidents ait enlevé Mala n'implique pas forcément que tous les monstres marins soient mauvais.

— Et toi ? Ne les juges-tu pas en te fondant uniquement sur le caractère sympathique de Tolum et Silius ?

La jeune sirène poussa un soupir d'exaspération. C'était là une bataille qu'elle devrait livrer plus tard.

— Quoi qu'il en soit, je tiens à être impliquée dans l'enquête à partir de maintenant. Tout cela s'étant produit sur mon territoire, je me sens responsable de ce qui arrive.

Le maigre souvenir du visage de sa mère s'imposa à son esprit. La messe n'était pas tout à fait dite, mais c'étaient les seuls mots qu'elle pouvait prononcer à voix haute pour l'instant. Ariel luttait elle aussi pour trouver du courage.

— Père, je vous ai prouvé la validité de ma contribution et je...

— Tu ressembles tant à ta mère.

Cette déclaration la coupa dans son élan.

Elle ne s'était pas attendue à cela. Le pensait-il vraiment ? Son père parlait très rarement de la reine.

— Pardon ? Je... C'est vrai ?

Comment pouvait-elle ressembler à quelqu'un qu'elle n'avait pour ainsi dire pas connu ? Dont elle avait presque oublié le visage ? Elle baissa les yeux et se rendit compte qu'elle effleurait le galet violet qui ornait son poignet.

— Il est de mon devoir de veiller sur vous toutes, reprit le roi Triton. Mala est maintenant portée disparue. Si ta mère, la reine, qui pourtant connaissait comme moi l'océan sur le bout des doigts, sinon mieux, a pu être... (Il se força à fermer la bouche, comme si garder ces mots pour lui pouvait d'une certaine manière atténuer son chagrin.) Ariel, *je t'en conjure*, ne te lance pas seule sur les traces de ta sœur. Laisse-moi m'en occuper, mon enfant.

Il l'attira dans ses bras, et elle se laissa faire. Les poignets d'Ariel se rejoignirent brusquement derrière son dos, mais elle les sentit se frotter l'un contre l'autre.

Elle se rappela que, le soir venu, ses parents la bordaient. Ils la soulevaient tous les deux dans leurs bras, berçant son petit corps jusque dans sa chambre. C'était le seul souvenir qu'elle avait de ses parents ensemble. Tous les autres s'étaient estompés. Elle était si petite à cette époque.

Le roi saisit le bras de sa benjamine, faisant tournoyer le galet autour de son poignet :

— Tu le portes toujours, à ce que je vois.

Elle acquiesça :

— Vous ne m'avez jamais dit où Mère l'avait trouvé.

— Tiens donc ?

— Jamais.

Elle se lova dans ses bras, et l'esquisse d'un sourire apparut sur son visage.

— Ta mère me suppliait de partir en exploration – pour mener des expéditions, disait-elle. Elle adorait découvrir de nouveaux endroits, ainsi que les merveilles qu'ils recelaient. Pour être franc, j'avais cela en horreur. Mais elle était têtue, exactement comme toi.

Ariel se mit à rougir, mais elle ne put s'empêcher de sourire. Ainsi, sa mère partait en exploration ? Elle devait être du genre intrépide.

— Elle insistait, encore et encore, jusqu'à ce que je lui cède, poursuivit le roi. La première fois, elle a accepté que mes gardes l'escortent. C'est à cette occasion qu'elle a découvert ce galet. (Il effleura le bijou.) Elle n'en avait jamais vu de cette forme, ou de cette couleur. Elle s'en est entichée. Tu sais, elle collectionnait toutes sortes de choses.

— Vraiment ?

Il confirma d'un hochement de tête, et Ariel sentit un étrange tiraillement dans son estomac.

— Le dernier matin de sa vie, elle t'a laissée jouer avec cette pierre. Comme elle n'était pas revenue le lendemain ni le jour suivant, tu es restée accrochée à cette babiole. Impossible de te faire lâcher prise. Tu refusais de dormir ou même de manger sans l'avoir.

Ariel se raidit, craignant que bouger lui fasse rater ne serait-ce qu'une miette du récit de son père. Maintenant qu'il avait ouvert cette boîte à souvenirs, elle brûlait d'envie de regarder à l'intérieur. Ce sentiment la perturbait. Elle ne s'était jamais languie de sa mère… pas comme ses sœurs, en tout cas. Pourtant, elle retint son souffle et resta suspendue aux lèvres du roi.

Celui-ci continua :

— Elle a confectionné ce bracelet pour que tu puisses toujours le garder sur toi. À cette époque, c'était la seule chose qui te permettait de t'endormir. C'est comme si elle t'avait laissé une partie d'elle-même. Et d'une manière ou d'une autre, tu l'avais compris.

Ariel pressa son poignet sur sa poitrine.

— Ces objets qu'elle collectionnait, que sont-ils devenus ?

Triton secoua la tête :

— Le moindre petit colifichet me rappelait à son absence. À la façon dont j'ai échoué à la protéger. Leur vue m'était insupportable.

Il n'était pas préparé à faire face à sa disparition. Comme tous les membres de leur famille.

— Je m'en suis débarrassé, pensant naïvement que cela rendrait sa mort plus facile à accepter. (Il se tapota la lèvre d'un doigt songeur et l'invita à l'accompagner.) J'ai néanmoins conservé quelque chose.

Il s'éloigna et Ariel le suivit comme son ombre tandis qu'il l'emmenait dans une pièce située à l'écart, une pièce qu'elle devina avoir autrefois appartenu à sa mère. Les étagères étaient vides ; en revanche, la coiffeuse, où la reine avait sans doute l'habitude de se pomponner, était encore recouverte de lotions pour le visage et de crèmes de beauté à base d'algue. Intacte, tel un souvenir figé dans le temps. Son père tendit le bras sous la coiffeuse et en retira un coffret jaune.

— Qu'est-ce que c'est ? demanda Ariel.

Le roi Triton souleva le couvercle, et un son familier emplit la pièce. La jeune sirène eut un hoquet de surprise. C'était l'une des mélodies que sa mère fredonnait autrefois. Pas un Chant de sirène, mais un air différent. La reine était passionnée de musique. Ariel tourna une manivelle à l'intérieur de la boîte, et celle-ci joua une nouvelle mélodie, qu'elle reconnut également. Sa mère avait insisté pour que ses sœurs et elle s'entraînent à exercer leurs voix dès leur plus jeune âge.

— Oh, Père, c'est magnifique !

— Elle est à toi, dit le roi en la lui remettant.

— Pour de vrai ?

— Pour de vrai.

Ses joues enflèrent sous ses yeux, et elle fut traversée d'une sensation de chaleur. Elle eut brièvement envie de frotter ses poignets l'un contre l'autre, mais le fourmillement de joie qui l'habitait submergea toute once de tristesse. Elle tenait entre ses mains la boîte à musique de sa mère !

Toc, toc.

Usengu s'invita dans la pièce et leur adressa ses salutations :

— Sire. Princesse.

— Usengu, dit Ariel en affichant son plus beau sourire.

Le serpent de mer lui serra l'épaule avec compassion :

— Nous la retrouverons, ma chère enfant.

Elle acquiesça.

— Va dans ta chambre, à présent, intervint le roi. Que je songe à tout ce que tu m'as rapporté.

— Merci encore, Père.

Ariel regagna ses appartements en serrant contre elle la boîte à musique. Elle n'était pas parvenue à pleinement convaincre son entêté de père. Celui-ci était bien décidé à ne pas l'impliquer dans l'enquête. Toutefois, cette réticence était motivée par la peur. Par le chagrin. Et il en était de même pour ses sœurs.

Et Mala dans tout ça ? Son père avait bien promis de tenir compte de ses informations, n'est-ce pas ? À moins qu'il ne les réfute, pensant tout savoir ? Le roi étant désormais au courant de tout, il surveillerait sa fille de très près. Elle n'était même pas certaine de *pouvoir* encore filer à l'anglaise. Ariel poussa un soupir. Qu'allait-elle donc faire, maintenant ?

Ne trouvant aucune réponse, elle s'enfouit sous ses couvertures et tourna la manivelle de la boîte à musique. Puis elle ferma les yeux, imaginant que sa mère chantait pour elle.

Et pour la première fois depuis bien longtemps, en dépit de ses inquiétudes et pour une raison inexprimable, la petite sirène plongea dans un profond et agréable sommeil.

Chapitre 13

Un jour avant la Lune de Corail

Au petit déjeuner, Ariel rompit en deux une tige de salicorne, mais elle perçut à peine le craquement, couvert par les bavardages de Caspia et Indira. Julia, qui semblait encore nettement ébranlée par la disparition de Mala, leur avait fait savoir que leur père consentait à ce qu'elles quittent leur chambre pour les repas, mais il escomptait toujours qu'elles y séjournent le reste du temps. Ariel dégusta sa nourriture, songeant à Mala et à tout ce que son père lui avait dit la veille au soir.

Demain, l'échéance pour retrouver leur sœur arriverait à son terme. Le roi céderait-il son trône ? Il n'avait pas divulgué les termes de la rançon, mais à en juger par l'amertume de Julia lorsqu'elle était venue réveiller Ariel ce matin-là et par les mines renfrognées des gardes en faction autour de sa chambre, il ne faisait aucun doute qu'ils savaient ce qui était en jeu.

Malgré la morosité ambiante, les domestiques qui leur servaient le petit déjeuner s'extasiaient impatiemment à l'approche des festivités de la Lune de Corail. De son côté, Ariel ne parvenait pas à manifester le moindre enthousiasme. Le festival était un événement d'envergure. Il durait de l'aube jusqu'au crépuscule, et se terminait lorsque la lune brillait d'une vibrante nuance de rose. Même le monde de la surface semblait célébrer cette journée, en faisant s'envoler des étincelles colorées à travers le ciel. Ariel et toute sa famille assistaient toujours au spectacle de sous les flots. C'était sa fête favorite, mais cette année, cette journée avait quelque chose d'effrayant – un autre rappel que le désarroi de sa famille dénaturait ses souvenirs, et aussi que le temps leur était compté.

Ariel considéra tout ce qu'elle savait à propos de Mala, s'efforçant de combler les lacunes. Était-elle passée à côté de quelque chose au Zénith ? Avait-elle négligé un détail concernant les chasseurs de sirènes ? Et si elle faisait le tour des territoires pour s'entretenir avec les autres résidents ? En avait-elle seulement le temps ? La jeune sirène ne savait quoi faire.

— Peux-tu me passer les algues ? demanda Caspia.

Ariel lui tendit un saladier rempli de délices broussailleux.

— Il paraît que Père et toi avez eu une conversation tardive hier soir, souligna Indira en se servant à son tour.

— Vous écoutiez aux portes ?

— Pas besoin. Tu parles très fort, répondit Indira avec son ricanement habituel.

Ariel fit la grimace. Voir sa sœur se comporter avec une telle insouciance alors que Mala était dehors entre les griffes d'un odieux criminel l'exaspérait.

— Si seulement tu pouvais renoncer à toute cette histoire concernant Mala et passer à autre chose.

— Mala est encore en danger, répliqua Ariel. Je ne resterai pas les bras croisés sans rien faire.

Caspia prit une bouchée de nourriture et leva les yeux au ciel :

— Je ne serais pas fâchée de voir toute cette comédie prendre fin.

— Une comédie ? Tu n'es pas sérieuse ?

Comment pouvaient-elles penser une chose pareille, de Mala en particulier ? Ses sœurs sautaient sur le *moindre prétexte* pour chercher la petite bête. C'était purement égoïste. Si elles savaient ne serait-ce que la moitié de ce qu'elle avait rapporté à leur père, elles verraient peut-être les choses autrement.

Ou peut-être pas. Ariel soupira. Elle ne gaspillerait pas sa salive avec elles.

Indira reprit :

— Je suis certaine que Mala a elle-même fomenté ce plan machiavélique, quelles que soient ses motivations. Nous ne cessons de te le répéter, Ariel : elle est indigne du piédestal où tu l'as érigée.

Ariel se leva brusquement de table :

— Tu n'as aucune preuve de ce que tu avances ! Non, mais tu t'es entendue ? Tu sembles pleine d'amertume et de ressentiment !

Indira se leva à son tour, les narines frémissantes.

— De l'amertume ? Du ressentiment ? Tu n'as aucune idée de ce que c'est d'être toujours dans l'ombre de Mala !

— La fille parfaite, grommela Caspia.

— La *chouchoute* de Mère.

— *Mala !* la première a avoir été nommée protectrice de son propre territoire, affirma Caspia. Mala ! qui avait toujours les meilleures notes. Julia la laissait même faire son propre lit, sous prétexte qu'elle le faisait mieux qu'elle !

Ariel n'avait jamais pris conscience de tout cela. Mala était peut-être effectivement la chouchoute de la famille. Ariel l'avait toujours admirée. Elle voulait lui *ressembler*. La façon dont la cour la chérissait, dont les citoyens de Chaine la couvraient de louanges... Elle avait même entendu dire que ces derniers lui avaient dédié une journée spéciale en l'honneur de ses capacités de dirigeante. Mala semblait mériter tout ce que le monde avait de mieux à offrir... Mais alors cette... cette...

Ariel plaqua une main devant sa bouche pour contenir sa peine. Ce raz-de-marée menaçait de faire voler en éclats le barrage qui l'endiguait. Ainsi que *sa* santé mentale. Elle s'efforça de rester positive, mais il était bien plus facile de se rebiffer :

— Alors c'est de cela qu'il s'agit ? dit-elle en croisant les bras. Vous êtes jalouses ?

Indira referma brusquement la bouche, et la jeune sirène décela dans l'expression de son aînée un sentiment jusque-là inédit chez elle : du chagrin.

— Mala est fourbe et sournoise, accusa-t-elle avec un sanglot dans la voix. Elle a fait le mur. Elle a transgressé les règles. Elle a toujours eu tout ce qu'elle voulait, soit en manipulant notre père avec son sourire « parfait », soit en agissant à sa guise pour ne s'en tirer qu'avec une vulgaire tape sur la main. Évidemment, toi, tu n'as jamais rien remarqué. Tu étais trop jeune et tu vivais ici auprès de notre père, mais nous, nous l'avons vu. Et nous ne risquerons pas nos vies pour jouer à ses petits jeux.

— Je...

— Non, Ariel, tu vas nous écouter, intervint Caspia en agitant le doigt. Tu ne vois toujours que ses grands accomplissements. Mais ne t'es-tu jamais dit que tu te focalisais sur de mauvaises choses ?

De mauvaises choses ?! Elle cherchait à réunir toute sa famille. *Rien* ne saurait être *plus* important !

— Qu'est-ce que c'est que ce chahut ? gronda le roi Triton en entrant dans la pièce.

Malgré la rudesse de son ton, il avait les paupières lourdes. Avait-il seulement dormi ?

— Taisez-vous toutes sur-le-champ ! J'ai d'importantes nouvelles à propos de… (Il poussa un soupir.) À propos de Mala.

Les entrailles d'Ariel se nouèrent. Elle eut l'impression que sa queue s'était dérobée sous elle. Elle dut s'appuyer sur la table pour conserver son équilibre. Quelles nouvelles ? Mala était-elle sauve ? Était-il trop tard ? Le ravisseur avait-il modifié ses exigences ? Raccourci les délais ?

— Il a été porté à mon attention que des chasseurs de sirènes ont découvert d'autres de nos communautés en dehors de Fracus.

Indira hoqueta et Ariel se mordit la lèvre. Le roi poursuivit :

— Notre position n'est désormais plus sûre, et… Ma foi, autant tout vous dire.

Le visage de leur père se décomposa et Ariel se redressa. En dépit de son obstination à la garder à l'écart, il semblait avoir pris ses déclarations au sérieux et s'être penché sur la question.

— Usengu, ma garde et moi-même avons conclu que si je ne renonce pas au trône dans les temps impartis, les ravisseurs livreront Mala aux chasseurs de sirènes. Je ne peux rendre ma couronne sans risquer des conséquences encore plus graves pour notre océan. Ce n'est un secret pour personne : les chasseurs de sirènes surgissent à Fracus au moment de la Lune de Corail, car les festivités attirent nombre d'entre nous dans ces eaux. Je pense donc que l'échange aura lieu là-bas. Nous envisageons soit d'attirer le ou les malandrins jusqu'ici, soit de leur tendre une embuscade à Fracus. Cependant, l'entreprise pourrait s'avérer trop risquée. Nous ne pouvons les laisser savoir que nous les avons percés à jour et leur donner ainsi le temps de revoir leur plan. Rien n'est encore arrêté, mais je tiens à ce que vous sachiez que je fais tout ce qui est en mon pouvoir pour ramener Mala.

Les paroles de son père firent frissonner Ariel. Quelque part, elle avait toujours su qu'il ne se risquerait pas à abdiquer le trône, quand bien même la vie de Mala serait en jeu. Les tensions dans l'océan étaient déjà bien assez fortes comme ça sans la perte de leur souverain. Mais entendre son père édicter à haute voix le choix qu'il devait faire lui fit mal au cœur.

— Oh, seigneur ! s'exclama Caspia en jetant un coup d'œil vers Ariel, qui lui renvoya son regard le plus mesquin, celui qui disait : *Je te l'avais bien dit.*

Voilà pourquoi l'échéance prenait fin le lendemain… Et maintenant que les chasseurs de sirènes semblaient en savoir autant sur la topographie de leurs océans, comment savoir quelles zones éviter ? Ariel sentit redoubler le poids qui pesait sur sa poitrine. Le temps filait à toute vitesse.

— Que comptez-vous faire au sujet des résidents, Père ?

S'il avait pris au sérieux ses informations sur les chasseurs de sirènes et en avait parlé à ses gardes, alors il enquêtait aussi certainement sur les résidents.

Le roi changea d'expression.

— Père ?

— J'ai tenu ma promesse, Ariel. J'y ai réfléchi. Et les résidents sont des monstres marins que j'ai soigneusement évalués, les jugeant dignes de notre confiance. Si l'un d'entre eux était un traître, je le saurais. (Il s'éclaircit la voix.) Voilà tout ce que j'ai à dire.

— Vous plaisantez ? fit-elle en s'écartant vivement de la table.

Mais l'expression du roi s'assombrit et il ne releva pas son insolence :

— Vous resterez toutes ici jusqu'à la fin des festivités. Et avant que vous ne protestiez, sachez que je ne vous demande pas votre avis. Je vous l'ordonne !

Leur père quitta la pièce aussi vite qu'il y était entré.

M'a-t-il seulement entendue ?

Voilà donc quel était son plan ! Les cacher ici, après tout ce qu'elle lui avait raconté ? En quoi le fait de les enfermer serait-il une solution ? Ariel méritait de participer aux recherches. La colère l'envahit. L'implorer d'ouvrir les yeux était une cause perdue.

Il ne leur restait qu'un jour.

Un seul !

Un seul jour avant que le ravisseur ne livre Mala aux chasseurs et qu'elle disparaisse à jamais, tout comme leur mère. Ariel ne permettrait pas que cela se reproduise. Hors de question. Son père refusant de l'écouter, et Perla et Karina n'étant plus là pour la soutenir, il ne lui restait qu'une seule solution : poursuivre l'enquête *toute seule.*

Mais par où commencer ?

Aucun des indices qu'elle avait trouvés ne semblait avoir de rapport entre eux. Elle songea au varech qu'elle avait découvert à l'extérieur de la chambre de Mala, l'esprit encore troublé par les dernières paroles de Caspia et Indira. Elle ne se focalisait pas sur de mauvaises choses. Grâce à son enquête, Perla et Karina s'étaient rapprochées. Ses deux pestes de sœurs n'en savaient sans doute rien, mais tout de même. En outre, c'était aussi grâce à ses recherches qu'elle avait fait la rencontre de Polochon. Comment osaient-elles insinuer qu'elle faisait fausse route ?

Que disait ce varech, déjà ?

« Ce qui aurait pu sauver Mère pourrait également me sauver. »

Elle avait du mal à comprendre ce qui avait pu arriver à Mala. *Mais supposons que…* Ariel se redressa. Supposons qu'elle se soit *bel et bien* focalisée sur les mauvaises choses. N'aurait-elle pas dû se concentrer depuis le début sur ce qui aurait pu sauver leur mère ? La jeune sirène ne savait que peu de choses sur cette tragique matinée, en dehors de ce que son père lui avait confié la veille. Quelqu'un devait forcément avoir vu quelque chose ce jour-là. Qui avait vu sa mère avant qu'elle ne parte explorer la Cuisine du Pêcheur ? Julia, peut-être ? Qui d'autre sinon…

Ariel eut le souffle coupé. La vérité la gifla comme un coup de nageoire.

La seule personne à ne s'être plus jamais montrée après sa mort. Celle qui évitait la famille à tout prix. La protectrice de la mer même où leur mère avait péri.

Sa sœur Tamika.

Ariel devait *absolument* aller lui parler. Avait-elle été témoin de la scène ? Était-ce pour cette raison qu'elle était si distante ? Si Tamika disposait d'informations à ce sujet, Ariel ne pouvait pas attendre qu'elle se décide à parler ni qu'elle prenne conscience de la situation. Si elle avait bien appris une chose en aidant Perla et Karina à se réconcilier, c'était qu'il ne fallait jamais attendre pour tendre la main à ceux que l'on aime.

Chapitre 14

Un jour avant la Lune de Corail

Ariel fit parvenir par courrier une lettre à l'intention de Perla et Karina pour leur faire part des dernières nouvelles que leur père avait apportées, puis elle invita Polochon dans sa chambre. Elle lui répéta tous les propos du roi Triton, et les yeux du poisson s'écarquillèrent. Il lui tourna le dos et entreprit de fourrer des affaires dans un sac, ne prêtant guère attention à la suite du récit d'Ariel.

— Tu as entendu ? demanda-t-elle. Mon père pense que les chasseurs de sirènes seront à Fracus *demain* – ils vont prendre Mala !

— J'ai entendu, confirma-t-il tout en continuant de s'affairer.

— Et alors ?

— J'en déduis qu'on va se rendre dans un endroit dangereux et y risquer notre peau, alors je me prépare à partir.

— Une minute. Tu viens avec moi, cette fois ?

Elle vint se tenir à ses côtés, luttant contre l'envie de le serrer dans ses bras. Elle ne voulait pas se rendre seule là-bas, à moins de ne pas avoir le choix.

Polochon se retourna finalement :

— Rester en retrait la dernière fois, ça allait, mais j'ai quand même eu la frousse. Si on avait fait irruption dans ta chambre et découvert que je me faisais passer pour toi, qu'est-ce qui me serait arrivé ? Ton père a un sale caractère. (Il frémit.) J'imagine que ma meilleure chance, c'est encore d'être à tes côtés. Au moins, comme ça, je pourrais surveiller tes arrières.

Ariel le serra fort et les fit tournoyer :

— Oh, Polochon ! Tu es le meilleur ami dont une sirène puisse rêver ! Cela compte énormément pour moi.

— Bon, où allons-nous cette fois ? demanda le poisson en examinant leur liste de suspects, qui, à cause de la sécurité renforcée du roi, avait dû être recopiée sur un morceau de varech plus discret.

Tout le palais étant sur le qui-vive, il leur serait impossible de voyager pendant la journée. Ils devraient s'éclipser de nuit, quand le château serait endormi.

— J'ai demandé à Perla et Karina de nous retrouver à Fracus.

À ces mots, Polochon eut un mouvement de recul, comme si tout son oxygène avait été expulsé par ses branchies :

— Pas question, Ariel ! Là, je dis : stop. Les chasseurs de sirènes seront là dans quelques heures et toi, tu veux aller à la Cuisine du Pêcheur ? Pile à l'endroit où ta…

— Nous n'irons pas où ma mère est morte, s'empressa-t-elle de préciser. Nous allons au palais pour voir ma sœur, très loin sous la surface. Elle me dira tout ce qu'elle sait.

Polochon resta muet pendant quelques instants, tout en accrochant son sac au-dessus de sa tête.

— Je suppose qu'elle ignore tout de notre venue ?

— En effet.

— Elle est gentille, au moins ?

— Euh, je n'en suis pas certaine.

Cela faisait longtemps qu'elles ne s'étaient vues.

Les lèvres de Polochon se tordirent nerveusement. Ariel reprit :

— J'espère qu'avec l'aide de Perla et de Karina, nous pourrons la convaincre de nous laisser entrer. Et que, pour une fois, nous discuterons.

Polochon grimaça.

— Je l'espère aussi. La seule chose à Fracus qui soit plus effrayante que la Cuisine de Pêcheur, c'est la nuit.

Pendant qu'Ariel les conduisait, Polochon et elle, jusqu'à Fracus, à l'aide de ses rapidageoires, elle passa son plan en revue dans son esprit. Une fois le soleil couché, ils étaient parvenus à se faufiler par la fenêtre de sa chambre et à se cacher dans l'obscurité. Qu'allait-elle pouvoir dire à Tamika ? Pourvu que Perla et Karina la rejoignent sur place. La jeune sirène les entendait déjà lui reprocher de s'être de nouveau éclipsée, alors que sortir était devenu encore plus dangereux. Sauf que ce coup-ci, Ariel ne se rendait pas dans un cimetière glacé emplit d'algues meurtrières. Elle allait simplement pénétrer chez sa sœur. La situation était entièrement différente. Pour une raison qu'elle n'arrivait pas à exprimer, elle n'avait pas envie de se retrouver seule face à Tamika.

Avant la disparition de leur mère, les deux sœurs avaient été proches. Tamika avait toujours été celle de ses sœurs qui la surveillait le plus, l'emmenant explorer les moindres recoins du palais. Puis un jour, elle avait disparu, sans même laisser un mot. Pendant des années, Ariel s'en était voulu, persuadée d'avoir provoqué le départ de Tamika par quelque mauvaise action. Mais maintenant qu'elle était plus sage et plus âgée, elle savait qu'elle avait été bête de penser ça. Elle n'y était pour rien si Tamika avait pris la fuite. Mais cela n'en était pas moins pénible pour autant.

Au-delà du mémorial consacré à la reine, Ariel ignorait absolument tout de la mystérieuse mer de Fracus. En pénétrant sur le territoire de Tamika, elle constata qu'aucun chemin ne se ressemblait. Elle s'efforçait de nager le plus vite possible, activant ses nageoires avec acharnement. La Cuisine du Pêcheur n'était qu'un point dans le lointain, et elle poussa un soupir de soulagement lorsqu'ils dépassèrent l'embranchement qui y conduisait.

Ariel nagea rapidement jusqu'à ce que brille au loin l'épi de faîtage en forme de queue de sirène qui surmontait la tour du palais. Ariel prit sous son bras Polochon, confortablement installé dans son sac de varech, et le serra contre elle tout en évoluant avec la même détermination contre les courants marins.

— Nous y sommes presque, Polochon. Tout va bien ?

Le poisson acquiesça, réduit au silence par la féroce pression de l'eau sur leurs corps.

Ariel ralentit en approchant de ce qui aurait dû être l'enceinte du château. Mais le palais de Tamika semblait avoir été avalé par un amas de plantes épineuses entremêlées les unes aux autres. Aucune entrée n'était dégagée. À en juger par la tour qui saillait au loin au-dessus de la végétation, le palais était à l'écart. Impossible de s'y avancer.

Polochon regarda Ariel et déglutit :

— On dirait bien qu'elle n'aime pas recevoir de visiteurs.

— Il doit bien y avoir une faille quelque part, insista Ariel en faisant le tour à la recherche d'un moyen d'entrer.

— Là !

Polochon tendit la nageoire, et Ariel aperçut une minuscule saillie, à moitié enfouie dans la terre. En y regardant de plus près, elle comprit qu'il s'agissait d'un tunnel, juste assez large pour qu'ils puissent s'y faufiler l'un derrière l'autre. La jeune sirène jeta un coup d'œil à l'intérieur, mais cilla face aux ténèbres.

— Il y a quelqu'un ?

Sa voix se répercuta contre les parois de pierre. Ce tunnel était l'unique accès au palais. Cela lui mit les nerfs en pelote. Jusqu'où menait-il ? Pourquoi Tamika vivrait-elle de cette façon ? Elle observa une nouvelle fois les alentours, guettant l'arrivée de Perla et de Karina, mais elle ne vit personne. Son cœur se serra. La jeune sirène avait espéré que ses sœurs seraient déjà sur place, mais elle n'avait pas le temps de les attendre.

— Je suppose que je vais devoir y aller toute seule. Polochon, peux-tu rester ici et monter la garde ?

Il secoua la tête :

— Je n'ai aucun moyen de t'avertir si quelqu'un vient.

— C'est vrai, mais j'ignore complètement ce qui se trouve à l'autre bout de ce tunnel et je refuse que tu sois blessé. De toute façon, mes sœurs arriveront probablement bientôt.

Elle n'avait aucune certitude à ce sujet, mais, bon sang, ce qu'elle voulait y croire ! Surtout depuis qu'elle avait constaté l'acharnement manifeste de Tamika à éloigner les visiteurs.

— Elle se cache comme si…

Mais Polochon n'acheva pas sa phrase.

C'était inutile. Ariel savait parfaitement ce qu'il allait dire. *Elle se cache comme si elle avait quelque chose à dissimuler.* La voix de Tolum lui revint en mémoire. « *Une sirène et un monstre marin perturbent ensemble l'ordre établi* », avait-il dit. Parlait-il de Tamika ? Non, aucune de ses sœurs ne pouvait être impliquée là-dedans. *Tu devrais avoir honte de penser une chose pareille*, se morigéna-t-elle.

— D'accord, j'attendrai ici, accepta Polochon. Mais si j'entends quoi que ce soit, je file te rejoindre sur-le-champ !

Ariel essaya de nouveau de se détendre, en pure perte. Elle avait l'impression qu'un rocher pesait sur sa poitrine. La jeune sirène approcha du tunnel :

— Très bien, je reviens.

Espérons-le. Ariel se fraya un chemin dans le boyau. Malgré sa petite taille, le franchir s'avéra extrêmement difficile. La roche lui égratignait les bras et elle aurait juré sentir des épines piquantes transpercer les parois du tunnel, lui écorchant la peau. Lorsqu'elle arriva de l'autre côté, elle était couverte de petites entailles. Elle se retourna et contempla le domaine de sa sœur.

Celui-ci formait une rotonde, ponctuée de hautes tours et d'un dôme de verre en son centre. La végétation avait envahi la façade et recouvert la plupart des grandes baies vitrées. Fracus était presque totalement dépouvu de verdure, mais Tamika semblait avoir planté ici toute une forêt. Ariel scruta l'obscurité. Il y avait peut-être quelqu'un au milieu des broussailles, en train de *l'observer*. Ses bras se couvrirent de chair de poulpe à mesure qu'elle s'approchait des portes.

Elle frappa deux fois.

Rien.

Le silence.

Elle frappa de nouveau, plus franchement cette fois, et quelque chose s'enroula autour de son bras. Elle tira, mais la branche épineuse s'enfonça dans sa peau. La vue de son propre sang lui arracha un glapissement. Elle s'éloigna, mais une nouvelle branche ondula autour de sa taille. Des aiguillons acérés la piquaient partout tandis qu'elle cherchait du regard celui ou celle qui voulait la retenir entre ses griffes.

— Arrêtez, ça suffit !

Les lianes se resserrèrent. Ariel lutta contre ses liens, puis l'un d'entre eux céda, à son grand soulagement. Elle plissa les yeux, mais ne vit que des ombres et des variations de lumière. Elle se tortillait en tous sens, s'efforçant d'arracher une autre de ces algues hérissées de piques, mais les épines la tenaient par la taille et pénétraient plus profondément dans son épiderme à chaque instant. Ces lianes lui rappelaient les algues glacées de la mer de Saithe, à ceci près que ces choses ne semblaient pas interrompre leur assaut quand elle s'immobilisait.

— Je… Je suis la princesse Ariel, la *sœur* de votre protectrice ! cria-t-elle en direction de la porte close, dans l'espoir que quelqu'un l'entendrait de l'autre côté.

Tamika régnait sur ce palais ; si des plantes dangereuses menaçaient les visiteurs, elle devait forcément être au courant.

— Il y a quelqu'un, là-dedans ? Vous m'entendez ? Si… Si vous lui dites mon nom, elle vous confirmera qui je suis !

La plante rampante se figea. Une voix familière s'éleva derrière la porte :

— Qui avez-vous dit que vous étiez ?

— Je… Je suis Ariel, la fille du roi Triton. Princesse et future protectrice de Carinae, parvint-elle à répéter, toisant avec méfiance les plantes qui oscillaient près de son visage. J'apporte un message de la part du roi.

— C'est vraiment toi ? Tu es vraiment venue ?

Ariel reconnut l'œil brun qui l'observait à travers le judas de la porte.

— Tamika ?

La porte s'entrouvrit légèrement, juste assez pour qu'Ariel puisse reconnaître la personne qui se tenait derrière. Elle n'avait plus vu sa sœur depuis si longtemps qu'elle se souvenait à peine de son visage, mais elle aurait reconnu ses yeux bruns et sa chevelure noire et bouclée entre mille.

— Comment puis-je savoir… que tu es venue seule ? s'enquit Tamika.

— Je suis venue seule, c'est juré, répondit la jeune sirène en levant les mains.

Un bruit résonna derrière Ariel, un craquement dans les broussailles. Tamika ouvrit un peu plus le battant et porta son regard en direction du grabuge. La panique déforma ses traits :

— *Menteuse !* Ligotez-la et jetez-la au donjon !

Ariel secoua la tête. Elle n'en croyait pas ses oreilles. Elle regarda derrière elle et identifia l'origine du bruit : Karina et Perla s'étaient extirpées du minuscule tunnel et nageaient dans leur direction. Elles étaient venues !

— Tamika, c'est moi ! Je... Je suis venue avec Perla et Karina, mais il n'y a personne d'autre, je te le jure ! Par pitié !

Chaque mot qu'elle criait ne faisait que nouer son estomac davantage et resserrer les épines qui la maintenaient enchaînée. Ses côtes la faisaient souffrir ; elle avait la sensation qu'elles pouvaient se casser à tout moment. La porte s'ouvrit complètement, et Tamika s'écarta pour laisser passer un petit crustacé, dont les pinces étaient plus grandes que le corps. Il tira sur les liens épineux qui retenaient Ariel et l'en débarrassa. Puis il attacha les mains d'Ariel derrière son dos.

— Perla ! Karina ! s'écria-t-elle. Au secours !

Ses sœurs se précipitèrent vers elle, mais la créature frappa Perla en plein visage, l'assommant. Karina s'avança, visant la créature avec une pierre qu'elle tenait à la main, mais la chose l'attrapa par la queue et la projeta sur le côté.

— Non, Tamika ! Je t'en prie, ne leur fais pas de mal !

Ariel ruait et hurlait, dévorée par l'envie de frotter ses poignets l'un contre l'autre.

— Ordre de la protectrice, marmonna pour elle-même la créature en tirant Ariel à l'intérieur avec une force monstrueuse, insoupçonnable au vu de sa petite taille.

Quelques instants plus tard, Perla et Karina furent ligotées à leur tour. Ariel regarda Tamika, tapie dans l'ombre, observant sa petite sœur se faire emmener. La protectrice de Fracus avait la peau pâle, couperosée, et les commissures de ses lèvres étaient recourbées vers le bas, comme perpétuellement figées.

— Toutes dans la même cellule ? demanda le crustacé.

Tamika fixait sur Ariel un regard noir, affichant une mine désagréable. La jeune sirène lui rendit son regard, cherchant une trace de la sœur qu'elle avait autrefois connue. Mais elle n'était plus là. Elle l'observa plus attentivement et décela de la lassitude dans ses yeux ; cette grimace sur son visage ne devait rien au mépris. C'était de la peur. Tamika était terrifiée.

— Ma sœur, je te jure que nous sommes venues en paix, et non pour te faire du mal, plaida Ariel une fois de plus.

Tamika leva la main, et le serviteur qui entravait les poignets d'Ariel s'immobilisa. Elle les regarda à tour de rôle avant de poser les yeux sur Karina. La jeune sirène savait qu'il y avait beaucoup de rancœur entre elles.

— Non, Tamika, regarde-moi. C'est moi : Ariel. Tu me faisais la lecture pour m'endormir, tu t'en souviens ?

La protectrice se figea devant le visage d'Ariel, comme si elle croyait voir un fantôme.

— Non… N-Non. (Elle plissa les yeux et cligna des paupières.) Ma famille pourrait aussi bien être morte.

Ariel resta estomaquée. Les paroles de Tamika lui firent l'effet d'algues épineuses perforant sa poitrine. Pourquoi dire une chose pareille ? Était-ce la raison pour laquelle elle gardait ses distances depuis tant d'années ? Le chagrin pesa sur les épaules de la jeune sirène, l'entraînant vers le fond comme une ancre.

— Tamika, tu m'as manqué. Rappelle-toi, je… Je me faufilais dans ton lit la nuit, parce que j'avais peur des poissons de lit tout visqueux. Et tu fredonnais les chansons de Mère pour moi, tu t'en souviens ?

Les yeux de Tamika s'étrécirent, incrédules. Il y avait si longtemps qu'elles ne s'étaient pas vues qu'Ariel devait lui paraître méconnaissable. La jeune sirène se tortilla, se frictionnant les poignets si fort qu'elle en tremblait.

— Touche mes cheveux, implora-t-elle. Prends ma main.

Tamika s'approcha avec prudence et enroula une mèche de cheveux d'Ariel autour de son index. Ses lèvres s'entrouvrirent et elle retint sa respiration, tout ouïe.

— C'est la vérité, soutint Ariel. Nous sommes venues en paix.

Du bout des doigts, Tamika traça les contours du visage d'Ariel. Ses lèvres tressaillirent et une moue attristée déforma sa bouche. Elle avala péniblement sa salive, hocha la tête et prit Ariel dans ses bras.

— Oh, Riri. Comme je suis navrée.

L'étau qui enserrait le thorax d'Ariel se brisa. *Elle me croit.* Tamika fit un geste à l'intention du crustacé, et la jeune sirène sentit ses pinces lui relâcher les poignets. Soulagée, elle étreignit sa sœur en retour.

— Maintenant, Tamika, libère-nous, je t'en prie. Le temps presse. Nous avons beaucoup de choses à te dire.

Chapitre 15

Un jour avant la Lune de Corail

Le palais de Tamika était aussi silencieux qu'un mausolée. Ses sœurs la suivirent à travers le vestibule et jusque dans un salon. Il n'y avait pas la moindre créature vivante dans les environs, à l'exception de ces étranges crustacés que la protectrice des lieux appelait *noigets* – des monstres marins qu'elle avait apparemment pris sous son aile, avant de les inviter dans son château et de les armer jusqu'aux dents pour s'assurer que personne ne pénétrerait dans sa forteresse. C'était la première fois qu'Ariel voyait quelqu'un travailler avec des monstres marins autres que des résidents. À cette idée, elle esquissa un sourire et eut chaud au cœur.

— Je vais chercher un peu de pommade pour tes coupures, dit Tamika avant de s'éclipser.

Ariel se tourna vers Karina et Perla :

— Merci infiniment d'être venues, les filles. Je ne savais pas à quoi m'attendre, étant donné... Enfin, vous savez. J'avais promis d'éviter les embêtements.

— Oui, eh bien, je t'ai assurée de mon soutien. Et ce n'étaient pas des paroles en l'air, répondit Karina.

Cette dernière lui étreignit le bras tandis que Tamika était de retour.

Et voilà. Navrée pour toutes ces précautions... Ma maison doit rester inviolable, tâcha-t-elle d'expliquer en appliquant de l'onguent sur les blessures d'Ariel. Je n'accepte aucun visiteur. Surtout avec les tensions qui règnent en ce moment à Fracus.

— Nous en savons quelque chose, souligna Perla en se frottant les poignets, encore endoloris à cause des liens. Nous avons rencontré Silius, ton résident, et il ne tarit pas d'éloges à ton sujet. Il te fait aussi savoir qu'il aimerait que tu lui accordes une audience prochainement.

— Oh, Silius. L'adorable Silius, murmura Tamika dans un souffle. Me pardonnera-t-il un jour ?

— Pourquoi vis-tu dans ces conditions ? l'interrogea Karina. Que s'est-il passé ?...

— Comment ça, que s'est-il passé ? Tu sais parfaitement ce qui s'est passé !

Les mains de Tamika se mirent à trembler et Ariel les prit entre les siennes, dans l'espoir que cela la calmerait.

— Mère, chuchota-t-elle.

Tamika prit une vive inspiration :

— Oui. Mère.

Ses paroles étaient à peine audibles. Comme si le simple fait de les prononcer les rendait plus douloureuses encore. Ariel essaya de déchiffrer les pensées de son aînée. Pour l'heure, la jeune sirène était reconnaissante de ne pas être en route pour les geôles du château. Toutefois, elle devait obtenir des réponses de Tamika. Elle ne savait simplement pas comment s'y prendre.

— Nous sommes ici car Mala a disparu. (Ariel se radoucit, s'efforçant de ne pas la bombarder de questions.) Es-tu au courant de quoi que ce soit ?

— Mala.

Tamika fit la grimace et retira ses mains. Perla et Karina échangèrent un regard chargé d'angoisse. La protectrice de Fracus s'écarta de ses sœurs, s'adressant plus à elle-même qu'aux autres :

— Aussi brillante qu'exaspérante. Raffinée et pleine de retenue. Précieuse Mala. Désespérément douée en toute chose. La coqueluche de tout l'océan. *Ma* sœur.

Ses lèvres se retroussèrent ; des rides se creusèrent au coin de ses yeux. Ariel l'observa, espérant que ce sourire manifestait sa fierté… et non sa jalousie. Tamika leur fit face, et Ariel resta figée, dans l'attente qu'elle partage avec elles ce que cet enlèvement lui faisait ressentir.

— Quel genre de monstre ferait une chose pareille ? demanda-t-elle, le visage entaché d'une stupeur manifeste.

— Nous l'ignorons, répondit Perla.

— C'est ce que nous essayons de découvrir. (Ariel sortit le message que Mala avait griffonné.) Elle nous a laissé ce mot.

Tamika le lut en arpentant la pièce, pas tout à fait convaincue. Ariel devait tout lui raconter… sans rien omettre :

— Et il y a autre chose.

Avec l'aide de Perla, Ariel lui rapporta les événements par le menu : la demande de rançon et les visites au mémorial, à Fracus et à Saithe. Tout ce qu'elle avait raconté à leur père et sa réaction dédaigneuse. Puis Karina les informa ensuite qu'une enquête avait été ouverte à Saithe en raison de l'intrusion dans son palais.

Quand elles eurent fini, Tamika déglutit et baissa la tête :

— Je devrais peut-être vous parler de cette matinée où Mère est partie.

Ariel et ses sœurs échangèrent un regard.

— Seulement si tu te sens prête à le faire, dit la jeune sirène.

— Si la vie de Mala est en jeu, je n'ai manifestement pas le choix.

D'un geste, Tamika les invita à s'asseoir et demanda à l'un de ses plus aimables crustacés de leur apporter des rafraîchissements. Les trois sœurs prirent place sur le mobilier d'un blanc immaculé, impatientes de boire les paroles de Tamika :

— Nous résidions au palais de Père, à l'époque. Vous étiez toutes sorties ramasser des coquillages, ce matin-là. Sauf Riri et moi. Je ne me sentais pas bien et, à dire vrai, nos escapades n'étaient pas toujours amusantes quand Mala, Caspia et Indira étaient de la partie. Leurs chamailleries me donnaient constamment la migraine. Je suis donc restée au palais et j'ai demandé à Julia de te garder à l'œil. (Elle désigna Ariel.) Puis, peu de temps après, Mère a fait irruption dans ma chambre, m'apprenant que la Cuisine du Pêcheur, l'endroit où vous vous étiez rendues, grouillait ce jour-là de chasseurs de sirènes. Vous courriez toutes un grave danger.

Tamika se massa la gorge et secoua la tête. Elle reprit avec un sanglot dans la voix :

— J'avais si peur. Elle nous a ordonné à toutes les deux de rester dans nos chambres jusqu'à ce que Père et elle viennent nous chercher. Mais elle n'est jamais revenue. (Elle se recroquevilla.) Au dîner, j'ai entendu dire que Mère avait été…

Elle s'interrompit et détourna le regard.

— Par la suite, j'ai appris que vous n'étiez absolument pas allées à la Cuisine du Pêcheur. Vous aviez passé la journée au Récif de Lys, à l'autre bout du territoire. J'ai donc consulté les registres, et constaté que nous n'avions reçu aucune visite inhabituelle dans la journée. La seule invitée surprise présente au palais ce matin-là était Ursula, la sorcière des mers.

Ariel fronça les sourcils. Son père avait mentionné l'existence d'une sorcière. Elle ne devait passer que rarement, autrement la jeune sirène se serait au moins souvenue de son prénom. Elle ne se rappelait même pas son visage.

— Et cette Ursula savait-elle quelque chose ?

— Tu ne m'as pas comprise, Ariel.

Tamika déglutit péniblement. Ses lèvres tremblaient. Elle poursuivit en balbutiant :

— C'est Ursula qui a averti Mère que vous étiez en danger. *Ne comprenez-vous pas ?* (Elle se tourna vers elles, son regard brûlant d'une douleur furieuse.) La sorcière lui a menti ! Mère a été envoyée là-bas par une personne en qui nous avions confiance pour y être *assassinée* !

Perla et Karina restèrent bouche bée. Le monde se mit à vaciller. C'était donc cela la chose terrible dont le roi avait parlé et qu'Ursula avait faite ? Pourquoi ne leur avait-il jamais avoué la vérité ? Si quelqu'un menaçait leur famille, elles auraient dû être au courant.

Tamika prit une inspiration :

— Lorsque j'ai compris qu'une personne aussi proche de Père était indigne de confiance, le palais m'a paru être un endroit dangereux. Je suis partie pour Fracus, sans jamais me retourner. C'était égoïste, j'en ai conscience. Mais… j'étais si terrifiée. Je le suis encore…

Ariel frissonna d'effroi et reprit les mains de Tamika dans les siennes, priant pour qu'elle ressente son amour et son soutien. Cela avait dû être terrifiant de garder tout ça pour elle pendant toutes ces années. *Une minute…*

— Se pourrait-il que ce soit Ursula qui ait enlevé Mala ?

— Non. Père l'a bannie grâce à la magie de son trident. Elle ne peut en aucun cas pénétrer dans notre royaume. Personne ne l'a vue depuis des années.

Ariel fut déçue de l'apprendre. L'identité du ravisseur continuait de lui échapper. Elles se retrouvaient dans une impasse. Ses épaules s'affaissèrent. Perla s'approcha de Tamika pour lui caresser le dos, et Karina balaya une mèche de cheveux de devant ses yeux.

— Garder tout ça pour toi a dû te ronger de l'intérieur, souligna cette dernière.

Une infinie souffrance s'étira sur le visage surmené de leur sœur. Elle s'efforçait de vivre avec son deuil, comme la plupart d'entre elles. Ariel s'approcha à son tour. Impasse ou non, être ici auprès de Tamika justifiait amplement d'avoir fait le voyage. La perte de leur mère les avait laissées anéanties, divisées et brisées. Moribondes, comme des mollusques privés de coquille, elles cherchaient à se reconstruire. Mais elles n'y arriveraient qu'en s'épaulant les unes les autres. Comment le lui faire comprendre ?

— Merci d'être venues. Je… Je regrette d'avoir voulu vous envoyer au cachot. J'ai tellement honte, dit Tamika en baissant la tête.

— Oh, tu sais, à ce stade, j'ai pris l'habitude de frôler la mort, dit Ariel. Nous ne t'en tiendrons pas rigueur.

Elles éclatèrent toutes de rire.

— Je suis sincère, Riri, insista Tamika, des rides au coin des yeux. Je vous remercie. Du fond du cœur. En venant ici aujourd'hui pour sauver la vie de Mala, vous êtes parvenues à sauver la mienne.

— Tu n'avais pas à porter ce fardeau toute seule. Mère nous a confiées les unes aux autres.

Ariel serra une nouvelle fois les mains de Tamika dans les siennes. Perla et Karina apposèrent les leurs par-dessus et dirent en chœur :

— Nous sommes une famille.

— Une famille, répéta Tamika.

Les quatre sœurs s'étreignirent, mais cette impasse dans laquelle elles se trouvaient turlupinait Ariel. « *Ce qui aurait pu sauver Mère pourrait également me sauver.* » Cela n'avait aucun sens. Sa meilleure option serait sans doute de retourner à son point de départ et de suivre la seule piste fiable – à savoir que le sceau avait été rompu par l'un des résidents. Elle en avait écarté certains, mais il en restait d'autres à interroger. Le temps jouait contre elle.

Il leur fut difficile de quitter Tamika, mais elle n'était pas prête à revenir au château. S'être réconciliée avec trois de ses sœurs constituait déjà un grand pas en avant. Et elle en était malgré tout ressortie exténuée. Elle partit se coucher avant le départ d'Ariel, Perla et Karina, mais pas sans une *énième* mise en garde quant aux tensions grandissantes dont elle avait eu vent et aux rumeurs qui couraient à propos de leur père. Ariel lui assura qu'elle était au courant, mais qu'à sa connaissance, il ne s'agissait que de racontars. Elle ignorait qui colportait ces histoires, mais une chose était certaine : elles n'arrangeaient pas leurs affaires.

Devant l'entrée du tunnel, Polochon s'était endormi en faisant le guet, mais Ariel était soulagée qu'il soit indemne. Perla et Karina insistèrent pour regagner le palais royal. Plus Ariel songeait à la mort de leur mère, plus elle avait la migraine. Elle n'avait plus le temps de trouver un sens au mystérieux message de Mala. Elle devrait l'interroger à ce sujet après l'avoir secourue.

Karina la rejoignit :

— Alors, qu'allons-nous faire ?

— Tu veux dire que tu ne vas pas m'obliger à rentrer me cloîtrer dans ma chambre et à laisser Père prendre les choses en main ? répliqua Ariel avec un peu trop d'agressivité.

— Comme si tu allais m'écouter ! Il est évident que tu n'en feras rien. (Karina lui donna un coup de coude complice.) En fait, Perla et moi en avons discuté. Nous n'avons pas à te donner des ordres. Regarde ce que tu as accompli. Tu nous as rapprochées de Mala ; et grâce à toi, Tamika nous adresse de nouveau la parole. Toute protectrice que je sois, je n'ai pas réussi à en faire autant.

Le palais royal apparut au loin et elles accélèrent le rythme. Ariel décrivit un détour et prit la direction de sa caverne secrète.

— Ce que Karina veut dire, c'est que quoi tu fasses à partir de maintenant, nous te suivrons, ajouta Perla. C'est toi qui mènes la danse.

Les oreilles d'Ariel devaient lui jouer des tours :

— Vous parlez sérieusement ?

— Oui. Alors, que faisons-nous ?

Telle était la question. Qu'allaient-elles *bien* pouvoir faire ? Elles étaient coincées. Dépassées. Elles disposaient d'une liste de suspects, mais n'avaient aucune piste à suivre. Elles avaient perdu énormément de temps à chercher un sens au message de Mala, et celui-ci n'avait débouché sur rien de concret permettant de la retrouver.

Elles arrivèrent à la grotte et passèrent en revue tout ce qu'elles avaient découvert au cours des derniers jours, en quête du moindre élément pouvant indiquer un comportement louche ou séditieux de la part d'un résident. Qui que soit le coupable, il ou elle avait conservé ce secret pendant de nombreuses années. Peut-être finiraient-elles par trouver quelque part un signe de ses mauvaises intentions envers leur famille ? Ariel arpentait la pièce pendant que Polochon et ses sœurs examinaient les filets, les fragments de carte, et tout l'étrange bric-à-brac qui encombrait les étagères de sa cachette secrète. Il leur faudrait rentrer sous peu, et Karina et Perla allaient devoir expliquer à leur père les raisons de leur visite impromptue.

Ariel passait mentalement en revue ce qu'elle savait, décortiquant la moindre information. Le roi Triton ne recevait les résidents qu'en certaines occasions, ou pour les interroger. Et si elle demandait à Usengu de l'aider ? Toute l'affaire pouvait parfaitement s'être déroulée à son insu ! Leur père avait un avis bien arrêté quant aux personnes qu'il estimait dignes ou indignes de confiance. Quelle serait sa réaction lorsqu'il comprendrait à quel point il s'était fourvoyé ? Sur tant de choses ?

— Attendez une minute.

C'était Polochon, brandissant le message de Mala.

— Ça ne vient pas de Carinae, ça.

— Hein ?

Ariel se détourna du fragment de carte qu'elle était en train d'examiner. Karina et Perla suspendirent également leurs recherches et portèrent leur regard sur Polochon.

— Regardez bien ce varech, reprit le poisson. Ses fibres sont résistantes. Il est feuillu et épais. Et il est jaune clair d'un côté et verdâtre de l'autre. C'est une variété qui ne pousse pas dans cette région.

— Qu'est-ce que ça change ? insista Karina. Je ne comprends pas.

Ariel fronça les sourcils, songeuse. Si ce varech ne provenait pas de Carinae, alors cela signifiait que quelqu'un l'y avait apporté. Elle se pencha sur l'écriture alambiquée de Mala. *Pourquoi aurait-elle été en possession de ce varech ?* C'est alors qu'une nouvelle idée lui vint à l'esprit. Ariel s'était toujours figuré que Mala avait rédigé ce message à la hâte, pour leur laisser un indice juste avant d'être enlevée. Et si Mala n'était pas l'autrice de ce message ? Ce mot les avait incités à mener une enquête approfondie sur la disparition de leur mère. *Et si…*

— Et si le ravisseur avait apporté ce message au Zénith et l'avait laissé en évidence pour nous conduire sur une fausse piste ?

— Mais c'est bien l'écriture de Mala, souligna Karina.

— Elle l'a peut-être écrit sous la contrainte, rétorqua Ariel.

Comment n'y ai-je pas songé plus tôt ? Karina fut stupéfaite.

— Tu crois ? Je veux dire, si c'est le cas, c'est très ressemblant.

— Se pourrait-il qu'une autre personne ait apporté ce varech ici ? souleva Perla.

— Mais pourquoi diantre transporter du varech ? questionna Ariel. Il en pousse absolument partout dans l'océan.

— Bonne question, répondit leur petit groupe d'une seule et même voix.

Il n'y avait qu'une explication logique : ce message avait été abandonné à dessein pour les induire en erreur.

— Une minute, intervint Perla. Si le ravisseur a laissé ce message, alors où pousse ce varech ? Son origine pourrait nous apprendre qui en est l'auteur, non ? Ne pourrions-nous pas en déduire lequel des résidents est notre coupable ?

Celui ou celle qui cherchait à les duper était soit le ravisseur, soit un éventuel complice.

— Polochon, aide-moi, demanda Ariel. Ces rouleaux de parchemin que Julia m'a donnés, où sont-ils ?

Le poisson les lui tendit et elle compulsa les pages avec frénésie. Une partie mentionnait des algues en provenance de tout l'océan.

Perla se rongea un ongle, et Karina serra ses bras autour de sa poitrine, retenant son souffle. Ariel tourna les pages, encore et encore, épluchant des images par centaines jusqu'à trouver ce qu'elle cherchait. Là, au centre de la page, figurait l'illustration d'une feuille de varech, presque identique à celle sur laquelle le message avait été rédigé. Elle fit courir son index sur les mots :

« *La clumilia est une espèce florale singulière…*

On ne la trouve que dans une partie de l'océan… »

La jeune sirène eut le souffle coupé.

Polochon s'étreignit les nageoires en gigotant nerveusement :

— De quel océan provient-il ?

Ariel cligna des paupières et relut la page pour s'en assurer. Comment était-ce possible ? Pourtant, la réponse était là, sous ses yeux, écrite noir sur blanc :

— On ne trouve ce varech que dans la mer de Chaine.

— Quoi ?

— Tu veux dire que…

— Oui, confirma-t-elle en examinant la feuille. L'auteur de ce message doit être le résident du territoire de Mala, Ieka.

Chapitre 16

Un jour avant la Lune de Corail

Perla et Karina chassèrent l'étonnement qui marquait leur visage.

— Ne devrions-nous pas retourner au palais avant qu'on ne s'aperçoive de notre absence ? suggéra Perla.

— J'ai besoin d'encore un peu de temps pour réfléchir, répondit Ariel, tournant et retournant le parchemin. Vous deux, rentrez à la maison et trouvez un prétexte quelconque pour justifier à Père votre arrivée tardive. Polochon et moi allons décider de la suite.

Ariel savait déjà ce qu'il convenait de faire, mais ses sœurs ne l'accepteraient jamais. Elle n'était même pas sûre d'arriver à convaincre Polochon.

— D'accord, Ariel, mais dépêche-toi, fit Perla. J'ai peur.

Ses aînées lui dirent au revoir en la serrant dans leurs bras tandis que Polochon allait et venait dans la chambre en se tapotant la lèvre :

— Une minute. Tu te souviens de ce que Tolum nous a dit ? Qu'une sirène et un monstre marin perturbaient ensemble l'ordre établi ? Qu'entendait-il par là ?

— Je n'en sais rien.

Ses paroles n'avaient aucun sens.

— Peut-être y a-t-il une sirène à Chaine qui est jalouse de Mala ? suggéra Polochon.

Si l'on se fondait sur les dires de Tolum, cela semblait probable, mais pour Ariel, cela n'était pas plus logique.

— C'est difficile à imaginer. Le peuple de Chaine adore Mala. Ils l'adulent. Pouvons-nous être certains que Tolum ne se trompe pas ?

— Pas tout à fait, répondit Polochon. D'accord, il ne peut pas mentir. Mais cela ne signifie pas que ce qu'il raconte est vrai pour autant. Ses mots exacts étaient qu'il a entendu dire qu'une sirène était impliquée. Tout ce dont nous sommes certains, c'est qu'il a effectivement entendu une rumeur.

— Hmmm. Alors ce n'est peut-être rien de plus que cela, fit Ariel.

Toutes ces hypothèses lui flanquaient le tournis. Et l'heure continuait de tourner.

— Il faut que je me rende à Chaine. Je dois en avoir le cœur net.

Polochon secoua la tête et recula. Ieka n'était pas un résident comme les autres. Il était moitié serpent de mer, moitié barracuda, et aussi le premier que Triton avait nommé à ce poste, car il tenait *par-dessus tout* à ce qu'il soit tenu en laisse. Ceux de son espèce étaient de dangereux prédateurs, nyctalopes et silencieux, que personne ne pouvait entendre approcher.

Lors de la cérémonie d'intronisation de Mala, leur père avait refusé toute intervention directe de ses filles. *Les créatures de son espèce sont capables des pires atrocités*, leur avait-il expliqué. Dès lors, Ariel n'avait pas besoin de demander à Polochon et à ses sœurs ce qu'ils pensaient de son projet de se rendre à Chaine.

— Polochon, rappelle-moi : quel est le don de Ieka ?

Le poisson fit la grimace.

— Dis-le-moi, insista Ariel.

— Il peut paralyser ses proies d'un seul regard. M-mais, il s'affaiblit un peu plus chaque fois qu'il s'en sert.

Un frisson remonta l'échine de la sirène :

— Toi, Polochon, tu rentres au palais. J'ai déjà mes rapidageoires, je vais donc m'y rendre immédiatement. Nous n'avons pas de temps à perdre. Nous devons garder toute activité suspecte à l'œil, aussi bien à Carinae qu'à Chaine.

Polochon plissa les sourcils :

— Tu ne me demandes pas de t'accompagner ?

— Je veux simplement que quelqu'un soit au courant de mon plan, au cas où… Au cas où je ne reviendrais pas. Par ailleurs, je… (Ariel n'avait jamais su mentir.) D'accord, je dois avouer que Ieka m'inquiète un petit peu. Et puis, je refuse que tu sois blessé. Mais je ne risque rien, j'en suis presque sûre.

— Presque, tu dis ?

— C'est la meilleure chance que nous puissions espérer.

Polochon baissa la tête.

— Sois prudente, Ariel, je t'en supplie. Tu es ma seule amie.

— C'est juré.

Elle étreignit Polochon, puis ils se firent leurs adieux.

Quand Ariel quitta la caverne, il faisait nuit noire – en réalité, on était proche de l'aube. Comme il n'y avait personne en vue, la jeune sirène poussa un long soupir de soulagement. Pourvu qu'elle ait fait le bon choix. Il n'y avait pas d'autre solution. Au moins n'entraînerait-elle aucun être cher au cœur du danger, cette fois.

Les mains tremblantes, elle s'assura que ses rapidageoires étaient convenablement fixées. Elle était à deux doigts de retrouver Mala, elle en était certaine. Elle espérait juste ne pas commettre une bêtise en se rendant à Chaine toute seule. Elle passerait les lieux au peigne fin et chercherait un signe prouvant que sa sœur y était détenue. À la moindre indication confirmant ses soupçons, elle irait aussitôt chercher son père et sa garde. S'il voyait Mala de ses propres yeux, le roi ne pourrait plus la contredire.

Son instinct l'avait menée jusqu'ici. *Pitié, faites que j'aie vu juste.* Elle serra le galet qu'elle portait au poignet et partit.

La mer de Chaine était plus fraîche que celle de Fracus, et aussi bien moins effrayante que celle de Saithe, mais Ariel nageait toutefois avec prudence, l'œil aux aguets. Au-dessus d'elle, l'éclat de la lune brillait sur les flots, et la jeune sirène restait proche de la surface pour y voir plus clair. Le paysage n'était pas aussi bigarré qu'au Zénith de Carinae, aussi sombre qu'à Saithe, ni même aussi vallonné qu'à Fracus, mais Chaine se distinguait des autres territoires. On aurait dit une jungle sous-marine. La végétation était luxuriante, comme Ariel n'en avait jamais vu ; il y avait des algues, du varech et toutes sortes d'épaisses plantes buissonneuses aux feuilles fermes et étroites. Même les fleurs étaient verdoyantes.

Ariel s'arrêta en apercevant une statue de pierre figurant une sirène. Elle crut d'abord qu'il s'agissait du mémorial local en l'honneur de sa mère, jusqu'à ce qu'elle l'étudie de plus près. Il n'y avait ni couronne sur sa tête ni élégants bijoux autour de son cou et de ses bras, et, contrairement à la reine, dont les cheveux étaient naturellement bouclés, cette sirène avait une chevelure raide. S'agissait-il d'un monument érigé en l'honneur de Mala ? De minuscules lettres inscrites aux pieds de la statue lui confirmèrent cette théorie :

« *En l'honneur de notre bien-aimée princesse Mala.* » Ariel effleura le visage de la statue en souriant. *Nous allons te retrouver, ma chère sœur.* Près du monument se trouvait une pancarte indiquant de multiples directions. Elle les parcourut jusqu'à trouver celle qu'elle cherchait :

Cascade de Chaine

Ariel trouverait sans doute Ieka sous ces chutes souterraines. Avant son départ, Polochon avait signalé à Ariel que l'espèce à laquelle appartenait le résident s'épanouissait dans l'afflux des eaux en mouvement. Il leur arrivait à l'occasion de pointer la tête hors de l'eau, et le rideau de la cascade constituait la cachette idéale pour que les créatures telles que lui. Ariel desserra les poings et nagea dans cette direction.

Plus elle avançait, plus les rochers s'amoncelaient autour d'elle. Le feuillage se faisait plus clairsemé, laissant place à des bancs de coraux calcaires et peu profonds, ainsi qu'à des poissons de toutes les nuances de vert, si bien dissimulés qu'on les voyait à peine.

Le courant s'intensifiait autour d'Ariel. Le sommet de la cascade de Chaine transperçait à peine la surface. La jeune sirène s'arrêta, bouche bée devant tant de beauté. Elle n'avait encore jamais vu de cascades auparavant, et celle-ci était plus magnifique que tout ce qu'elle aurait pu s'imaginer. Avec des citoyens aussi dévoués et un paysage aussi ravissant, il n'y avait rien d'étonnant à ce que Mala se plaise ici.

Ariel nagea plus profondément, s'enfonçant dans les chutes, entre les creux et les cratères, cherchant un moyen de franchir le rideau d'eau. Les cascades souterraines étaient sournoises. Il fallait trouver le centre du bassin et se précipiter en dessous. Elle repéra la nappe d'eau la plus épaisse, puis elle se prépara et se rua au travers. L'eau lui martelait le crâne, faisant vibrer ses entrailles comme un tambour. Elle se hâta jusqu'à ce que le martèlement cesse et que le surplomb d'eau soit derrière elle, puis elle se retrouva au cœur d'une caverne.

— *Ooooh.*

Ariel s'immobilisa en entendant ce bruit.

— *Ooooh ! Arrrggghhh !*

— Il y a quelqu'un ?

Des frissons lui parcouraient les bras tandis qu'elle cherchait l'origine du son. Les gémissements résonnèrent de nouveau dans l'eau. Elle se laissa guider et l'ouverture de la grotte s'élargit. Ariel aperçut une longue queue pointue, qu'elle suivit jusqu'à découvrir le corps et à la tête d'une créature *colossale* qu'elle n'avait vue qu'une seule fois dans sa vie. Elle prit une vive inspiration.

Ieka.

Elle s'était aventurée au cœur de son repaire ! Le monstre marin était élancé et argenté, sa queue enroulée comme celle d'un serpent et ponctuée de nageoires évoquant celle d'un requin. Le sang d'Ariel se figea dans ses veines lorsqu'il se retourna et croisa son regard, sentant apparemment sa présence.

Ariel observa les alentours à la recherche d'un signe de Mala, en vain. Elle s'encouragea à bouger, à dire quelque chose, mais sa queue et sa bouche refusaient de lui obéir. Ieka posa sur la sirène ses yeux luisants et elle recula, heurtant une paroi rocheuse. Il n'y avait nulle échappatoire. *Détient-il ma sœur ? Se trouve-t-elle ici ?*

Elle devait s'armer de courage :

— B-bonjour. J-je suis la princesse Ariel, fille du roi et sœur de la princesse Mala, protectrice de ces lieux. Je suis venue découvrir où vous la retenez. Nous exigeons qu'elle nous soit rendue sur-le-champ.

Ariel, tétanisée, attendit la réponse du monstre, priant pour que la lueur verdâtre qui brillait dans ses yeux ne confirme pas ses craintes. Ses lèvres étaient minces et retroussées, dévoilant des rangées de dents aussi acérées que des rasoirs. Elle s'efforça de ne pas les fixer du regard.

Ieka la dévisagea un moment, puis ses paupières s'alourdirent, ses lèvres s'affaissèrent et il se détourna en poussant un nouveau gémissement. Les sourcils d'Ariel se rejoignirent sous l'effet de la perplexité. Elle venait de l'accuser de retenir la princesse contre son gré. N'allait-il pas réagir ? L'attaquer ? Elle repoussa son angoisse et s'approcha du monstre :

— Ieka ?

Il se lamenta une nouvelle fois. Si c'était là des paroles, Ariel n'y comprenait rien. Elle se rapprocha davantage et remarqua qu'il y avait des filets enroulés autour de sa nageoire pectorale. Ces cris qu'il poussait… C'étaient des gémissements de *douleur* ?

— Oh, bonté divine. Mais vous souffrez !

Le monstre marin hocha la tête et elle remarqua le fil ténu noué autour de sa mâchoire, la maintenant fermée. Il ne pouvait pas parler. Seulement gémir. *Qui ferait une chose pareille ?* Ariel s'était-elle fourvoyée ? Quelque chose devait lui avoir échappé. Si Ieka était bien le ravisseur de sa sœur, pourquoi était-il ligoté de la sorte ? Ariel s'activa fiévreusement, dénouant les liens qui entravaient le résident. Les nœuds étaient coriaces, mais elle se décarcassa jusqu'à ce qu'ils finissent par céder. Ieka n'ayant pas de mains, il n'aurait jamais pu se libérer seul si Ariel n'était pas passée par là. Celle-ci tira sur le dernier fil et il se rompit.

Détenait-il Mala ? Tout portait à croire que non. Au contraire, il avait l'air d'être lui-même prisonnier. Savait-il quelque chose ? Le varech où figurait le message provenait de cet océan, et personne à part lui n'avait le pouvoir de trafiquer les sceaux de sécurité. Polochon aurait-il vu juste ? Se pourrait-il qu'une sirène des environs soit mêlée à tout ça ?

— Je vous remercie, princesse.

Libéré, Ieka nagea en cercle pour se dégourdir les nageoires. Il s'ébroua, et Ariel aurait pu jurer avoir perçu du mouvement autour d'eux dans la caverne.

— Je vous en prie, dit-elle en se tenant bien droite.

La tête colossale du résident retomba ; il était tout à fait désarmant. Ariel se rapprocha pour mieux discerner ce qui était derrière lui, mais elle ne vit que de la roche couverte de bernacles et des amas de plantes. Pas même la queue d'une sirène captive en vue.

Les intentions du résident restaient floues. *J'ai peut-être fait une erreur en le libérant. Est-ce un complice ? Devrais-je avoir peur de lui ?*

— Depuis combien de temps êtes-vous ainsi entravé ? finit-elle par lui demander. Qui vous a fait ça ?

— Je sais parfaitement ce qui vous a amenée ici, princesse.

Sa voix était grave, marquée par l'âge et une lassitude qu'Ariel avait du mal à saisir. D'une anfractuosité dans la roche, il décrocha un collier et l'effleura avec passion avant de se déplacer langoureusement vers la jeune sirène :

— L'océan est bavard, reprit-il. Il m'a rapporté que Mala avait été enlevée.

Il sait. Ariel plissa les yeux. Peut-être n'était-il pas coupable, finalement. Mais alors, le varech ? Le sceau ?

— Vous devez me dire tout ce que vous savez sur sa disparition, ordonna Ariel. J'ai des raisons de croire que vous avez trafiqué le sceau de sécurité au Zénith, comme votre position vous y autorise, et que vous l'avez… emmenée contre son gré…

Mais plus elle parlait, plus la jeune sirène se sentait mal à l'aise. Ieka ne fut pas ébranlé par ses paroles. Il se contenta de tourner le collier entre ses nageoires. Il était si triste, si apathique. *Est-il réellement le ravisseur ? Ou un complice, à tout le moins ?*

Ariel eut alors une étrange impression de déjà-vu. Elle s'était déjà retrouvée dans cette position auparavant, s'attendant au pire de la part d'un monstre marin, comme de bien entendu. Mais son instinct ne la trompait jamais. Il lui criait que Ieka n'était pas une menace. D'un côté, cela ne signifiait pas qu'il n'était au courant de rien. En revanche, porter sur lui des accusations et des jugements ne ferait pas avancer les choses. Elle prit place sur un rocher à proximité et ajouta d'une voix radoucie :

— Cela dit… Toute autre information en votre possession pourrait m'être utile. Je suis tout ouïe.

— Elle me manque, vous savez ?

Une minute.

— Mala, vous voulez dire ? Vous vous inquiétez pour elle ?

— Je sais, c'est idiot. Vous ne vous attendiez pas à cela, je présume. Je m'efforce généralement de me montrer intimidant, pour en mettre plein la vue, mais ces jours-ci… (Sa tête retomba.) Je n'arrive plus à faire semblant.

Ariel secoua la tête, essayant de comprendre ce qu'il racontait. Mala lui manquait. *Pour de vrai ?* C'était logique. Elle était protectrice de cet endroit, après tout. *Ce n'est pas lui, le coupable.* Ariel le raya mentalement de sa liste.

— Elle a cette façon de sourire, voyez-vous ? Et des petites rides qui se forment sur ces choses dodues que vous autres avez sur le visage.

— Des joues ?

— C'est cela, des joues.

Son sourire s'élargit, révélant de nouvelles rangées de dents qui ne faisaient qu'ajouter à son aspect terrifiant. Cependant, les rides qui soutenaient ses yeux papillotaient à présent d'une douceur jusque-là absente de son visage. À ce stade, Ariel ne pouvait plus se fier ni à ses yeux ni à ses oreilles. Elle ne ressentait aucun vertige et, pourtant, elle aurait juré que le monde était en train de tournoyer autour d'elle. Ieka… Cet effroyable monstre. Cette créature était…

— Vous êtes amoureux de ma sœur, conclut la jeune sirène.

— Est-ce si évident ?

— Le peuple de Chaine est-il au courant ?

— Les ragots vont vite. Je jurerais que certains le savent.

Ariel avait une infinité de questions en tête, mais Ieka s'installa à ses côtés sur le rocher, souriant avec nostalgie :

— Je lui avais bien dit que le peuple finirait par l'apprendre. Que nous devrions faire les choses dans les règles et en parler au roi. Mais elle disait que ce serait peine perdue.

Faire les choses dans les règles ?

— Nous souhaitons simplement être ensemble, vous comprenez ? Oh, parbleu, ce que c'est agréable de pouvoir se *confier* à quelqu'un !

Ensemble ? Comme un couple de… Ariel se redressa. Avait-elle bien compris ce qu'il venait de dire ?

— Une minute. Où voulez-vous en venir exactement ?

— Mala et moi… Nous nous sommes unis en secret.

Ariel se cambra contre la paroi rocheuse. « *Un monstre et une sirène sur chacune des sept mers devront veiller, sans s'aimer, ni se défiler.* » Elle enfonça ses doigts dans sa chevelure. Que venait-il de déclarer ? Qu'avaient-ils fait ? « *Une sirène et un monstre marin perturbent ensemble l'ordre établi.* » Les paroles de Tolum prirent soudain tout leur sens. Ariel se cramponna au rocher sur lequel elle était assise pour s'assurer qu'elle n'allait pas s'envoler.

— Nous ne voulions vraiment pas que cela s'ébruite, princesse. Nous ne comprenions simplement pas pourquoi nous ne pouvions pas nous unir de façon formelle. Le roi est si…

— Je suis on ne peut plus d'accord.

— Vraiment ?

— Vraiment.

Aux yeux d'Ariel, le traité était parfaitement inique. Surtout après tout ce dont elle avait été témoin ces derniers jours. Son père l'accuserait de naïveté, mais il avait l'esprit étriqué ! Les résidents n'étaient en aucune façon les seuls monstres marins dignes de confiance dans l'océan. Et si sa sœur était amoureuse d'un monstre marin, ou de *qui que ce soit*, *Ariel* ne voyait aucune raison de s'opposer à leur union. C'était contraire à toute logique. Ce traité était désuet. Le roi l'imposait, mais il avait été établi par ses ancêtres. Il était le fruit de la peur, de leur volonté de maintenir à l'écart les monstres marins et toutes les autres créatures. Mais le père d'Ariel occupait maintenant le trône et il devait comprendre que cette injustice était sans fondement.

— Qui est au courant ? s'enquit Ariel.

— Personne n'est censé l'être.

— Oh ! là, là ! Quand mon père apprendra ça…

Sa fille, épousant son résident en secret ! La *femme* d'un monstre marin ? Il entrerait dans une colère noire. Cependant, l'affaire était sans rapport avec le problème qui l'occupait présentement. Il fallait tout d'abord retrouver Mala. Ariel passa de nouveau en revue tous les éléments en sa possession. Quelque chose lui échappait encore. Le varech provenait de Chaine, mais le peuple adorait Mala. Son résident était le seul à avoir pu rompre le sceau. Elle appuya ses doigts contre ses tempes. *Réfléchis !* Ieka se rembrunit et secoua tristement la tête :

— Comprenez-moi, princesse. J'essayais seulement de la protéger.

La voix de la gigantesque créature se brisa. Ariel se rapprocha et caressa ses nageoires, essayant de le réconforter.

— Je ne savais pas qu'il me duperait, ajouta Ieka.

Pardon ?

— Qui vous…

— J'ai fait ce qu'il m'a dit, mais je ne comprenais pas. (Il éleva la voix, qui devint tonitruante au sein de son habitat rocheux.) Il m'a ligoté, puis il a pris la fuite en l'emportant.

— De *qui* parlez-vous ?

Mais Ieka s'écarta et fouilla un tas de broussailles logé entre deux rochers. Il en retira quelque chose et le présenta à Ariel : un morceau de varech, de l'exacte même variété que celui sur lequel Mala avait rédigé son message.

— Alors, c'était *vous* ? Le message, c'est vous qui l'avez écrit.

— J'ignorais à quoi il devait servir. Je suis allé lui parler de nous, espérant qu'il connaîtrait un moyen pour que nous n'ayons pas à vivre cachés. Je lui faisais confiance. Mais il s'est retourné contre moi, me blâmant d'avoir enfreint une règle ancestrale. Il a ensuite promis de ne rien dire au roi si je lui rédigeais ce message, sur ce varech, et en imitant l'écriture de Mala. Elle et moi travaillons ensemble depuis si longtemps ; je connais son écriture par cœur. Je me suis exécuté et c'est à ce moment-là qu'il a laissé entendre avoir de mauvaises intentions. J'ai voulu faire appel à mon don, mais il s'est protégé derrière un éclat de verre brillant, et c'est *moi* qui ai fini paralysé. Puis il m'a ligoté pendant que j'étais affaibli. Le temps que je retrouve le contrôle de mon corps, il avait filé depuis longtemps.

Ses gigantesques épaules s'agitèrent et il reprit sans qu'Ariel puisse intervenir :

— Quelqu'un est finalement venu. N'ayant pas réussi à me libérer, il est parti en promettant d'aller chercher du secours, mais personne n'est jamais réapparu. Avant cela cependant, il m'a rapporté la terrible nouvelle. Je… Je me suis senti si mal. Si coupable. Mon message a en quelque sorte causé la perte de Mala. Il m'a manipulé pour lui causer du tort, et jamais je ne me le pardonnerai…

— Une minute, Ieka. Vous allez trop vite. *Qui* vous a piégé ? Qui est le responsable de tout cela ?

Le résident croisa son regard :

— Le bras droit du roi : Usengu.

Chapitre 17

Un jour avant la Lune de Corail

Usengu ?

Le monde bascula et Ariel le ressentit à travers tout son épiderme. Elle ferma les yeux, au cas où cela l'aiderait à couper court au tournis.

— Je ne comprends pas, réussit-elle enfin à dire. Je connais Usengu depuis ma plus tendre enfance. Vous me dites que c'est lui qui a enlevé Mala ?

— Navré d'être celui qui vous l'apprend, princesse, regretta Ieka.

Ariel n'arrivait plus à bouger, pétrifiée sous l'effet du choc.

— Usengu n'a jamais été loyal qu'envers le roi, poursuivit le résident. C'est un fervent adepte du trident. En toute franchise, lorsqu'il m'a fait écrire ce message, je n'ai pas vraiment compris ses intentions. Je n'y ai vu aucune malice. Je songeais à une sorte de jeu, ou peut-être quelque facétie de sa part. Je n'en étais pas sûr. Il a simplement dit que certains de ses amis avaient besoin d'une bonne leçon d'histoire. Je comprends avec le recul que j'ai fait preuve de naïveté.

— Nous parlons bien d'Usengu ? Le superviseur en chef des résidents ? Un serpent de mer à la queue verte et mouchetée de taches jaunes ?

— Oui, princesse. Lui-même.

Ariel secoua la tête, se leva et arpenta la caverne. Elle n'en croyait pas ses oreilles. Usengu était l'une des rares personnes à avoir la confiance de son père. Il était présent à Carinae le jour de sa cérémonie d'intronisation. Il avait aidé Triton à chercher Mala. Entre deux réunions, il avait voyagé sans relâche d'un territoire à l'autre, officiellement en quête de rumeurs concernant ce qui était arrivé à sa sœur. Tout cela n'avait donc été qu'une mascarade ? Un tissu de mensonges ? Ou bien Ieka la mystifiait-il ?

— S'il vous plaît, ne le prenez pas mal, dit Ariel, regardant prudemment le monstre en quête d'un signe de duperie. Mais avez-vous la moindre preuve de ce que vous avancez ?

Ieka lui remit un tas de feuilles de varech, semblables à celle sur laquelle Mala était censée avoir rédigé le message. Toutes présentaient un message similaire, rédigé de la même écriture incurvée.

— Je ne saisis pas.

— Il m'a obligé à en écrire plusieurs jusqu'à ce que cela soit conforme à ses attentes, expliqua Ieka en se penchant sur les feuilles. Il a négligé de se débarrasser de ces brouillons. Vous voyez ces empreintes de nageoires ? Ce ne sont pas les miennes.

Ariel suivit son regard, et effectivement les taches qu'elle avait remarquées plus tôt sur le varech étaient en réalité de minuscules empreintes, indiquant que celui qui avait tenu ce document était doté de petites nageoires.

Ieka lui présenta les siennes. Elles étaient immenses.

— Ces empreintes sont bien trop petites pour être les miennes. Si vous les compariez aux nageoires d'Usengu, elles correspondraient.

La jeune sirène se mordit la lèvre. Les empreintes de nageoires étaient propres à chaque créature. Et de toute évidence, celles-ci n'appartenaient pas à Ieka. La pression qui régnait dans la caverne lui oppressait la poitrine.

— Je reconnais cette crasse, dit-elle. Usengu laisse ce genre de taches visqueuses un peu partout.

Comment ne l'avait-elle pas remarqué plus tôt ? La présence de ces marques ne devait rien au hasard.

Usengu était donc réellement le coupable ? Le choc de cette révélation la laissa figée. Le résident avait attisé la méfiance de son père envers les monstres marins en lui racontant combien ceux qu'il avait croisés au cours de ses voyages dans les autres territoires étaient des gens douteux. Il insistait toujours auprès du roi pour lui signifier qu'il convenait de faire attention à qui l'on accordait sa confiance. Avait-il nourri la peur de Triton à cette seule fin de l'exploiter ? Ariel se sentit mal.

— Je ne sais que dire, souffla-t-elle.

En revanche, elle savait quoi faire : avertir son père. Mais Ariel devait se montrer prudente. Le roi était difficile à convaincre, et elle savait qu'il avait foi en Usengu. Mais les preuves apportées par Ieka devraient suffire à lui faire entrevoir la vérité.

— Que pouvez-vous m'apprendre d'autre ? demanda-t-elle.

— L'hypothèse la plus probable selon moi est qu'Usengu a attisé les tensions, semant la discorde entre les territoires pour accaparer le trône du roi Triton. De nombreuses personnes lui sont loyales, et avec les mensonges qu'il a répandus à propos du roi, il se pourrait que ses partisans soient prêts à tout pour l'appuyer.

La demande de rançon. Si c'était vrai, n'importe lequel de ses partisans pourrait l'avoir envoyée. Probable raison pour laquelle les pistes suivies par son père pour retrouver son auteur n'avaient abouti à rien. Usengu avait pris soin d'être à la fois partout et nulle part. Devenant ainsi blanc comme neige. Ieka poursuivit :

— Je le suspecte d'avoir révélé notre secret à certaines personnes, car j'ai eu vent de rumeurs parlant d'une hostilité grandissante à l'encontre des sirènes de Chaine. Beaucoup parmi mes semblables ne seraient pas des plus ravis de me savoir marié à Mala. Ils ne voient en elle qu'une princesse fantaisiste ne nourrissant aucun intérêt pour les gens du commun. Je suppose qu'ils pensent qu'elle m'a mystifié en me poussant à enfreindre ainsi les règles. Et j'imagine qu'en retour, les sirènes estiment que j'ai manipulé Mala, ou quelque autre stupidité de ce genre. La discorde règne entre nos deux camps.

Les pensées d'Ariel s'agitaient comme des vagues dans une mer déchaînée. Mais elle y voyait enfin clair. Si Ieka disait la vérité, alors Usengu attisait le mécontentement envers le roi et présentait les sirènes comme des manipulatrices contestataires. Et naturellement, tout l'océan s'était laissé berner ; il suffisait de voir la manière dont le roi avait ostracisé les monstres marins. C'était une catastrophe, et Triton en portait partiellement la faute.

La colère la consumait et le malaise qui avait germé en elle ces derniers jours la submergea. Les railleries de son père envers les monstres marins au fil des années avaient entériné tout un tas de préjugés dans l'esprit de ses sœurs et à la cour. Cette perception avait progressivement érodé l'idée selon laquelle ils avaient droit au respect et à être jugés selon leurs propres mérites. Ainsi en allait-il de son angoisse à la perspective de rencontrer Ieka, de son sentiment de surprise en découvrant que Silius et Tolum étaient si différents du tableau qu'on leur avait dressé… Ariel eut la nausée. Le mépris envers les monstres marins et la supériorité présumée du peuple des sirènes se répandaient comme une algue infectieuse. Et des gens y succombaient. Sa sœur était sur le point d'en mourir !

Les pièces du puzzle s'assemblèrent. Usengu avait sans aucun doute ses entrées partout. Comme le roi, il pouvait voyager à loisir ; il était aussi son bras droit. Il pouvait tout à fait avoir rompu le sceau pour faire accuser un autre résident. À bien y penser, il n'était pas présent lors de la disparition de Mala. Son père et ses gardes étaient en réunion. Usengu y assistant toujours, elle avait donc supposé qu'il y avait participé. Toutefois, Ariel ne l'avait pas vu de ses propres yeux. Et il lui semblait se souvenir d'avoir entendu son père dire : « Trouvez Usengu. » Elle prit appui contre la paroi pour ne pas défaillir. *Bonté divine…* Usengu. C'était donc lui le coupable, depuis le début. Comment avait-elle pu ne pas le voir ?

— Je suis tellement désolée, Ieka.

Le résident leva la tête, les yeux écarquillés d'étonnement.

— Alors, vous me croyez ?

— Ces nouvelles me bouleversent, mais je vois bien que vous êtes sincère. (Ariel lui serra la nageoire.) Je vous remercie pour tout ce que vous m'avez raconté. *Moi*, je ne vous trahirai pas.

— Mala avait raison. Vous êtes tout à fait comme votre mère, la reine. Je ne l'ai pas connue personnellement, mais Mala m'a tout raconté à votre propos. Votre grand cœur ; votre tempérament fougueux et volontaire.

Ariel en fut réconfortée. Sa mère avait toujours été une énigme à ses yeux. Mais les paroles de Ieka lui donnaient l'impression d'être plus proche d'elle, comme si une partie de la reine était tissée dans chaque fibre de son être. *Est-il possible que je sois réellement comme elle ? Tout le monde semble le penser.* Dans un élan d'émotion, ses poignets furent attirés l'un à l'autre, ce qui la prit au dépourvu. C'était Mala qu'elle devait retrouver, et non sa mère.

Mais au fond... peut-être que Mère a toujours fait partie de l'équation.

C'était le cas pour Tamika. Les chamailleries de Perla et Karina en découlaient également. Si Caspia et Indira étaient si désagréables, c'était sans doute parce qu'elles étaient rongées de chagrin et qu'elles refusaient de l'admettre. Quant à leur père... Il était sujet à l'emportement, se montrant rarement comme le parent attentionné dont elle gardait le souvenir. Ariel avait-elle été épargnée, en quelque sorte ? Tout ce qu'elle avait fait pour retrouver Mala, l'insouciance avec laquelle elle se mettait en danger, son obstination à vouloir être impliquée et à ne jamais renoncer...

Et si j'avais hérité ce caractère de Mère ?

Elle avala péniblement sa salive. Cette question pesait comme une ancre sur sa poitrine. Mais pour l'heure, elle devait se concentrer uniquement sur Usengu. Il ne leur restait plus qu'un jour.

— Je vais demander audience au roi et faire convoquer officiellement Usengu pour qu'il réponde de ces accusations. Je vais aussi faire modifier le traité. Je ne sais pas comment. Je dois y réfléchir. Père est extrêmement têtu, mais grâce à ma mère je le surpasse sur ce terrain, conclut-elle avec un clin d'œil.

Ieka sourit faiblement et demanda :

— Comment puis-je vous assister ?

— En restant ici, pour l'instant. Je ne veux pas alerter Usengu. Ni le pousser à commettre quelque chose d'irréfléchi. Il faut qu'il pense que son projet suit son cours. Il doit croire qu'il a encore le dessus. Je vais prendre votre déposition. Dites-moi tout ce que vous savez et nous le ferons certifier, de sorte que Père sache que la chose est officielle. Auriez-vous un poisson-chat à disposition pour le certifier ?

— Oh oui, naturellement.

Ces poissons frictionnaient leur peau huileuse sur les parchemins pour les sceller. Ils étaient belliqueux et faisaient les choses à leur manière. Leur graisse était leur fierté et ils ne certifiaient la paternité d'un texte que si celui-ci était purement authentique. C'était un fait *bien connu* dans l'océan. Ariel prit conscience qu'elle devait aussi prévenir ses sœurs. Seulement, pouvait-elle risquer de confier cette information confidentielle à n'importe qui ? Mieux valait leur porter la nouvelle en personne. La meilleure chose à faire était de retourner chez elle, et au plus vite.

— Faites-le venir et rédigeons cette lettre dans les plus brefs délais. Je dois rentrer séance tenante.

Le poisson-chat se présenta sous peu, puis il certifia la déposition de Ieka. Ariel fut soulagée que le récit du résident soit déclaré authentique. Elle expira lourdement et prit le parchemin sous son bras. *Ça va marcher.*

— Je ramènerai Mala, Ieka. Vous avez ma *parole.*

Elle chercha de la compréhension dans son regard, espérant que cette promesse le soulagerait un minimum. Après tout, il avait beaucoup souffert – et il souffrait encore énormément. Mais la jeune sirène ne lut que de l'inquiétude sur son visage.

— Retrouvez-la, princesse, je vous en prie.

Elle lui serra une nouvelle fois la nageoire, ravala sa peur, et plongea sous la cascade pour se hâter de rentrer à la maison. Au même moment, le soleil se levait, annonçant le jour de la Lune de Corail.

Chapitre 18

Lune de Corail, le matin

Le matin de la Lune de Corail, le château du roi était généralement paré de guirlandes de toutes les couleurs tandis que le son des cors s'élevait depuis les jardins du récif, annonçant le début des festivités. Il y avait des friandises et des décorations sur le thème de la fête dans toutes les salles. Mais ce matin-là, contrairement à d'habitude, seules les patrouilles des gardes animaient les couloirs du palais. Pas de cors. Pas la moindre once de gaîté. L'absence de Mala planait sur le royaume, comme une tempête sur la surface.

Tandis qu'elle remontait les allées avec une détermination féroce, Ariel s'attira quelques regards de curiosité. Mais elle n'en avait cure. Aujourd'hui, et quoi qu'il puisse lui en coûter, son père écouterait ce qu'elle avait à dire.

— Où est le roi ? demanda-t-elle à une sentinelle sur son passage.

— Avec son assemblée de gardes, princesse. Vous êtes bien matinale. Vous ne devriez pas quitter votre chambre. Vous...

— Merci.

Elle le dépassa avant qu'il ait pu finir sa phrase et emprunta le couloir menant à la salle de réunion privée de son père. Les portes étaient closes, mais elle les ouvrit sans la moindre hésitation. La pièce était bondée de gardes.

— Ariel ?!

Sébastien lui jeta un regard confus, mais elle ne lui prêta aucune attention. Des cartes étaient éparpillées de façon anarchique sur le bureau du roi, et dans la pièce planait une nuée de jacassements. Assis sur son trône, le roi se frictionnait le menton d'un air maussade. Quand il aperçut Ariel, il se leva, et son expression se fit plus sévère encore.

— Ariel, que fais-tu ici ?

— Père. (Elle prit une longue inspiration et s'exprima avec fermeté.) Je dois m'entretenir avec vous en privé.

Le garde qu'elle avait croisé dans le couloir pénétra dans la salle :

— Sire ? Souhaitez-vous que je la raccompagne jusqu'à sa chambre ?

— Vous n'en ferez rien. Je ne suis pas une enfant, répliqua Ariel.

Le roi haussa les sourcils ; Ariel sentit l'angoisse lui brûler l'estomac, mais il n'y avait pas de temps à perdre. Elle n'accepterait pas d'être réduite au silence, contredite ou ignorée. Pas cette fois. Elle s'exprima avec hardiesse :

— Je suis tout à fait à même de gérer mon territoire comme une protectrice digne de ce nom, et aussi la *seule* personne dans cette pièce à avoir passé ces derniers jours à réellement chercher des informations *utiles* sur les allées et venues de Mala ! Si quelqu'un doit être escorté jusqu'à sa chambre, c'est *vous tous* !

Personne n'osa faire le moindre mouvement.

Son père s'éclaircit la voix :

— Si vous voulez bien nous excuser. Je dois m'entretenir avec ma fille.

Les gardes sortirent au compte-gouttes et, une fois la porte refermée derrière le dernier d'entre eux, Ariel se prépara à opposer son inébranlable détermination à la colère du roi.

— Ariel !

— Usengu détient Mala, déclara-t-elle sans détour.

Il l'écoutait déjà à peine, alors autant aller droit au but.

— Comment ça, *Usengu* ? (Il se cramponna aux bras de son trône, le visage crevassé par l'étonnement.) Usengu ? Mon bras droit et diplomate en chef ?

Ses mots étaient empreints d'incrédulité.

— Nous ne connaissons qu'un seul Usengu, Père. Je le tiens de source sûre. Je dispose de preuves.

— Des preuves ? Montre-les-moi, exigea-t-il en tendant la main.

Ariel fouilla dans son sac, d'où elle sortit le parchemin scellé par le poisson-chat de Chaine, ainsi que le tas de varech que Ieka lui avait remis, puis elle expliqua au roi que celui-ci ne provenait pas de Carinae. Elle ne comptait pas mentionner le mariage. En aucun cas. Ce n'était pas à elle qu'il revenait de lui transmettre cette nouvelle. En revanche, elle lui dirait qu'Usengu avait agressé Ieka. Elle releva le menton. Son père la *croirait*.

Triton examina le varech et le jeta sur la table :

— Que suis-je supposé faire d'algues couvertes de gribouillis ?

— Père, Usengu a piégé Ieka pour qu'il rédige le message que nous avons découvert sous la fenêtre de Mala ! Voyez les empreintes de nageoires qui le maculent !

Était-il donc aveugle à ce point ? Ariel se rendit compte qu'elle serrait son sac à pleines mains. Le roi devait à tout prix la croire.

Il entrouvrit la bouche, ruminant tout ce que sa fille venait de lui rapporter, puis il se rencogna dans son trône :

— Non. C'est impossible. Usengu vous connaît toutes depuis votre plus tendre enfance. Quand je l'ai invité à la cour, il m'a fallu une éternité pour le convaincre d'occuper la place de superviseur, et j'ai eu encore plus de mal à le persuader d'accepter l'insigne honneur d'être mon conseiller. Il n'y a pas une once d'égoïsme en lui.

— Je me suis rendue à Chaine, insista Ariel. J'y ai trouvé Ieka ligoté et bâillonné ! Et tout cela ne fait que confirmer les dires de Silius et Tulum.

Le roi Triton secoua la tête avec plus de véhémence.

— Les plus grands esprits de l'océan siègent autour de cette table et retournent jusqu'à la moindre tige de varech des sept mers pour retrouver ta sœur ! tonna-t-il. Et tu espères me faire croire que son ravisseur est en réalité mon plus fidèle adjoint ?

Ariel refusa de céder :

— En effet, et vous *devez* convoquer le conseil des représentants. Faites-le venir sans qu'il se doute de quoi que ce soit et, lorsqu'il sera là, obligez-le à répondre de ses crimes ! Comparez donc ses empreintes à celles qui sont sur ce message !

Le roi arpentait à présent la pièce en faisant fi de sa présence :

— Tes divagations sont devenues incontrôlables. Je sais que tu essaies simplement d'apporter ton aide. Mais tu es allée trop loin.

— Père !

Ariel fulminait. La colère l'envahit.

— Il nous reste à peine une journée pour retrouver ta sœur, et tu viens nous interrompre avec *ça* ? Des spéculations fondées sur la parole de Ieka, de surcroît ? Je n'ai jamais voulu qu'il occupe cette fonction, en premier lieu. Je ne l'ai nommé que pour le garder à l'œil.

Ses paroles attisèrent dans son cœur une souffrance qu'elle croyait profondément enfouie. Jamais il ne l'écouterait.

— Votre étroitesse d'esprit…

Sa voix se brisa ; les mots restèrent bloqués dans sa gorge. Ariel s'était démenée, et son père, ce mur d'opiniâtreté, lui faisait barrage. Il fronça les sourcils :

— Qu'as-tu dit ?

Ariel ne se souciait plus de ménager ses sentiments. Il devait saisir l'ampleur de sa sottise.

— Votre étroitesse d'esprit… va coûter la vie à ma sœur, dit-elle en faisant appel à sa dernière once de combativité.

Le roi la dévisagea, pantois d'effarement, comme s'il la rencontrait réellement pour la toute première fois :

— Si elle voyait le flagrant mépris que tu as pour ta propre existence, ta mère se retournerait dans sa tombe. Gardes !

Il avait crié avec une telle violence qu'Ariel s'en trouva déstabilisée. Les portes de la salle s'ouvrirent brusquement.

— J'exige que *dix* d'entre vous escortent ma fille jusqu'à sa chambre ! ordonna le roi. *Pas un de moins !* Vous vous posterez devant sa porte et devant sa fenêtre. (Les gardes parurent abattus.) Et si elle aventure ne serait-ce qu'une nageoire hors de la pièce, je veux être prévenu !

— Bien, sire.

L'un des espadons s'empara d'Ariel, et son corps se raidit à son contact. Les gardes l'encerclèrent et la firent sortir de la salle. Elle n'aurait pas pu leur résister, même si elle avait essayé.

— Je ne vous le pardonnerai jamais, marmonna-t-elle à son père juste avant que la porte lui claque au visage.

Ariel eut l'impression que sa chambre se refermait autour d'elle. Elle projeta ses rapidageoires contre le mur. Elle n'avait même pas eu l'occasion de les rapporter à l'entrepôt avant d'être confinée. Son père était vraiment insupportable. De l'autre côté de la porte, des gardes s'entretenaient avec Sébastien dans le couloir. Elle jeta un coup d'œil vers sa fenêtre et vit d'autres sentinelles aller et venir à l'extérieur.

La jeune sirène se jeta sur son lit en se frictionnant les poignets, la gorge tiraillée par des gémissements, consumée par un mélange de colère et de chagrin. L'entêtement de son père allait entraîner la mort de sa grande sœur.

Pétrie de souffrance, elle sombra dans le désespoir en s'imaginant le monument funéraire que l'on érigerait en mémoire de Mala, aux côtés de celui de la reine. Comme tourmentée par un fantôme auquel elle ne pouvait échapper.

Les choses auraient été bien différentes si sa mère avait été là. Tout aurait été différent. Elle secoua la tête lorsque le souvenir de celle-ci s'immisça dans sa mémoire, tel un esprit invoqué depuis l'au-delà. C'était accablant. Ariel devait se relever, bouger, faire quelque chose avant que ce poids ne la réduise en miettes.

— Je n'y arriverai pas. Je ne…

Elle s'était mise toute seule dans ce pétrin. La jeune sirène glissa vers le sol, tira à elle la couverture que la reine avait confectionnée à son intention et s'en enveloppa. Elle ferma les yeux et s'imagina que c'était sa mère qui l'étreignait. Se figurant les fibres comme étant sa peau, chaude et réconfortante, contre la sienne.

— Mère… Je n'y arriverai pas sans vous.

Ariel n'avait pu s'empêcher de laisser s'échapper ces paroles. Elle n'arrivait plus à contenir ses maux et sa peine. Son cœur se serrait au fin fond de sa poitrine. Elle craquait.

— J'ignore comment j'ai pu tenir aussi longtemps. Mais je ne peux persévérer sans vous. Je… Je pensais que, d'une certaine manière, retrouver Mala rendrait votre absence plus supportable. Mais ce n'est pas le cas. Vous me manquez toutes les deux, et aucune de mes actions n'y changera quoi que ce soit. Jamais !

Rester assise lui demandant trop d'efforts, Ariel s'allongea, recroquevillée, la queue enroulée autour d'elle, s'enlaçant fermement, comme elle s'imaginait sa mère le faire.

— Mère n'est plus là, chuchota-t-elle avec une irrévocabilité qu'elle dut étouffer, en frottant ses poignets l'un contre l'autre.

S'entendre prononcer ce fait à haute voix le rendait en quelque sorte plus concret. La sirène se redressa en s'appuyant sur ses coudes.

— Je ne peux pas la ramener…

Cette douloureuse vérité réveilla quelque chose en elle. Ariel était persuadée que sa famille n'avait jamais fait son deuil. Mais elle, l'avait-elle fait ?

Non.

Cette certitude la brisa. Et, d'une certaine façon, elle était aussi rassurante.

Ariel s'arracha du plancher et se regarda dans le miroir. Comment avait-elle pu être aussi aveugle ? La disparition de sa mère avait aussi été un fardeau pour elle, pesant et encombrant. Comme des débris marins qui l'étranglaient, quelle que soit la manière dont elle avait envisagé cette perte. Elle observa les traits qu'elle avait hérités de la reine – ses cheveux, la forme de ses lèvres. Puis elle effleura le galet accroché autour de son poignet. Elle ne se rappelait pas sa mère, mais elle se souvenait de ses chansons. Elle se mit alors à fredonner, imaginant la voix de la reine dans sa tête.

— Mère chantait sans arrêt, dit-elle, s'autorisant ainsi à ouvrir une boîte à souvenirs imaginaire, des souvenirs qu'elle avait jusque-là refusé d'affronter.

Quelque part, ne pas leur faire face revenait à nier leur existence.

— Elle passait son temps à chanter. (Elle ne vit toujours pas son visage, mais alors qu'elle fermait les yeux, elle sentit presque son parfum.) Toujours les mêmes airs.

Ariel fredonna plus fort, frictionnant ardemment ses poignets. En dépit du chagrin qu'elle éprouvait, elle sourit malgré tout.

Sa mère n'était plus là.

Les yeux toujours fermés, elle invoqua une nouvelle boîte à souvenirs au premier plan de ses pensées ; ses mains tremblaient à l'idée d'en soulever le couvercle. Mais elle savait à présent qu'elle devait affronter son contenu, ou son être deviendrait une prison plus redoutable encore que sa chambre. *Dis-le, Ariel.*

— Mère n'est plus là, dit-elle, cette fois avec plus de facilité. Et…

Elle se cramponna au bureau.

— Et ce n'est pas ma faute.

Pas plus que l'enlèvement de Mala. Elle n'y était pour rien, même si elle avait le sentiment d'en porter la responsabilité. Non pas qu'elle ait mal agi en cherchant sa sœur. Elle avait bien fait de s'en mêler, elle le savait, mais elle ne pouvait pas continuer à se cacher derrière cet acte pour éviter d'affronter la douloureuse absence de sa mère.

Ariel tritura son bracelet et l'entortilla autour de ses doigts, imaginant le jour où Triton l'avait passé autour du poignet de la reine. De nombreuses sirènes lui avaient dit combien elle ressemblait à sa mère. Elle rouvrit les yeux et contempla son reflet dans la glace, repoussant les locks de devant son visage et redressant les épaules avec une détermination renouvelée. Cette témérité, cet amour pour la différence et l'exploration de l'inconnu, c'était à sa mère qu'elle les devait. Elle comprit alors que même si elle s'en souvenait à peine, Ariel *était exactement* comme elle. Et peut-être trouverait-elle du réconfort dans cette disparition en lui faisant honneur. En étant fidèle à son cœur intrépide. Et en ayant confiance en elle.

D'une manière ou d'une autre, elle sauverait Mala.

Pas en niant son chagrin. Mais en saluant la mémoire de la reine.

Un coup contre la porte l'arracha à ses pensées. Les gardes ? Que pouvaient-ils bien lui vouloir ? Elle était déjà retenue prisonnière.

— Oui ?

— Ouvre, répondit une voix aiguë et familière.

— Hmm ?

Ou bien le garde en faction a attrapé un vilain rhume, ou alors…

Ariel ouvrit vivement la porte :

— Caspia ? Indira ?

Sidérée, Ariel baissa les yeux et découvrit les gardes, réduits à la taille d'un pouce. Ils s'agitaient, braillant d'une voix fluette assortie à leur nouvelle taille microscopique.

— Mais comment…

— Chut !

Ses sœurs rassemblèrent tous les gardes, s'invitèrent promptement dans la chambre et refermèrent la porte derrière elles.

— Comment avez-vous…

Caspia lui adressa un clin d'œil et déposa les gardes dans l'un des bocaux de son étagère. Les minuscules espadons, désordonnés, agitaient leur long nez pointu dans tous les sens, mais Ariel n'entendait que des petits couinements ténus.

— Oh, bon sang, Caspia, comprit-elle. Tu t'es servie de ton Chant pour les miniaturiser !

La jeune sirène cligna plusieurs fois des paupières pour s'assurer qu'elle n'était pas en train de rêver. Caspia avait fait ça ? Madame Discipline en personne ?

— Je ne comprends pas. Qu'est-ce que vous faites ici, toutes les deux ?

— Nous sommes venues te sortir de là, Ariel !

Chapitre 19

Lune de Corail, le matin

Caspia parla en premier :

— Nous avons entendu du vacarme. Nous sommes donc venues voir de quoi il retournait, puis nous t'avons aperçue entrer en trombe dans la salle de réunion de Père. Je suis partie…

— Mais *moi*, j'ai écouté aux portes, enchaîna Indira en se plaçant devant sa sœur. Et lorsque je t'ai entendue parler du sceau et du varech que Ieka t'a donné, constatant que Père n'écoutait *toujours* rien, j'ai rappelé Caspia. *Nous* te croyons, Ariel !

Ariel, quant à elle, avait du mal à en croire ses oreilles.

— Attendez… C'est vrai ?

La jeune sirène avait l'esprit embrumé. Elle devait certainement avoir mal compris.

— Écoute-nous attentivement, Crevette, commença Caspia.

Ce surnom qu'elles lui avaient donné était de loin celui qu'elle aimait le *moins*, mais si ses sœurs essayaient vraiment de l'aider, elles pouvaient bien l'appeler comme bon leur semblait.

— Je sais que nous t'en avons fait baver, reprit Indira. Mais nous n'avions encore jamais vu quiconque s'opposer à Père comme tu l'as fait.

— En conséquence, nous nous sommes dit que tu devais avoir raison, ajouta Caspia.

— Et quand nous avons commencé à te prêter attention *pour de vrai*... Bonté divine, Crevette, si tu dis vrai et que Père ne fait rien, alors Mala pourrait *mourir* ! conclut Indira en frémissant.

Caspia hocha la tête :

— C'est un risque que nous ne sommes pas prêtes à courir. Bien sûr, elle est incroyablement agaçante, mais il s'agit de notre sœur, tout de même.

— Oh, ça alors !

Ariel se jeta sur ses sœurs et les serra fermement dans ses bras. Et dans un étrange élan de tendresse, celles-ci l'étreignirent en retour. C'était plus qu'elle ne pouvait espérer. Plus fort encore que dans ses rêves les plus fous.

— En revanche, tu dois tout nous dire, reprit Caspia. Comment as-tu appris que Ieka en savait autant sur ce qui est arrivé à Mala ?

Ariel se mordit la lèvre. Elle ne pouvait pas leur avouer que Ieka et Mala étaient mariés. Elle ne pouvait pas prendre ce risque, même si elles donnaient l'impression d'avoir changé leur fusil d'épaule.

— Mala et lui sont simplement de très bons amis. Et en réalité, Ieka n'est pas aussi terrifiant qu'on le dit.

Les deux sœurs la dévisagèrent avec incrédulité :

— Tu veux dire que… tu lui as parlé ?

— En personne… ?

Ariel s'empêcha de lever les yeux au ciel. Ses sœurs ressemblaient beaucoup à leur père. En bien moins bornées, avec un peu de chance.

— Arrêtez de dire des choses pareilles. Pour l'instant le temps nous manque, mais quand tout sera fini et que Mala sera de retour à la maison, vous allez vous asseoir et l'écouter vous raconter toutes les gentilles choses qu'il y a à dire sur Ieka. Quoi qu'il en soit, nous devons faire en sorte d'attirer Usengu jusqu'ici sans éveiller ses soupçons. Je me disais que si Père convoquait en urgence le conseil des représentants pour une réunion publique devant la cour, il ne se douterait de rien.

Indira, plongée dans ses pensées, fit battre ses nageoires.

— Hmmm… Caspia pourrait envoyer une fausse convocation. Faire savoir au héraut royal que le roi exige la tenue d'une réunion exceptionnelle et qu'il doit sur-le-champ répandre la nouvelle à travers tout le royaume.

Pour la deuxième fois de la matinée, Ariel resta coite.

— Tu pourrais faire ça ? demanda-t-elle en se tournant vers Caspia.

— L'écriture de Père est illisible, facile à imiter. Et c'est *exactement* ce que je vais faire, conclut-elle en pliant les doigts.

— Hmm, mais parviendrons-nous à convaincre le héraut de son authenticité ?

La tournure des événements n'était pas pour lui déplaire, mais Ariel doutait encore que ses sœurs puissent réussir leur coup.

— Nous n'aurons qu'à écrire le message sur un parchemin portant le sceau de Père et le lui apporter, suggéra Indira. Il croule sous les réunions depuis des jours, il n'est donc pas impensable qu'il envoie l'une d'entre nous délivrer une missive à sa place.

Caspia se tapota la lèvre et hocha la tête.

— Indira a raison. Ça pourrait marcher.

— Et comment mettrons-nous la main sur le parchemin et le sceau de Père ? s'enquit Ariel en croisant les bras.

Les sourcils de Caspia se soulevèrent d'un seul coup, comme si elle avait été frappée par une idée soudaine :

— Je sais exactement comment ! Laissez-moi faire, je m'occupe de Père et du héraut.

Ariel ne put s'empêcher de sourire.

— Pour des petites filles obéissantes, vous êtes bien motivées, toutes les deux.

Ariel entendait cela comme un compliment, mais les deux sœurs partagèrent un regard gêné.

— Mais c'est formidable ! ajouta-t-elle. C'est même si délirant que cela pourrait fonctionner.

La jeune sirène se mordit la lèvre. Il leur fallait prévoir un plan pour l'arrivée d'Usengu. Ses talents d'orateur le précédaient ; comment parvenir à convaincre la cour de sa culpabilité sans qu'il retourne l'histoire à son avantage ? Si leur père refusait de la croire sur parole, alors peut-être se plierait-il à l'avis général ?

— Indira, pourrais-tu enfiler tes rapidageoires et aller trouver Tolum, Silius et Tamika ? Raconte-leur les derniers événements et demande-leur de venir jusqu'ici pour témoigner.

La mâchoire de sa sœur se décrocha :

— Tamika ?! Tu veux l'inclure dans notre plan ?

Ariel balaya son effarement d'un geste de la main :

— En effet, je me suis rendue à son palais. Elle est partante pour nous aider.

Indira et Caspia échangèrent un regard incrédule.

— Décidemment Crevette, il n'y a rien que tu ne puisses accomplir !

Indira crocheta la nuque d'Ariel au creux de son coude et frictionna ses jointures sur son cuir chevelu. La jeune sirène se dégagea aussitôt. Elle avait horreur de ce geste – enfin, un peu. Pour une fois qu'elles ne se chamaillaient pas, c'était plutôt agréable.

Une petite voix s'éleva dans leur dos :

— J'ai raté quelque chose ?

— Polochon ! s'exclama Ariel. Comment es-tu arrivé jusqu'ici ?

Le petit poisson s'invita dans la chambre.

— Eh bien, j'étais en chemin pour les cuisines quand j'ai aperçu un… Vous êtes au courant qu'il y a un espadon microscopique en train de gesticuler et de s'égosiller devant la porte ?

Polochon tendit sa nageoire et leur présenta l'un des gardes modèle réduit. Il devait avoir échappé à leur vigilance lorsqu'elles avaient ramassé les autres.

Caspia pouffa de rire et Indira poussa un couinement.

— Oui, c'est l'œuvre de ces deux-là, répondit Ariel en désignant ses sœurs.

Elle souleva le garde et l'envoya rejoindre les autres à l'intérieur du bocal. Puis elle mit Polochon au courant de leurs projets.

— Bien, notre plan est établi, reprit-elle. Caspia va transmettre le faux message au héraut à l'insu de Père. Indira ? Tu t'occupes de prévenir les autres.

Ses sœurs acquiescèrent. Enfin, elles allaient pouvoir sauver Mala ! Ariel observa le ciel à travers la fenêtre, illuminé par l'éclat du soleil.

— Il ne nous reste que *quelques heures* pour réussir. Les chasseurs de sirènes seront là au crépuscule.

— Attendez. Qu'écrit-on dans le message du héraut ? s'enquit Caspia.

— Quelque chose comme : « *Par ordre du roi, une réunion d'urgence se tiendra ce jour juste avant le crépuscule. Tous les membres du conseil sont priés d'y assister.* »

Caspia acquiesça. Ils répétèrent leur plan une dernière fois avant de se séparer, et Ariel se mit à arpenter la pièce, priant pour que la magie ayant réduit les gardes royaux ne se dissiperait pas de sitôt.

— Je ne tiens pas en place, dit Polochon en gigotant. Tu crois que ça marchera ?

— Soit ça marche, soit je serai punie pour le restant de mes jours.

— Tu peux y arriver, Ariel ! Tu peux absolument tout faire !

— Je suis *fière* de toi aussi, Polochon. (Le poisson sourit.) Nous n'avons pas droit à l'erreur.

Ariel jeta un coup d'œil vers la fenêtre. Avait-elle bien pensé à tout le monde ? Elle ressassa cette question toute la matinée jusqu'à ce que sa porte s'ouvre. Julia lui apportait son petit déjeuner :

— Oh, je suis navrée de vous déranger, très chère, s'excusa-t-elle en souriant. Puis-je entrer faire un brin de ménage ?

Soudain, Ariel eut une idée ! La gouvernante était présente au Zénith avant la cérémonie. Aurait-elle vu *quoi que ce soit* le matin où Mala avait été enlevée ? Il ne faisait aucun doute qu'Usengu était le coupable, mais plus Ariel rassemblerait de preuves contre lui, mieux cela vaudrait.

— Approche, je t'en prie. J'aimerais te parler.

Julia s'immisça à l'intérieur.

— Qu'est-ce qui ne va pas ? (Elle croisa ses griffes, semblables à des couteaux, visiblement nerveuse.) Aurais-je par hasard négligé de nettoyer un recoin ?

— Non, il ne s'agit pas de cela. Je dois te parler de la princesse Mala.

Le corps translucide de la gouvernante se raidit d'un seul coup :

— Mais, princesse, j'ai déjà dit aux gardes tout ce que je savais.

Elle se tourna et s'employa à astiquer la chambre.

— S'il te plaît, Julia, je dois juste savoir si tu as remarqué quelque chose d'inhabituel... Tout particulièrement à propos d'Usengu, le conseiller du roi.

Julia se figea. Ariel la contourna et vint la regarder droit dans les yeux :

— On ne te fera pas d'ennuis si tu n'en as pas parlé aux gardes, c'est juré.

La gouvernante loucha d'un air attristé.

— Je vous en prie, princesse...

Sa voix se brisa. Elle secoua la tête et s'écarta.

Ariel était sceptique :

— Julia, de quoi es-tu au courant ? *Je t'en prie*, dis-le-moi.

— Je n'ai rien vu du tout, je le jure. J'ai simplement... *entendu* quelque chose. Je me trouvais dans la penderie de Mala, en train de ranger ses affaires, quand un individu avec une grosse voix est entré dans la chambre et a exigé que la princesse vienne avec lui. C'était une voix familière, mais je n'arrivais pas à identifier son propriétaire. La princesse a d'abord été troublée. J'ai donc tendu l'oreille et reconnu Usengu. Je n'avais aucune idée de ce qui se produirait ensuite, ou de ce qui m'arriverait s'il me surprenait à écouter aux portes. Contrairement à ce que pense le roi, Usengu n'a rien d'un bon samaritain. Il *terrifie* ceux qui ne sont pas de son rang. J'ai vu la manière dont il interroge les résidents, comme il se montre injurieux envers ceux qui se mêlent de ses affaires. Je suis restée paralysée. Lorsque je suis sortie, ils avaient tous les deux disparu.

Julia se laissa tomber sur un tabouret et poursuivit :

— Quand nous avons appris l'enlèvement de Mala et que j'ai retrouvé sa chambre sens dessus dessous, je me suis convaincue d'avoir mal interprété les choses. Usengu ne pouvait pas être le coupable. Après tout, la chambre n'était pas dans cet état lorsque je l'avais quittée. J'étais confuse. Et aussi... j'étais si *terrifiée* à l'idée de fournir un faux renseignement que j'ai caché cette information aux gardes quand ils m'ont interrogée. Cela... Cela aurait-il été utile si je l'avais évoqué ? Je ne voulais pas être vue comme la coupable. Je ne savais que faire, alors j'ai décidé de ne jamais en parler. Ce n'était pas ça qui la ramènerait.

Sa tête s'affaissa sous le poids des remords. Ariel prit la loyale gouvernante dans ses bras. Usengu avait sans doute attiré Mala à l'extérieur, comme la sorcière Ursula l'avait fait avec sa mère.

Puis il était revenu dans sa chambre et avait chamboulé ses affaires, donnant ainsi l'impression que quelqu'un – une personne que Mala craignait – était entré par effraction. Il avait déjà rompu le sceau pour faire accuser un résident – autant faire un détour par la chambre au passage. Un tel désordre pouvait s'expliquer de bien des manières. Usengu était habile, tout particulièrement avec les mots. Il suffisait de voir comment un simple faux message avait suffi à les envoyer s'acharner sur de mauvaises pistes. Quoi qu'il en soit, Julia n'y était pour rien. En outre, Père aurait-il seulement prêté attention à ses dires si elle avait raconté ce qu'elle avait vu ?

— Ma pauvre Julia, toute cette histoire a dû lourdement te peser. Tu n'aurais rien pu faire. Jamais je n'aurais deviné que notre ennemi puisse se trouver au sein même de nos murs.

— Vous me croyez ? demanda-t-elle en fronçant les sourcils.

Ariel raffermit son étreinte :

— Tu es comme une seconde maman pour nous toutes depuis la mort de notre mère. Bien sûr que je te crois. Tu avais raison. C'est Usengu qui détient Mala.

La gouvernante eut le souffle coupé.

— En êtes-vous sûre ?

— Sûre et certaine.

— Votre père le considère comme un frère, dit-elle, secouant la tête avec véhémence. Sa Majesté va très mal le prendre.

— Je sais, Julia. J'aurais besoin que tu me rendes un immense service.

Elle secoua une nouvelle fois la tête, anticipant la demande d'Ariel :

— Oh, mon enfant, que dirait votre père ? Que penserait-il de moi s'il apprenait que j'ai gardé le secret aussi longtemps pendant son enquête ?

— Ce n'est pas ta faute. Je t'en conjure, viens avec moi et parle à mon père.

Ce serait sa dernière tentative de le convaincre. Le roi ne remettrait jamais en cause l'honneur de Julia. Même si elle n'avait rien dit sur le moment, elle n'était aucunement responsable de l'enlèvement de sa sœur.

— Je t'en prie. Pour Mala ?

Julia prit une profonde inspiration. Puis elle hocha la tête :

— Pour Mala.

Chapitre 20

Lune de Corail, l'après-midi

Lorsque le roi accorda une audience à Ariel, la matinée s'était écoulée. Elle avait pourtant insisté sur le fait qu'il s'agissait d'une extrême urgence. Polochon se faisait discret. La jeune sirène lui avait demandé de se montrer vigilant. En vérité, elle ne voulait pas que la faute lui retombe dessus si les choses tournaient mal. Elle vérifia une nouvelle fois que le bocal contenant les gardes miniaturisés était bien caché derrière son lit. Elle allait et venait dans sa chambre, disposant et redisposant l'agencement de son bureau. Il fallait que ça marche. Le héraut avait bien transmis le message, le conseil arriverait donc sous peu. Le roi ne se doutait de rien quant à cette assemblée. Ariel devait aller le voir et le convaincre de jouer le jeu. Encore fallait-il qu'il l'entende.

On frappa à la porte de sa chambre :

Toc, toc.

— Vous pouvez ent…

Mais son visiteur ouvrit avant qu'elle ait pu finir sa phrase. Le roi était hirsute, et des rides de fatigue encadraient ses yeux. Son visage semblait s'être émacié en l'espace de seulement quelques heures ; ses joues étaient creuses. Depuis combien de temps n'avait-il pas fermé l'œil ? Toute cette affaire était en train de l'épuiser.

Il inclina le menton devant Julia.

— Bien le bonjour, Julia. Ariel ?

— Père…

— Tes gardes. (Il pinça les lèvres.) Où sont-ils passés ?

Elle haussa les épaules, le feu aux joues.

Le roi soupira, comme s'il n'avait plus assez d'énergie pour se mettre en colère :

— Eh bien ? Comme tu t'en doutes, je n'ai pas que ça à faire. C'est à quel sujet ? On m'a dit que c'était urgent.

— Il faut que vous écoutiez attentivement, Père.

Les paupières du roi Triton se plissèrent. Avec un geste dédaigneux, il commença à regagner la porte :

— Ariel, je t'ai déjà dit que je n'ai pas le temps pour…

— C'est moi qui ai quelque chose à dire, intervint Julia.

Le roi ferma aussitôt la bouche. La curiosité accentua l'épuisement qui se lisait sur son front.

— Que peux-tu bien avoir à m'annoncer de si important pour que cela ne puisse attendre, Julia ?

La gouvernante lui raconta toute l'histoire, et Ariel l'écouta. Son père tenta de l'interrompre à plusieurs reprises, mais aucun mot ne quitta ses lèvres. Le récit de Julia pouvait difficilement être remis en question. Le roi dévisagea sa fille avec irritation, mais plus Julia parlait, plus son visage s'apaisait. Quand la gouvernante eut fini, les épaules du roi Triton s'alourdirent d'un poids familier. Le chagrin lui enserrait la gorge à la manière d'un fil de pêche.

— Et tu es certaine d'avoir reconnu la voix d'Usengu ?

— Oui, sire. À ce moment-là, poussée par la peur, j'ai tenté de me convaincre du contraire. Mais je n'ai cessé d'y repenser depuis, et il est indéniable que c'était lui. Je… J'ai juste supposé que, peut-être, je ne connaissais pas tous les éléments de l'histoire, que quelqu'un était entré dans la chambre après lui, ou qu'il existait une explication logique.

— Alors, tu dis que…

Le roi n'eut pas la force de finir sa phrase. Il enfouit son visage entre ses mains et leur tourna le dos. Ariel avait réussi. Son père l'avait écoutée, pour de vrai semblait-il, et il croyait à leur histoire.

— Pardonnez-moi, Père. C'était le seul moyen de vous faire entendre raison.

La tête inclinée entre ses épaules affaissées, Triton prit place sur le tabouret méduse de sa fille. Il ouvrit et ferma la bouche à plusieurs reprises, sans prononcer le moindre mot.

— Non, Ariel, c'est à moi d'implorer ton pardon. Je n'en suis guère digne.

Le roi pinça les lèvres, et les sourcils de Julia se froncèrent en signe de regret.

— Mes plus plates excuses, Votre Majesté.

Un sanglot fit trembler sa voix, et Ariel posa sur elle une main réconfortante.

— Julia, commença le roi en se frottant les poings. Ton amour pour cette famille, et pour mes filles, ne sera jamais mis en doute. (Il poussa un soupir et secoua la tête.) Je t'en prie, accorde-toi quelques jours de vacances. Fais donc quelque chose qui te fera réellement plaisir.

— C'est extrêmement aimable de votre part, Votre Altesse.

Julia irradiait de joie. Ariel remercia la gouvernante et lui donna congé. Elle resta seule avec son père, l'estomac noué par l'angoisse. Il l'avait crue. Elle s'était opposée à lui des centaines de fois. Il en comprenait certainement la cause, à présent. Le roi secoua de nouveau la tête :

— J'ai l'impression de vivre la disparition de ta mère une fois encore. Elles me manquent atrocement, tu sais ? Toutes les deux. J'ai été incapable de…

Il soupira, mais son souffle se bloqua tandis qu'il continuait à se frotter les poings sans même s'en cacher. Il n'essayait plus de dissimuler son expression chagrinée :

— Je suis responsable de ce qui est arrivé à ta mère. J'aurais dû faire preuve de plus de fermeté. Mon père m'a appris combien ces eaux sont semées d'embûches, et moi, je… Ta mère était si intrépide. Elle tenait à visiter tous les territoires de l'océan, si tant est que cela soit possible.

Il resta immobile pendant quelques instants, cherchant les mots justes.

Ariel resta figée, murée dans le silence. Elle n'avait encore jamais vu son père s'épancher de cette manière.

— Je me dis que si j'avais été intraitable, si j'avais été plus vigilant, elle serait… Elle serait encore là. (Il baissa les yeux, n'osant pas regarder Ariel en face.) C'est ma faute, comprends-tu ? Je suis responsable.

Ariel nagea jusqu'à lui, posa les mains sur ses joues et redressa délicatement son visage pour plonger son regard dans le sien. Il y avait une chose dont elle était certaine :

— Non, Père. La seule coupable dans cette histoire, c'est Ursula.

Le roi lui rendit son regard, et Ariel reprit :

— Tamika m'a tout raconté. Quant à ce qui est arrivé à Mala – *que nous allons sauver* –, c'est uniquement la faute d'Usengu. Nous flageller de la sorte ne fera que nous emprisonner dans notre peine.

Son père passa la main dans ses cheveux gris. À cette distance, Ariel vit à ses paupières alourdies combien il se faisait du souci. Elle avait souvenir d'une époque où sa peau était éclatante. Où il souriait plus qu'il ne faisait la tête. Désormais, ses lèvres formaient une perpétuelle grimace. Son père ne prenait plus soin de lui depuis fort longtemps.

— Vous n'êtes plus le même depuis que Mère nous a quittés, exprima Ariel pour la toute première fois. À croire que certaines parties de vous se sont envolées avec les années.

Le roi Triton émit un rire crispé :

— Tout ira bien pour moi, ma tendre Ariel. C'est pour vous toutes que je me fais du souci. Votre mère vivait sans attaches. Elle était si… confiante. Et vois où la confiance nous a menés.

— Vous vous trompez, Père. J'ai appris de nombreuses choses sur les monstres marins.

— Tu dis cela, mais combien en as-tu rencontré ? Une poignée ?

— Père, je sais que vous estimez que c'est grotesque. Mais nous avons beaucoup à apprendre des monstres marins, ainsi que de ceux qui nous sont dissemblables. Votre père, comme son père avant lui, vous a poussé à voir les choses autrement, mais ils faisaient tous fausse route. Et leurs préjugés vous ont empoisonné l'esprit. La mort de Mère n'a fait que les renforcer. Mais vous devez en finir avec ces barrières, les abattre une bonne fois pour toutes. Ou elles vous écraseront. Elles provoqueront notre perte.

Elle lui prit les mains et continua :

— Mère avait raison. Ne comprenez-vous pas ? Sans Tolum, Silius et Ieka – oui, l'Infâme en personne –, jamais nous n'aurions eu la moindre chance de sauver Mala.

Le roi se mura dans le silence pendant quelques instants.

— Si tu as raison, et qu'Usengu est derrière tout ça...

— J'ai raison, insista la jeune sirène. Mais Usengu ne représente pas l'ensemble des monstres marins. Vous ne pouvez pas juger des espèces entières en vous fondant uniquement sur les agissements d'un ou deux de leurs représentants. Il me semble que les actes de tout individu devraient parler d'eux-mêmes. Chacun devrait avoir l'occasion de prouver qui il est, avant que le monde ne le décide pour lui.

Ariel lui avait déjà servi ce discours, et il ne l'avait jamais accepté. Cependant, elle ne pouvait qu'espérer que son cœur attendri l'ait rendu plus réceptif.

— Vous leur reprochez à tous la mort de Mère. Le voilà, le problème. Vous vous renfermez sur vous-même, sans jamais laisser quiconque vous approcher. Vous dites que c'est par amour, et il y a du vrai là-dedans, mais au bout du compte, Père, c'est surtout la peur qui vous guide. Et vous ne pouvez vivre ainsi. Voyez ! Voyez le chaos que cela a provoqué. Ces monstres marins que vous repoussez avec tant d'acharnement nous ont apporté leur aide. Tandis que celui que vous traitiez comme un proche s'est retourné contre vous. Votre méthode, cette façon d'ostraciser les autres en brandissant la confiance comme un bouclier… ça ne fonctionne pas !

Ariel envisagea de mentionner Ursula pour illustrer davantage l'étendue de ses erreurs. Mais elle eut des scrupules à aller jusque-là. Elle voulait lui ouvrir les yeux, pas qu'il se bouche les oreilles sous l'effet de la colère.

Triton garda le silence.

Était-elle allée trop loin ? Le roi gonfla le thorax, et Ariel resta suspendue à la tension ambiante, dans l'attente de sa réaction. Avait-elle percé sa carapace ? Ou était-il encore sur ses gardes ?

Tou-tou-tou-touuut !

On fit sonner un cor ; c'était le héraut royal. Un membre du conseil venait d'arriver.

— Que lui prend-il, à ce héraut ? s'interrogea le roi. À cause de la disparition de Mala, nous avons annulé le festival. Nous n'attendons aucune visite aujourd'hui.

Ariel se força à afficher son sourire le plus éclatant :

— À ce propos, Père…

— Qu'as-tu encore fait, Ariel ?

Sa voix était sévère, mais son regard restait chaleureux.

— Je vais vous le dire. Mais vous devez me faire confiance.

Elle haussa les sourcils d'un air de défi. Le cor résonna encore et encore, une douzaine de fois de façon rapprochée. Le roi resta bouche bée :

— *Tout* le conseil est ici ?

Ariel acquiesça d'un hochement de tête.

Triton se frictionna les tempes.

— Vas-y, alors. Explique-toi.

Il lui accorda son attention, mettant de côté son habituel mécontentement. Il n'acceptait pas encore tout à fait ses méthodes, mais quelque chose dans les paroles d'Ariel avait percé une brèche dans la forteresse de son esprit. C'était un début. À son grand soulagement, il semblait au moins vouloir réellement connaître ses intentions.

— Vous avez peur, Père, j'en ai conscience. J'ai peur, moi aussi. Mais je sais ce qu'il convient de faire. Nous devons nous occuper d'Usengu comme il se doit. Les monstres marins lui prêtent l'oreille. Il parle à leur cœur, et exerce sur eux une immense influence.

Le roi étouffa un rire :

— Voilà qui est parler en véritable diplomate.

Ariel sourit, comprenant qu'elle l'impressionnait.

— Promettez-vous de me faire confiance ?

Elle lui tendit la main pour qu'il la serre, et le roi l'accepta :

— Tu as ma parole, Ariel. Je suivrai tes directives.

L'anarchie régnait dans le palais. Ariel quitta sa chambre, remonta le couloir et pénétra dans le foyer, où s'égosillait une armée de citoyens. Les lieux étaient bondés, certains exigeant à grands cris que l'on réponde aux rumeurs concernant le roi tandis que d'autres déambulaient simplement au milieu du vacarme. Ariel en identifia certains comme étant des membres du conseil, mais pas les autres. Apparemment, la convocation n'était pas arrivée qu'aux oreilles des représentants. Elle repéra Polochon, en retrait dans l'obscurité. Il gardait ses distances tout en observant la scène.

Un groupe psalmodiait :

— À bas Triton ! On ne peut pas faire confiance au roi !

Ariel se figea. La foule était en colère. Bien que Silius et Tolum l'en aient avertie, elle n'en avait pas encore été témoin. La jeune sirène reconnut quelques visages croisés au cours de sa cérémonie d'intronisation, comme ce poisson qui était parti en trombe quand son père n'avait pas daigné répondre à sa question.

— Jamais je n'aurais cru voir ce jour arriver, souffla Triton.

Les cris étaient assourdissants. Les ongles d'Ariel lui mordaient les paumes. D'une manière ou d'une autre, elle devait garder la situation sous contrôle. Usengu était leur véritable ennemi. Son père avait lui aussi un travail à accomplir, et elle avait la ferme intention de faire en sorte qu'il s'y tienne. Mais le sauvetage de Mala devait prévaloir sur tout le reste.

— Usengu s'est servi de rumeurs pour les retourner contre nous, déclara-t-elle, se rappelant les paroles de Ieka.

Certaines d'entre elles étaient fondées, mais Ariel n'avait pas l'intention d'ajouter de l'huile sur le feu.

Son père se fraya un chemin à travers la foule, faisant signe à ses gardes. Sa voix tonna par-dessus le brouhaha :

— J'exige de l'ordre dans ma cour ! Ou, qu'on m'en préserve, je vous ferai tous traîner hors d'ici par la force !

L'avertissement du roi couvrit l'assemblée, porté par son autorité naturelle, mais cela ne fit guère d'effet. La clameur redoubla.

— Gardes ! cria Ariel, sans réaction de leur part. *Gardes !*

— Vous avez entendu la princesse ? Écoutez-la bien et faites précisément ce qu'elle vous ordonne.

Les lèvres des gardes se crispèrent, mais ils acquiescèrent et portèrent leur attention sur Ariel. Celle-ci, reconnaissante, serra le bras de son père.

— Je vous remercie, Père. Nous allons ramener Mala à la maison.

Triton lui adressa un sourire. Réconfortée, Ariel poursuivit :

— Gardes, je vous prierais de diriger cette assemblée dans la grande salle d'audience. Assurez-les que nous répondrons à leurs inquiétudes. Dites-leur tout ce qu'il faudra pour les tranquilliser. Et pour l'amour de tout ce qui est bon en ce bas monde : soyez polis !

Les gardes hésitèrent un moment, puis ils s'inclinèrent et s'éloignèrent.

— Poussez-vous, excusez-moi !

Ariel se faufila entre un mollusque et une anguille en train de se disputer. Elle se fraya un chemin au milieu de la foule tapageuse, à la recherche d'Usengu.

Quelqu'un lança :

— Dégage du chemin, semi-humaine !

Ariel n'aurait su dire si l'injure lui était adressée. Elle nagea plus vite, en quête du moindre signe de ses sœurs, de Silius ou de Tolum. L'assemblée n'était pas en colère seulement contre son père : ils se battaient aussi entre eux. Ce genre de tumulte pouvait dégénérer à toute vitesse. Ariel distingua fugacement une mèche de cheveux violets. Elle expira et agita la main :

— Karina !

— Lula !

Sa sœur se rua sur elle pour la prendre dans ses bras, suivie de près par Perla. Ariel ne s'attendait pas à leur présence :

— Vous êtes venues ?

— Naturellement. Nous avons appris que le conseil se réunissait. Nous ne voulions pas rater ça.

Ariel les entraîna à l'écart et, le plus discrètement du monde, elle leur rapporta tout ce qu'elle avait appris, y compris la conversation entre Julia et leur père. Leurs yeux s'écarquillèrent, mais elle leur intima le silence en scellant leurs lèvres d'un doigt.

— Pour l'instant, seule la famille est au courant. S'il vous plaît, aidez-moi à rassembler tout le monde dans la grande salle. Et si vous *le* voyez… vous savez de qui je parle… soyez naturelles.

— Compris, acquiesça Karina.

Ses sœurs s'éloignèrent. Et Ariel observa les gardes obéissant à la lettre ses consignes. Elle se retourna pour chercher son père lorsqu'une nageoire grise, froide et visqueuse s'enroula autour de son épaule.

C'était Usengu. Les yeux du serpent de mer s'étrécirent avec méfiance :

— Oh, ma chère princesse. Est-ce que tout va bien ?

Elle s'efforça de faire bonne figure avant de lui faire face.

— Ou-Oui, Usengu. C'est fort aimable de t'en assurer.

— N'ayez crainte. Je vais calmer cette foule. Qui sait ce qu'ils mijotent encore. (Il s'éclaircit la voix.) Mais après tout, maintenir l'ordre ne fait-il pas partie de mon travail ?

Usengu déposa une caresse sur son visage, et la bile lui brûla la gorge.

— Je me demande pour quelle raison le roi a exigé cette réunion inopinée, ajouta-t-il.

— La princesse Mala reste introuvable. (Ariel demeura stoïque, son visage vierge de toute émotion.) Je présume qu'il a du nouveau à nous apprendre. De quoi pourrait-il s'agir, autrement ?

Elle n'avait pas pu résister. Elle voulait voir sa réaction.

— Oh, mais *bien sûr.* (Il sourcilla de façon presque imperceptible, mais Ariel le remarqua malgré tout.) Vous avez raison. Ceci explique cela. Je ferais mieux d'aller m'en enquérir auprès de lui et ainsi de m'assurer que rien ne m'a échappé au cours de mes trajets. J'espère qu'il s'agit de bonnes nouvelles.

Les commissures de ses lèvres s'étirèrent, comme s'il s'efforçait de lire dans ses pensées.

— Nous en aurions bien besoin par ici, continua-t-il. Surtout après ce qui est arrivé à votre mère il y a toutes ces années. Ne croyez-vous pas ?

— Indubitablement.

Elle croisa son regard, sa langue brûlant d'une fureur contenue. Comment osait-il mentionner sa mère ? Comment pouvait-il avoir l'audace de lui mentir avec… un tel naturel ! Ses narines se dilatèrent et son thorax se gonfla de haine. La foule défila entre eux, et Usengu soutint son regard sans jamais cligner des paupières. Il y avait du défi dans ses yeux, dans la manière dont sa mâchoire était crispée. Avait-il toujours été aussi transparent ? Ou bien Ariel voyait-elle dorénavant plus clair en lui ? Savait-il qu'elle était au courant ? La peur s'empara de la jeune sirène. S'il apprenait qu'on l'avait démasqué, que ferait-il ?

Ariel prit sur elle pour articuler, sur le ton le plus poli qu'elle puisse adopter :

— Je te suis infiniment reconnaissante… (Elle prit ses nageoires et les serra.) Pour ton soutien.

Le visage d'Usengu se fendit d'un sourire et il s'inclina :

— C'est tout naturel, princesse. Je ne vis que pour servir votre père et votre famille. C'est là ma plus grande ambition.

Pouah ! Elle aurait pu en vomir.

— Bon, je ferais bien d'y aller.

Ariel ravala la bile qui lui remontait dans la gorge.

— Bien entendu.

Usengu la suivit du regard, et Ariel sentit encore sa présence visqueuse partout sur elle. Elle repéra Indira et Caspia, en train de discuter avec une sirène aux cheveux marron. *Était-ce…*

— Tamika ?

Pendant qu'elle rejoignait leur groupe, Caspia et Indira prirent Tamika dans leur bras. Quoi qu'Ariel ait pu manquer, elle arrivait certainement à point nommé.

— Tu es là !

— Grâce à toi, Riri. Merci de m'avoir ramenée à la maison. (Tamika lui remit un coquillage scintillant entre les mains.) Ceci est de la part de Silius. Indira lui a transmis ta requête, mais le prix à payer pour venir ici était trop important. Il espère que tu comprendras.

Les souvenirs de ses ancêtres. Il aurait tout perdu en venant témoigner en personne.

— Bien sûr, je comprends. Merci. (Elle étudia la lueur violette à l'intérieur du coquillage.) C'est bien ce que je crois ?

— Oui, un souvenir, répondit Tamika en refermant ses mains autour de celles d'Ariel. J'espère que cela t'aidera.

— Merci encore, Tamika. Et prions pour que Tolum puisse répondre aux rumeurs qui ont été colportées.

La jeune sirène scruta les alentours, espérant apercevoir le résident de la mer de Saithe. Mais aucun signe de sa présence.

— Attends un peu que Père voie ça, intervint Perla en s'invitant dans la conversation.

Ariel sourit. C'était là une véritable lueur d'espoir. Elle resserra son emprise sur le souvenir de Silius. Cela ne compensait pas son absence, mais c'était mieux que rien.

— Vous devriez rejoindre l'assemblée à l'intérieur, conseilla-t-elle. Le temps joue contre nous.

— C'est donc vrai ? Lorsque le ciel rosira au crépuscule, il sera trop tard ? demanda Tamika.

Les mots lui obstruant la gorge, Ariel se contenta de hocher la tête.

— Alors nous n'avons pas de temps du tout. Nous devrions nous rendre là où Useng…

— Il ignore que nous savons, chuchota Ariel en faisant taire Tamika d'un doigt sur les lèvres. Allez, entrez, maintenant.

Elles nagèrent à l'intérieur, et Ariel chercha une fois de plus un signe de la présence de Tolum. Mais celui-ci restait aux abonnés absents. Les dernières personnes pénétrèrent dans la grande salle, et Ariel remarqua que le soleil commençait à décliner, scintillant à travers une fenêtre. Le monde vacilla. La panique de Tamika était justifiée. La lune prendrait bientôt la couleur du corail. Il fallait apporter la preuve qu'Usengu était le véritable coupable de ces manigances, et au *plus vite*.

Chapitre 21

Lune de Corail, l'après-midi

La tension dans la grande salle était à couper avec une lame d'obsidienne. D'une main, Ariel serra fermement la déclaration de Ieka, certifiée à Chaine par le poisson-chat, et le souvenir de Silius dans l'autre. *Ces preuves seront-elles suffisantes ?*

Son père et ses sœurs formaient une longue ligne sur l'estrade. Usengu siégeait avec le conseil sur une plate-forme surélevée. Derrière lui, les citoyens assistaient à la réunion sans mot dire, le mécontentement lisible sur leurs mines renfrognées. Les entrailles d'Ariel frémirent. Il ne serait pas chose facile de convaincre cette foule. Ils paraissaient bien décidés à évincer le roi Triton. Cela signifiait-il qu'ils souhaitaient mettre Usengu *à sa place* ? *Quelles sont exactement ses motivations ?* Sébastien se tenait près du trône, chuchotant à l'oreille du roi.

— Quel est le but de cette réunion ? lança un poulpe bleu depuis la tribune.

— Silence, je vous prie, dit Sébastien. Sire ? À vous la parole.

Triton serra le poing. Il lança un regard noir à Usengu.

— Père, je vous en prie, laissez-moi parler, chuchota Ariel.

Le roi força les mots entre ses dents :

— Et je la cède... à la princesse Ariel. Elle a quelque chose à vous dire, à tous.

Des regards étonnés s'échangèrent à travers toute la pièce.

Ariel lissa sa queue de ses mains tremblantes. Elle ne s'était pas imaginée devoir se tenir là devant tout le monde pour dénoncer en personne Usengu. Le ciel brillait à travers le dôme de verre qui surplombait la salle, soulignant sa nuance dorée. C'était maintenant ou jamais.

— Je...

Les portes s'ouvrirent brutalement, et Tolum pénétra dans la grande salle, faisant onduler son corps de cétacé afin de franchir l'entrée étroite.

Ariel poussa un cri de joie :

— Tolum !

Usengu se leva de son siège.

— Qu'est-ce que cela signifie ? aboya-t-il. Il est impensable qu'un résident quitte son territoire sans avoir été expressément convoqué par le roi. En outre, c'est tout à fait malséant ! Sire, désirez-vous que je...

— Rassieds-toi, Usengu, ordonna sèchement Ariel.

La bouche du concerné s'entrouvrit et il leva les yeux, comme si le ton autoritaire de sa voix l'avait blessé. Il consulta le roi du regard.

— Tu as entendu la princesse, dit ce dernier. Assieds-toi. Tolum ? Ravi de vous revoir.

— Merci d'être venu, ajouta Ariel.

— Je vous en prie, Votre Majesté. Princesse.

Depuis sa place, Usengu croisa le regard d'Ariel. Elle le connaissait bien et depuis fort longtemps, mais il ne subsistait rien de la bonté qu'elle ressentait autrefois chez lui. Ses yeux ne manifestaient plus qu'une intense dureté.

Elle réprima les dernières bribes d'angoisse qui l'habitaient et fit face à la tribune :

— Membres de la cour, nous vous avons convoqués en ce jour pour être les témoins d'une grave mystification.

Elle eut une hésitation. Qu'adviendrait-il lorsqu'elle révélerait toute la vérité ? Son plan pouvait-il réellement fonctionner ?

Son père s'assit en se mordant les jointures. Indira et Caspia se tenaient par la main. Perla lui adressa un clin d'œil, et Karina l'encouragea à poursuivre d'un hochement de tête. Ariel déglutit et elle porta son regard sur Tamika. Sa sœur, qu'elle avait perdue si longtemps, lui souriait, la main pressée sur la poitrine. Ariel ressentait le soutien de sa famille à l'autre bout de la pièce, et cela lui donna la force de continuer.

— Vous le savez tous : il y a quelques jours, ma sœur Mala a été enlevée. (Elle serra la mâchoire et braqua un doigt accusateur sur Usengu.) *Voici* son ravisseur. Il sait où elle est retenue et il prévoit de la livrer aux chasseurs de sirènes ce soir, au crépuscule… Tout comme Ursula la sorcière le fit avec ma mère.

Des exclamations retentirent dans toute la salle, puis se muèrent rapidement en cris. Les personnes se trouvant près d'Usengu le dévisagèrent, mais Ariel n'aurait su dire si elles étaient étonnées ou incrédules.

— Et j'en ai la preuve ! cria-t-elle dans leur direction, ce qui, à sa grande surprise, fit taire tout le monde.

— *Qu'est-ce que cela ?*

Usengu se redressa brusquement et s'approcha de l'estrade, bouillonnant de rage. Qu'il éprouve de la rancœur pour avoir été démasqué, ou d'authentiques regrets, Ariel n'aurait su le dire, et elle n'en avait cure.

Triton pointa son trident vers Usengu. Des étincelles dorées surgirent de ses pointes acérées et cernèrent ce dernier, l'immobilisant.

— Continue, Ariel.

Usengu se tortilla, mais ne parvint pas à se libérer.

— Comme vous le savez, Tolum ici présent est le résident de la mer de Saithe. Tolum, voulez-vous bien vous approcher, je vous prie ? (Elle désigna le monstre marin, qui s'avança timidement, jetant au public des œillades angoissées.) Sébastien ? Pourrais-tu rappeler aux membres du conseil quel don le roi a conféré à Tolum lorsqu'il a prêté serment ?

— Il me semble qu'il s'agit du… (Le crabe posa un monocle sur son œil et parcourut ses notes.) Du don de *Veriselim*. Ou de l'incapacité de mentir. Autrement dit, quoi qu'il ait à déclarer, la véracité de ses dires sera irréfutable.

— Merci, Sébastien. Tolum, pourriez-vous faire part au conseil de ce que vous savez ?

Le résident hésita, évitant le regard d'Usengu, puis il relata les rumeurs faisant état de tensions grandissantes entre sirènes et monstres marins. Ces rumeurs, lui avait-on rapporté, émanaient d'une personne de confiance au sein du palais, mais il n'avait pas tenu à présumer de son identité. Il avait entendu dire que le roi organisait des rafles contre les monstres marins avant de les enfermer. Que cela avait commencé à Carinae. Que le traité Monstres - Sirènes allait être révisé pour que seuls les membres de la famille royale aient le droit de circuler librement entre les océans, et qu'il fallait s'attendre à des restrictions toujours plus implacables.

— Et toutes les créatures à qui j'ai mentionné la chose me l'ont confirmé : elles tenaient ces rumeurs d'une personne de confiance au sein du palais royal. Elles n'ont donc pas remis sa parole en doute.

— Et selon vous, qui votre communauté pourrait-elle juger comme étant digne de confiance au sein du palais ? Ou avec qui pourrait-elle communiquer ?

— Ma foi, je suppose que cela ne m'a pas effleuré l'esprit. Cela faisait des années que nous n'avions plus de contact avec le roi. Usengu était leur seul représentant au sein de la cour.

Précisément. En dehors des résidents et des protecteurs, il était le seul habitant du château à fréquenter les autres territoires. Si quelqu'un au sein du palais avait raconté des mensonges, il ne pouvait s'agir que de lui. Et naturellement, sa parole n'aurait pu être remise en question.

Ariel poursuivit :

— Une dernière question, Tolum. Selon vous, qu'est-ce qui aurait pu pousser Usengu à agir de la sorte ?

Le monstre marin se tapota pensivement la lèvre :

— Eh bien, il me semble qu'il voulait simplement provoquer un bouleversement généralisé afin de s'emparer du trône. Sinon, pourquoi vouloir monter un peuple contre son roi ?

Dans l'assistance, les sourcils se froncèrent, les regards circulant entre Ariel, Usengu et Triton. Les œillades incendiaires qui pesaient sur elle quelques instants auparavant commencèrent à se charger d'incertitude. C'était le signal qu'elle attendait.

Merci pour ça, Tolum.

— Semer la discorde, répandre des ragots… et maintenant ceci, de la part de Silius.

Les têtes pivotèrent, s'attendant à voir Silius se joindre à l'assemblée. Ariel brandit le coquillage que lui avait remis le résident de Fracus ; sa lumière violette palpitait.

— C'est un souvenir, marmonna quelqu'un dans l'assistance.

— Sébastien ? Peux-tu nous confirmer le don que Silius a reçu ?

Le crabe consulta ses notes en plissant les yeux :

— Hmmm… Bonté divine, mon écriture est épouvantable. Là, c'est ici. Silius, résident de la mer de Fracus. Territoire de la princesse Tamika, si je ne m'abuse. Il est capable de…

— Silius dispose de toute la mémoire de son espèce. (Tamika se leva et tous les regards se reportèrent sur elle.) Il peut également les partager selon sa volonté – les entreposer dans des coquillages, tels que celui que vous voyez là. Cependant, s'il devait quitter son territoire, il les perdrait tous. Il a extrait celui-ci de sa mémoire. Mon poisson-chat l'a authentifié.

Son monocle engoncé contre son œil, Sébastien examina le coquillage :

— Je confirme, il est scellé et intact.

Ariel ouvrit le coquillage, et sa lumière palpita avec plus d'intensité jusqu'à inonder toute la pièce de son éclat. La lumière rayonna et illumina les pupilles de tous les spectateurs d'une lueur violette. La salle s'assombrit totalement. Ariel cligna des paupières et vit un souvenir vaporeux se dévoiler sous ses yeux. C'était Silius, en train de libérer un poisson-grenouille d'un étrange objet circulaire qui lui enserrait le cou.

— Merci, m'sieur, dit le poisson à Silius. J'ai bien cru que j'allais finir en terrine pour sirènes.

— Allons, ne dites pas de sottises.

— Oh, mais je ne plaisante pas. Vous n'êtes donc pas au courant ?

Confus, Silius plissa le front.

— Il paraît que le roi est en train de modifier toutes les lois du royaume. Plus rien ne sera comme avant, vous savez ? Les poissons comme moi, les p'tites gens, on sera servis à ses filles en guise d'amuse-gueules.

— La princesse Tamika ne ferait jamais une telle chose…

— Qu'en savez-vous ? Elle ne met jamais le nez hors de sa forteresse. Croyez-moi sur parole. Je le tiens d'une haute autorité. Une personne résidant au château m'a dit que les filles du roi allaient toutes nous mettre le grappin dessus et que Chaine était en premier sur leur liste. Il se passe quelque chose, là-bas. La protectrice forcerait Ieka à…

— Ieka l'Infâme ?

— Oui, le grand méchant, là. Elle le forcerait à faire de bien vilaines choses. Mon ami ne connaît pas tous les détails. Il nous a juste conseillé de garder nos distances. On ne me prendra pas à m'approcher du palais. En ce qui me concerne, c'est Usengu et vous qui dirigez ces eaux. (Il inclina la tête.) Je ferais mieux de filer. Faites attention à vous, m'sieur.

Le monde vira au violet et la salle s'imposa de nouveau à Ariel. Dans la pièce, les yeux papillonnaient à mesure que les effets du souvenir s'estompaient. Ils avaient tout vu. Le face-à-face entre Silius et ce poisson ne laissait nullement place au doute.

— Vous l'avez vu de vos propres yeux !

Ariel se tourna vers une loutre de mer parmi les spectateurs, dont l'expression était passée de la rage à la confusion.

— Mon bon monsieur, vous, là, dans le public. Aviez-vous vous aussi eu vent des rumeurs mentionnées ce jour ?

— En effet, répondit la loutre en déglutissant.

— Et qui vous les rapportées ?

La loutre avala de nouveau sa salive, et son regard se posa vivement sur un Usengu aux lèvres pincées :

— Le superviseur des résidents et bras droit du roi. Usengu.

La foule marmonna et hocha la tête, confirmant qu'eux aussi avaient entendu ces rumeurs. Les yeux d'Usengu s'exorbitèrent tandis qu'il se tortillait avec plus d'ardeur pour lutter contre la magie du roi.

Nous y voilà. L'heure de vérité a sonné.

— Il a colporté des mensonges à travers tout le royaume afin de dissimuler sa sale besogne. (Ariel dégaina le témoignage de Ieka et le brandit face à une foule aux yeux écarquillés, que les soupçons avaient désormais réduite au silence.) Et voici un message signé de la main de Ieka – oui, l'Infâme en personne –, qui vous expliquera comment Usengu l'a ligoté et manipulé.

Sébastien examina la missive :

— Ce document est lui aussi certifié comme authentique.

— Comme vous le savez, reprit Ariel, Ieka et la princesse Mala travaillent à Chaine en étroite collaboration.

— Plus qu'étroite, à ce qu'il paraît, lança une personne dans le public.

— Trop étroite, même, ajouta une autre.

— *Et donc !*

Ariel éleva la voix pour couvrir les leurs. Elle ne se laisserait pas dérouter. Et elle ne permettrait pas non plus que l'on partage le secret de sa sœur à son insu. Elle leur raconta tout ce que son enquête avait révélé, comment Ieka avait été forcé de rédiger un message frauduleux pour les égarer dans leurs recherches. Ses sœurs restèrent médusées tandis qu'elle faisait défiler des preuves les unes après les autres pour constituer un dossier solide contre Usengu. Son père resta lui aussi bouche bée, impressionné par sa fille. Sébastien en avait même fait tomber son monocle.

— J'en ai suffisamment entendu. Gardes !

Triton ramena son trident en arrière, libérant Usengu pour qu'il soit mis aux arrêts. Le serpent de mer s'agita, étirant ses nageoires.

— Sire ! supplia-t-il, faisant cesser les conversations du public. J'ai servi votre famille des années durant. Les accusations qui pèsent sur moi sont très *graves*. Et *fausses* ! La loi me donne le droit de me défendre. Puis-je avoir l'opportunité de m'exprimer ?

La mâchoire du roi se crispa. Ariel se figea. *Non, non ! On ne peut pas se fier à cette langue de serpent !* Le silence s'appesantit tandis que le pouls d'Ariel battait à tout rompre contre ses tympans.

— Père…

— Accordé.

Ariel sentit une part d'elle se briser.

Usengu s'avança et elle le regarda avec consternation, priant pour qu'il ne détruise pas tout ce qu'elle venait de prouver.

— Je me souviens du temps où cette demoiselle n'était qu'un minuscule alevin, commença le serpent en faisant le tour de la pièce. Elle m'appelait Oosen, à l'époque. « Montre-moi ce tour de magie », disait-elle. Et je m'exécutais. Une ruse que ma mère m'avait enseignée, consistant à faire changer la couleur des pierres. Elle riait, et c'était l'unique récompense à laquelle j'aie jamais aspiré. Je peux en dire autant pour chacune de ses sœurs. Voyez-vous, j'ai perdu ma famille à un très jeune âge et j'ai eu la chance d'être engagé comme bibliothécaire au palais. Un jour, le roi a croisé mon chemin, et l'étendue de mes connaissances sur les monstres marins l'a impressionné. Depuis lors, je n'ai cessé de le servir fidèlement. Voir peser sur moi une telle accusation de la part de la famille pour laquelle j'ai travaillé avec tant d'amour, et devant mes amis… me brise le cœur.

Usengu se tourna vers le roi Triton :

— Votre Majesté, je n'ai jamais rien souhaité de mal, à vous ou à votre honorable famille. Je ne sais pas qui est ce poisson entrevu dans le souvenir de Silius. Je ne l'ai jamais rencontré. Ce sont des mensonges, vous dis-je. Rien que des mensonges. Motivés par la jalousie, peut-être ? (Il se rapprocha du roi.) Ces bêtes peuvent être des personnages louches et indignes de confiance. Nous le savons tous deux, mon suzerain.

Il se tourna ensuite vers Tolum :

— J'ignore pour quelle raison Tolum et les autres résidents m'attribuent la responsabilité de ces rumeurs, reprit-il avant de lever une nageoire. Disons-le clairement : je les ai entendues, moi aussi. Mais telle est la nature de ma position. Comme chacun le sait, le roi m'écoute. Alors, il va de soi que d'autres tâcheront toujours de s'interposer entre nous.

Ariel étudia le visage de son père, cherchant désespérément une expression stricte et intraitable. Mais ses traits s'étaient quelque peu adoucis, et elle voyait bien toutes les questions qui se bousculaient dans son esprit. Usengu et lui se connaissaient depuis si longtemps. Il refusait de croire que tout cela soit vrai, et Usengu en avait parfaitement conscience. Mais Ariel voyait clair dans son jeu. Il lui fallait un nouveau plan.

— Mon roi, poursuivit le serpent. Il y a une part de vérité dans les dires de votre chère fille. Je sais effectivement où se trouve Mala. En fait, lorsque j'ai reçu votre convocation à cette assemblée, j'étais en chemin pour venir ici afin de vous apporter des nouvelles de la plus haute importance. Voyez-vous, je venais d'intercepter des renseignements concernant le lieu où la princesse est censée être retenue captive. Quelque part à Fracus, dans la Cuisine du Pêcheur, un lieu notoirement fréquenté par des chasseurs de sirènes. J'étais sur le point de tout vous rapporter, sire, avant que ces accusations commencent à se répandre.

Triton le toisa d'un regard noir, puis il jeta un coup d'œil à Ariel. Sa mâchoire se contracta :

— Tu es certain que Mala se trouve là-bas ?

— Oui. J'ai demandé aux hommes qui m'accompagnaient de retenir les bêtes qui colportaient ces perfides informations. Vous êtes libre de les interroger. Laissez-moi vous montrer, sire. (Il se radoucit.) Permettez que je vous y conduise en personne et que je vous prouve ainsi mon honnêteté.

Le doute germa autour d'Ariel, semblable à une mauvaise herbe. Se pouvait-il qu'Usengu… soit honnête ? Serait-elle passée à côté de quelque chose ? Non, elle ne douterait pas d'elle-même.

Son instinct ne la trompait pas. Elle devait avoir confiance en son jugement. Usengu essayait de piéger son père. S'il parvenait à livrer le roi aux chasseurs de sirènes, il pourrait alors prendre sa place.

Pas question de laisser cela se produire. Il fallait l'attirer avec quelque chose qu'il ne pourrait pas refuser. Mais quoi ? Qu'avait-elle à offrir qui valait plus qu'un trône ?

Elle eut alors une révélation.

Ariel s'éclaircit la voix :

— Il est difficile de savoir que croire, Usengu. C'est ma parole contre la tienne. Cependant, si ce que tu dis est vrai, tu iras chercher Mala à la Cuisine du Pêcheur. Si tu la ramènes ici saine et sauve, le trident de Père t'appartiendra.

Le trident du roi était le plus puissant artefact des sept mers. Grâce à lui, Usengu pourrait s'emparer du trône, et plus encore.

Le serpent de mer tressaillit, mais parut intrigué. Ariel l'avait pris au dépourvu. Il cherchait à déceler le moindre signe d'un piège dans sa proposition, elle le savait. Comme si les rouages qui s'activaient dans son cerveau venaient de faire machine arrière.

— Est-ce bien vrai, sire ? demanda-t-il. Vous mettriez en jeu un objet aussi précieux ?

Ariel croisa le regard de son père. *Vous m'avez fait une promesse*, lui rappela-t-elle sans un bruit. Ses yeux étaient chargés d'une peur incandescente.

— Il en sera comme la princesse l'a dit, répondit-il. Ramène-moi Mala, et, en signe de gratitude et d'excuses pour les odieuses accusations portées à ton encontre aujourd'hui, le trident te reviendra.

Des bavardages explosèrent dans la tribune.

Usengu esquissa un sourire :

— J'y ajoute une condition. Pour être certain qu'on ne m'accuse plus d'être déloyal : princesse Ariel, vous m'accompagnerez pour aller chercher Mala à la Cuisine du Pêcheur.

— Elle n'en fera rien ! s'emporta le roi. Tu seras escorté par mes gardes et par moi-même.

— En fait, sire, intervint Sébastien en collant son monocle sur son œil. Je viens d'apprendre que notre stock de rapidageoires avait été endommagé. Il semble que nous n'ayons aucun moyen de nous rendre là-bas rapidement.

— Je suis revenu ici en toute hâte, Majesté, souligna Usengu. Aussi, je n'ai pas pensé à retirer les miennes.

Il agita sa queue, faisant scintiller ses rapidageoires. Ariel bouillait d'agacement. Aurait-il détruit le stock de rapidageoires, tout en gardant les siennes pour pouvoir s'enfuir à la hâte ? Elle voyait clair dans son jeu, désormais. On ne pouvait pas lui faire confiance pour qu'il aille chercher Mala lui-même. Peut-être que la promesse du trident suffirait à le faire revenir, mais si ce n'était pas le cas ? Une nouvelle idée la traversa alors, et elle saisit le roi par le poignet :

— En fait, Père, mes rapidageoires sont encore dans ma chambre. Je *viens* avec toi, Usengu.

— *Non !* (Le roi Triton l'attira à l'écart, loin des oreilles indiscrètes.) Il doit y avoir un autre moyen !

— C'est le seul moyen, Père. De plus… (Elle baissa sa voix jusqu'à chuchoter.) Vous avez promis de me faire confiance.

— *Ariel.*

— Je sais ce que je fais. Je suis la seule à avoir des rapidageoires intactes. Mala peut mourir à tout instant. Nous sommes à court de temps *et* d'options. Ce ne sera pas comme avec Mère. Je vais là-bas en pleine connaissance de cause. Je peux y arriver ! (Elle empoigna son bracelet.) Je le sens… Tout au fond de moi. C'est à moi de le faire.

Les lèvres du roi se serrèrent et son visage prit une expression peinée. Elle ne se rappelait pas avoir vu son père aussi effrayé. Il opina du chef, donnant sa bénédiction à contrecœur, mais il étreignait la rampe de l'estrade avec une telle force qu'elle grinça dans sa poigne. Ariel fit face à l'audience :

— Nous avons un accord, Usengu. Et pour que tu saches bien qu'il est inviolable, nous allons le sceller à l'aide d'un pacte de promesse.

Indira et Caspia sursautèrent et leurs cris de surprise se muèrent aussitôt en vagissements.

— Ariel, cria Perla. Que fais-tu ?

— Riri peut y arriver, assura Tamika en le retenant. Elle ne sera pas seule. L'esprit de Mère l'accompagne.

Triton apaisa ses filles d'un geste de la main.

Ariel espérait que Tamika disait vrai. Elle se tourna vers le serpent de mer :

— Allons-y.

— Fort bien, sourit-il, les yeux scintillant d'une lueur d'ambition.

Ariel sentit un frisson le long de son échine. Pourvu qu'elle ait pris la bonne décision.

Chapitre 22

Lune de Corail, le soir

Le roi agita son trident en marmonnant l'incantation du pacte de promesse. Les pointes dorées de l'instrument scintillèrent et, pendant ce temps, les yeux d'Usengu brillaient d'impatience. Ariel et ses sœurs assistèrent à la scène avec stupeur et anxiété. Les pactes de promesse n'étaient pas à prendre à la légère. La jeune sirène n'avait jamais assisté à cela auparavant. Son père allait parier son trident sur la parole donnée par Usengu.

La magie du roi illumina la salle d'audience, la nimbant dans une bulle lumineuse.

— Par le sceau royal et ma parole d'honneur, récita-t-il, si Usengu revient avec la princesse Mala, *vivante*, et avant que ne se lève la Lune de Corail… (La lumière se répandit à travers la salle et enveloppa le serpent de mer.) Je jure que le trident lui prêtera allégeance.

Les épaules de Triton tressaillirent et son expression se fit plus méfiante tandis que la lueur du pacte s'intensifiait, puis la lumière s'estompa pour de bon.

Le public observa la scène, médusé et la bouche grande ouverte, n'osant laisser échapper le moindre murmure. Usengu pourrait devenir leur nouveau dirigeant. Le père d'Ariel avait promis de ne pas négocier avec les ravisseurs et, parce que sa plus jeune fille l'en avait convaincu, il en était pourtant arrivé à cette extrémité. Ariel déglutit.

— C'est fait, lui fit savoir le roi en se penchant à son oreille. Ramène-la, Ariel. D'une manière ou d'une autre, ramène Mala à la maison.

Elle étreignit une nouvelle fois la main de son père pour le rassurer, puis Usengu et elle prirent congé. Quelques minutes plus tard, le palais n'était guère plus qu'un point, très loin derrière eux. Leur accord ne pouvait pas être rompu. Et si Usengu obtenait le trident, alors le royaume lui appartiendrait sous peu.

Je dois sauver Mala et les sept mers. Je n'ai pas le droit d'échouer.

Pendant tout le trajet jusqu'à la Cuisine du Pêcheur, Ariel suivit Usengu de loin. Un frisson lui remonta le long des bras lorsqu'elle songea à l'insistance avec laquelle il avait requis sa compagnie. Elle ne pouvait en aucune façon permettre à Usengu de revenir avec Mala et de s'emparer du trident. La seule façon d'empêcher cela était de secourir sa sœur elle-même et de regagner le palais avant Usengu, de sorte qu'il lui serait impossible d'honorer les termes du pacte.

Il va payer pour ses crimes.

Le serpent ne décrocha pas un mot de tout le voyage. Ariel pouvait voir son petit esprit perfide s'appliquer à trouver un moyen d'arriver à ses fins. Elle ignorait quelle sorte de marché il avait passé avec les chasseurs de sirènes, mais elle voyait bien qu'il était déstabilisé d'avoir été ainsi démasqué.

Le paysage se modifia et Ariel comprit qu'ils approchaient de Fracus. Les cratères sous-marins devenaient plus vastes, désertiques et le feuillage plus rare à mesure que les couleurs de l'océan s'estompaient pour céder la place à des tons terreux. Plus ils s'avançaient de la Cuisine du Pêcheur, plus l'eau devenait chaude.

— Encore un petit effort, princesse.

Ariel sonda son regard. En quête de quoi ? Elle n'en était pas sûre, mais elle n'entrevit que les ténèbres. Usengu bifurqua à un angle, et la jeune sirène sentit toutes ses entrailles se ramollir. Elle reconnut les gigantesques piliers de pierre au milieu desquels il serpentait à toute vitesse. Ils se trouvaient à proximité de l'endroit où sa mère avait péri. Cette constatation la hanta, mais elle suivit Usengu jusqu'à ce qu'il s'arrête brusquement :

— Attendez ici.

— Je n'attendrai nulle part, répliqua-t-elle avec une audace inattendue. Où est Mala ?

— Chut ! Silence, voulez-vous ?

Usengu se cacha derrière un rocher, ignorant sa question. Que guettait-il ? Quelles manigances ourdissait-il encore ?

Le ciel couvait au-dessus d'eux, brûlant d'une couleur rose orangé. L'heure était proche. Ils devaient se hâter. Ariel devait mettre la main sur Mala et filer d'ici avant que… que…

— Où est-elle ? insista la jeune sirène, à bout de patience, sachant que la vie de sa sœur ne tenait qu'à un fil.

— Allez-vous vous taire ? grogna Usengu. Vous avez été une véritable plaie pour moi. D'ailleurs, comment avez-vous appris pour Ieka ?

Ariel écarquilla les yeux sous l'effet de l'étonnement. C'était la première fois qu'Usengu lui parlait sur ce ton. Certes, elle avait mis à jour ses intentions belliqueuses envers eux tous, mais elle fut tout de même choquée de l'entendre s'exprimer avec autant d'agressivité. Elle caressa le galet violet à son poignet, tâchant de retrouver son calme. Elle ne savait pas ce qu'Usengu complotait, mais la Lune de Corail se lèverait d'un instant à l'autre. Elle ne se laisserait pas menacer ni réduire au silence. Pas maintenant. Elle était à deux doigts de retrouver sa sœur !

— Le sceau de sécurité ne fonctionnait pas, répondit-elle. Or, seule une poignée d'individus sont capables de les trafiquer.

— Ce *stupide* poisson de Chaine ! jura Usengu. Un ami de Ieka patientait près du bouclier afin de pouvoir le franchir et aller tout raconter au roi à mon propos. Évidemment, je me suis débarrassé de lui, mais, ce faisant, j'ai certainement endommagé le sceau. (Il fit une grimace.) J'aurais dû me montrer plus prudent, marmonna-t-il pour lui-même, se détournant pour surveiller quelque chose qui échappait à Ariel. J'aurais dû laisser la chambre de Mala intacte, ou… ou ne pas rédiger de demande de rançon. Ou encore couvrir nos traces après qu'elle s'est échappée du filet dans lequel je l'avais capturée. Vous êtes tant bien que mal parvenue à assembler toutes les pièces du puzzle, mais pas de la façon dont je l'escomptais.

Usengu eut un sourire narquois et se tapota la tête :

— Par chance, je suis plus malin que vous ne le croyez. Maintenant, taisez-vous sur-le-champ ! Je ne plaisante pas.

Mais Ariel refusa d'obéir à son injonction :

— Mala ! Mala ! Tu es là ? cria-t-elle.

— Relle !

Cette voix. C'était celle de Mala.

Le pouls d'Ariel s'emballa. Sa sœur se trouvait ici. Elle était bien en *vie*. Son cœur se gonfla de joie. Elle s'élança et suivit le son de sa voix. Elle s'attendait à ce qu'Usengu la suive à la trace, mais il n'était pas derrière elle. La jeune sirène regardait partout, en quête de sa sœur.

— Mala ? Mala ! Parle-moi ! Où es-tu ?

— Par ici, Relle ! Je suis là !

Ariel nagea entre les rochers, contourna une pente escarpée, puis elle se retrouva en eaux moins profondes. Elle repéra sa sœur sur un récif désertique, ligotée à un rocher. Elle se précipita vers elle et tira sur les liens qui la retenaient. La jeune sirène ravala la boule qui lui obstruait la gorge. *Ma sœur. Elle est vivante !* Son cœur fit un bond tandis qu'elle s'acharnait sur les nœuds.

— Je suis là, Mala ! C'est fini !

— Tu es venue. Tu es vraiment venue, dit Mala, le visage pincé par la douleur. Je craignais que jamais tu ne me retrouves dans cette caverne déserte où il me retenait captive. Ensuite, il m'a amenée ici, et j'ai été… J'étais certaine que…

Sa voix se brisa.

— Je vais te sauver, Mala.

— Mais comment as-tu fait pour…

— Nous avons percé Usengu à jour, grâce à Ieka.

Leurs regards se croisèrent et Ariel ajouta :

— Je suis tellement contente pour toi, Mala. Sincèrement contente.

Mala se mordit la lèvre, et Ariel perçut l'intensité de sa joie, et du soulagement qu'elle ressentait à entendre ses mots. De savoir que, dorénavant, quelqu'un partagerait son secret. Ariel tira et tira encore sur les liens. Lorsque le dernier céda, elle était à bout de souffle.

Mala s'effondra dans ses bras.

— J'ai eu si peur, Relle.

— Nous devons partir d'ici. Il faut…

Ariel chercha la présence d'Usengu, mais il n'était nulle part en vue. Se pourrait-il qu'il ait mis les voiles ? Quelle aubaine ce serait. Il ne devait en aucun cas rentrer au palais avec Mala.

Avant qu'Ariel ne puisse se réjouir, un filet s'enfonça dans l'eau au-dessus de leurs têtes.

Un bateau flottait à la surface.

Ariel eut le souffle coupé.

— Des chasseurs de sirènes ! s'écria-t-elle. (Elle avait été tellement occupée à libérer Mala qu'elle n'avait pas remarqué leur arrivée.) À couvert !

La jeune sirène entraîna sa sœur plus profondément dans l'océan tandis que les chasseurs ratissaient les flots avec leurs filets. Alors qu'elle guidait Mala, Ariel remarqua deux petits yeux globuleux qui les observaient depuis une fente entre deux rochers. Usengu se cachait, comme le lâche qu'il était. Il avait certainement organisé cette rencontre, supposait-elle, et il devait à présent honorer sa part du contrat. Mais c'était *son* problème, pas celui d'Ariel. Elle allait *sortir* sa sœur de là !

Ariel continuait d'attirer Mala vers le fond, toujours plus loin du navire, quand quelque chose lui agrippa la queue. Elle releva la tête vers le bateau des chasseurs.

— Relle !

Mala tira, mais la nageoire d'Ariel était prisonnière. Ils l'avaient retournée et étaient en train de la remonter. Elle s'efforçait de se dépêtrer en tirant sur les mailles du filet tandis que des mâchoires dentelées et acérées ratissaient les eaux pour la hisser vers la surface.

Usengu surgit de l'obscurité et enroula sa nageoire autour d'Ariel, la poussant plus avant dans les griffes du navire. Les yeux du serpent brûlaient de convoitise :

— Je te tiens ! Pour tous les ennuis que tu m'as causés, tu vas à présent connaître le même sort que ta mère.

Il la repoussa avec plus d'ardeur, forçant de tout son poids ; plus elle s'approchait de la surface, plus le filet se resserrait sur elle.

— Les chasseurs auront leur sirène, reprit le serpent. J'aurai le trident – et enfin, je régnerai sur l'océan.

La poitrine d'Ariel se comprima. Elle n'en croyait pas ses oreilles. Le piège l'attirait vers le haut, mais cela n'avait plus d'importance pour le moment. Elle devait faire en sorte que Mala regagne le palais avant Usengu.

— Mala, va-t'en ! Nage ! Ne laisse pas Usengu rejoindre Père avant toi ! Prends mes rapidageoires !

— Pas question de t'abandonner, Ariel !

Mala entrouvrit les lèvres, prête à entonner son Chant de sirène pour la défendre, mais Usengu la fit taire en plaquant une nageoire devant sa bouche.

Non ! Ariel tira plus fort sur le filet, puis sur ses rapidageoires au moment où la mâchoire géante s'approchait de nouveau d'elle. Mais cela ne servit à rien. Les rapidageoires étaient collées à elle et, empêtrée ainsi dans les mailles, la jeune sirène ne disposait d'aucun appui pour les retirer. Des mains humaines s'étirèrent hors du bateau, cherchant à saisir sa queue. Elle se débattit et évita la mâchoire de justesse, qui s'accrocha à son bracelet.

La ficelle se brisa et le galet violet se détacha de son poignet.

Le monde entier pivota sur son axe.

Ariel se sentit bizarre, étourdie et prise de vertiges, au moment où le galet s'ouvrit comme un rayon de soleil et que tout autour d'eux se mit à scintiller.

Bouche bée, Mala regarda droit devant elle, en état de choc. Dans son esprit, Ariel se vit en compagnie de sa mère, comme un souvenir palpable, semblable à ceux que Silius lui avait fait voir. Était-ce la faveur que sa mère avait demandée au résident ? Avait-elle su qu'elle était en danger et avait-elle donc laissé dans ce galet un souvenir à l'intention de sa fille ?

Dans ce souvenir, la reine fredonnait une mélodie, enseignant à Ariel une chanson qu'elle ne reconnut pas. Elle était toute petite, et sa mère la berçait dans ses bras. La jeune sirène tendit la main vers le souvenir. Cet air… S'agissait-il de *sa* chanson ? Était-ce possible ? Était-ce à cela qu'elle était en train d'assister ? Le chagrin lui noua la gorge. Elle tendit l'oreille, et son cœur s'emballa tandis qu'elle se laissait imprégner par les paroles. Rien qu'en les *écoutant*, Ariel se sentit bien, spéciale et différente, comme jamais auparavant.

Et la raison en était que…

Cet air… C'était son *Chant de sirène*.

Alors, sa mère lui en avait *bien* composé un. Ariel était juste trop petite pour se rappeler qu'elle avait commencé à le lui enseigner.

Elle ferma les yeux et s'accrocha au souvenir de toutes ses forces, retenant chacune des paroles que sa mère prononçait, les inscrivant dans son cœur et dans son âme. Puis elle entrouvrit les lèvres, et chanta comme elle n'avait jamais chanté. Puissamment, imaginant que sa mère se tenait là, à ses côtés. Elle se mit à vibrer de tout son être tandis que son Chant de sirène emplissait l'océan, projetant autour d'elle une lumière aveuglante. Elle ignorait l'effet qu'aurait son Chant, mais elle était sereine, et si elle avait appris une chose ces derniers temps, c'était qu'elle devait se fier à son instinct. Ariel chanta plus fort, se réchauffant de plus en plus, nimbée par la magie du Chant que sa mère avait composé. L'océan scintillait d'un tel éclat qu'elle songea que le soleil avait peut-être été englouti par les flots. Elle tint chaque note, s'accrochant à chaque mot de tout son être, et le monde se transforma autour d'elle. *J'y arrive. J'y arrive pour de vrai.*

— *Ah !* (Usengu pressa ses nageoires contre ses paupières tout en tâtonnant et en se heurtant contre un rocher.) Au secours ! Je… Je n'y vois plus rien !

Ariel entendit des gémissements en provenance de la surface, et une main humaine frappa le rebord du navire, lâchant le filet. L'emprise des mailles se desserra, et elle commença à se libérer, clignant des yeux face à l'aveuglante luminosité. Ces pulsations lumineuses avaient-elles été provoquées par son Chant ? Leur avait-elle ôté la vue ? Elle se tourna vers Mala, qui avançait vers elle à tâtons à travers les flots, aveuglée elle aussi. *C'est forcément ça !* Et, pour le meilleur ou pour le pire, les effets de son Chant ne dureraient pas éternellement.

Ariel ne perdit pas plus de temps à réfléchir. Comme le galet descendait vers les fonds marins, elle tenta de dégager sa queue, prise dans les nœuds du filet. Elle continuait d'entonner chaque note, tirant furieusement sur les fils, ne sachant pas combien de temps elle pourrait chanter avant d'être à bout de forces. Mala, qui l'avait rejointe, défit le dernier lien qui la retenait.

— Bravo ! dit-elle. Tu as réussi.

Ariel agita sa nageoire. Elle était libre !

Ses poumons étaient en feu, réclamant une pause, mais Ariel continua à chanter. Elles ne seraient pas en sûreté avant d'être très, très loin d'ici. Toutefois, elle sentait son souffle s'épuiser. *Nous devons partir.* Elle dépassa Usengu qui se débattait, toujours aveuglé, se heurtant au filet qui dérivait dans l'eau.

— Qui ose me toucher ? Éloignez-vous immédiatement de moi !

Il gesticula et s'empêtra dans les mailles dont Ariel venait tout juste de se débarrasser. Elle n'en croyait pas ses yeux. À court d'air, elle eut le souffle coupé et son Chant s'éteignit.

Usengu cligna des paupières, capable de voir de nouveau, mais irrémédiablement prisonnier du filet des chasseurs. Il fixa Ariel avec rage tandis que ces derniers le hissaient jusqu'à la surface. Il tenta de se dégager, en pure perte. Se mordant les lèvres, Ariel fut incapable de détourner le regard. Elle eut presque… pitié de lui. Mala se frotta les yeux et tira Ariel en direction de leur foyer :

— Nous devrions filer !

Sa sœur avait raison. Elle se tourna pour la suivre, mais marqua une pause en effleurant son poignet nu. Le bracelet de sa mère, où était-il passé ? Elle scruta la pénombre de l'océan en contrebas, mais ne vit rien du tout. Elle aurait souhaité pouvoir conserver ce bijou pour toujours, mais il avait disparu, et le temps leur était compté. Au moins, son Chant était à présent gravé dans son cœur.

Les deux sœurs s'élancèrent et le nœud dans la poitrine d'Ariel se défit à la vue du bateau des chasseurs de sirènes, qui filait dans la direction opposée, emportant Usengu à son bord. Elle expira et se hâta. L'éclat rose de la Lune de Corail les éclaira tout le long du voyage de retour.

Chapitre 23

Après le retour d'Ariel et Mala, l'océan semblait différent. Les spectateurs et dignitaires qui avaient pris parti pour Usengu s'étaient attardés au palais, attendant de voir comment les choses tourneraient et qui s'en reviendrait. Lorsque les deux sœurs arrivèrent, elles racontèrent tout ce qui s'était passé et le royaume entier sembla reprendre son souffle. Ariel fut ravie d'annoncer qu'Usengu ne poserait plus jamais de problèmes.

La première nuit suivant leur retour, ses sœurs et elle écoutèrent Mala leur faire part de tout ce qu'elle avait enduré. Elle avait confié à Usengu avoir secrètement passé commande d'un bouquet spécial auprès d'un fleuriste réputé, et que celui-ci serait livré au palais le matin même de l'intronisation d'Ariel. Ainsi, lorsque Usengu s'était présenté à sa chambre, elle s'était attendue à ce qu'il l'emmène à la rencontre du fleuriste. Mais au lieu de cela, le serpent l'avait kidnappée. Elle se livra même sur sa relation avec Ieka. Indira et Caspia furent les moins promptes à la féliciter. Mais elles le firent malgré tout, et au matin on aurait dit que le château était animé d'une vie nouvelle.

Sept jours passèrent et les sept sœurs demeurèrent au palais de leur père, profitant les unes des autres et s'affairant aux préparatifs de la cérémonie d'Ariel. Celle-ci avait été replanifiée, maintenant que tout allait pour le mieux dans le royaume. Le palais de Carinae avait été redécoré aussi somptueusement que précédemment. En outre, tout l'océan était convié, selon le souhait de la protectrice en devenir. Pour son plus grand bonheur, car elle avait *beaucoup* à leur dire.

Pourtant, depuis toutes ces aventures, même le Zénith lui apparaissait sous un jour nouveau. Sa mère n'était plus là, mais ses sœurs, elles, étaient à ses côtés. Et Ariel savait que plus rien ne les séparerait.

— Tu es prête ? demanda Indira pendant qu'elle se regardait dans la glace. On compte jusqu'à trois.

Ses sœurs la drapèrent dans son étole. L'anxiété lui comprimait la poitrine comme les mâchoires d'un crocodile. Ce fut au tour de la coiffe. D'ailleurs, où était-elle ?

— Oh ! Ma tendre Ariel, s'écria Julia en s'écartant, le regard vitreux. Si votre mère pouvait vous voir...

La suite des paroles de la domestique fut étouffée par un gémissement silencieux.

— Comment te sens-tu, à présent ? s'enquit Tamika en passant un collier de perles autour de son cou. Pas de mouvement brusque, tu pourrais arracher quelque chose.

Ariel tourbillonna sur elle-même sous les exclamations extatiques de ses grandes sœurs.

— Je pense que ça ira, dit-elle. J'arrive un peu à bouger.

Ariel cligna des yeux avec incrédulité. Le grand jour était enfin arrivé. Elle allait devenir la protectrice de Carinae. Mala la prit par les épaules :

— Les filles et moi tenions à faire quelque chose de très spécial pour toi. Nous avons songé à quel point il a dû être difficile de ne pas avoir Mère à tes côtés durant tout ce temps, mais tu es tout de même parvenue à toutes nous réunir. Aussi, nous voulons aujourd'hui t'offrir un petit quelque chose en son honneur.

— Hourra ! C'est l'heure des cadeaux !

Tamika se rua pour prendre les siens, et Indira approcha d'Ariel, grimaçant un sourire enfantin. Elle lui tendit une mince boîte joliment enrubannée :

— Ouvre-le !

Ariel défit le nœud et découvrit un peigne orné de perles et de fleurs.

— Oh, Indira ! Bonté divine ! Il est sublime. Où l'as-tu trouvé ?

— Mère me l'a offert. Je tiens à ce qu'il te revienne.

Ariel prit Indira dans ses bras. Elle n'avait pas les mots pour exprimer à quel point cela lui faisait plaisir.

— Tu es la meilleure, dit-elle tandis que ses sœurs s'agglutinaient pour lui remettre leurs présents l'une après l'autre.

Caspia lui offrit du maquillage, emballé dans un coquillage décoré de minuscules cocardes.

— Mère m'a donné ceci après que j'ai cassé le mien, expliqua-t-elle. Il lui a été offert par sa mère, qui le tenait elle-même de sa propre mère. Maintenant, il est à toi.

Ariel prit le coquillage et appliqua un soupçon de fond de teint rosé sur ses joues.

— C'est ravissant, Caspia. Merci beaucoup.

— C'est mon tour !

Perla lui tendit un cadeau oblong enveloppé dans des algues.

— Oh ! Perla, tu n'aurais pas dû.

— Ne dis pas de sottises. Tu mérites qu'on te gâte, aujourd'hui. C'est le grand jour, pour toi.

Ariel sourit, tirant du paquet une baguette brillante.

— Qu'est-ce que c'est ?

— Honnêtement, je n'en sais trop rien. Mais peu après la disparition de Mère, Père s'est débarrassé de tout ce qu'elle avait collecté au cours de ses excursions. L'une des domestiques a fait tomber ceci pendant qu'on nettoyait sa chambre, et… je l'ai gardé. Je n'ai jamais compris à quoi cela servait, mais je sais combien tu aimes les babioles, alors je me suis dit que ça te plairait. Il me semble qu'on peut faire de la musique avec.

— Oh, je vois !

Ariel fit rouler la baguette entre ses paumes et souffla dans l'un des trous dont elle était ponctuée. Mais l'objet n'émit pas le moindre son. Elle recouvrit tous les trous sauf un et essaya de souffler dans l'une des extrémités.

Hummmmm.

— Oh !

Le bruit étrange la fit sursauter. Voilà donc comment cela fonctionnait : en soufflant de ce côté-ci. Il faudrait qu'elle s'y essaie de nouveau plus tard.

— C'est vraiment très original. Merci, Perla.

— D'accord, à moi, maintenant.

Karina lui présenta un cercle fin dont l'une des extrémités était ornée d'une pierre irisée.

— Mère m'a offert ceci le jour de ma cérémonie d'intronisation. Elle disait qu'il me porterait chance. Cela me faisait office de coiffe.

— C'est tout simplement magnifique.

Ariel le tint face à la lumière, et la pierre brilla d'une lueur rose, puis verte, et bleue. Elle faisait presque la taille d'un doigt.

— Me ferais-tu l'honneur ? ajouta-t-elle.

Karina lui prit le cercle et l'ajusta sur son étole. Ce fut ensuite au tour de Tamika, et Ariel dut se pincer pour s'assurer qu'elle ne rêvait pas. Leur sœur était bien là, avec elles ! Depuis la réunion de la cour, elle n'avait plus quitté le palais, et Ariel et elles avaient passé le plus clair des dernières nuits à veiller tard, riant de toutes les bêtises dans lesquelles la jeune sirène s'était embarquée lorsqu'elle n'était qu'un alevin. Comme au bon vieux temps. Bon sang, comme cela lui avait manqué. Et, à en juger par ses couleurs retrouvées, l'éclat de son rire et le scintillement de son regard, Tamika partageait ce sentiment.

Mala, qui n'avait pas encore regagné ses pénates, s'approcha d'Ariel, les bras chargés d'un présent enveloppé dans de la toile :

— Tu es plus radieuse que jamais, Relle. Et cela n'a rien à voir avec ta jolie tenue. Tu *irradies* de bonheur. (Elle déposa un baiser sur son front.) Je suis fière de la sirène que tu es en train de devenir. Et je sais que Mère le serait tout autant.

Elle lui tendit son cadeau, et Ariel le déballa à toute vitesse, poussée par la curiosité.

Elle repoussa le dernier pan de toile et eut le souffle coupé. Sur ses genoux reposait une œuvre d'art, une coiffe sculptée décorée de perles aux teintes nocturnes : du rose et de l'or ; des nuances argentées, semblables à des rubans de nuages striant un ciel crépusculaire. Ariel en parcourut les détails des doigts. La coiffe était majestueuse, à couper le souffle, patinée par le temps.

— Est-ce…

— Oui, confirma Mala. C'est la coiffe de Mère. Elle la portait le jour de son couronnement. Ce n'est pas l'ornement traditionnel d'une cérémonie d'intronisation de protectrice, mais… (Elle lui adressa un clin d'œil.) Père était disposé à faire une exception.

Ariel se jeta au cou de Mala et l'enlaça fermement. Comment lui faire comprendre ce que ce présent représentait à ses yeux ? À court de mots, Ariel serra son adorable sœur de plus belle, et celle-ci lui rendit son étreinte. Perla et les autres s'ajoutèrent à l'embrassade, et, avant de s'en rendre compte, Ariel fut submergée, ployant sous le poids merveilleux de l'amour que lui vouaient ses sœurs bien-aimées.

Elle renifla, cherchant un moyen de leur exprimer toute l'ampleur de sa gratitude. Mais aucun des mots qui lui venaient à l'esprit ne sonnait suffisamment juste.

— Vous êtes toutes là, parvint-elle à dire. C'est comme si… Mère était là, elle aussi.

— Elle l'est, assura Mala. À travers nous.

Ariel raffermit son étreinte.

Tuuuuut ! Tu-tu-tuuuuut !

Le cor venait de sonner ! L'heure était venue.

— Nous devrions nous hâter, déclara Ariel. Pourriez-vous m'aider avec cette coiffe ?

Tamika l'épingla dans ses cheveux. Perla retoucha son maquillage. Caspia et Indira époussetèrent son étole. Puis Mala lui pinça les joues, et elles se précipitèrent toutes ensemble vers la porte.

Les Carinéens s'agrippaient aux grilles, et le héraut royal énonça le nom des princesses à mesure qu'elles défilaient sur l'estrade érigée à l'extérieur du palais. Ariel et son père s'étaient entendus au sujet de quelques modifications. L'une d'entre elles était qu'elle devait accepter d'être accompagnée lors de son intronisation : ses sœurs, toutes et sans exception, devaient l'escorter.

Une par une, celles-ci montèrent sur l'estrade. En bout de file, Ariel attendait patiemment son tour.

— Perla, de la mer de Piton ! proclama le héraut.

La concernée, qui précédait Ariel, se retourna et lui adressa un clin d'œil avant de s'éloigner.

— Bonne chance, sœurette.

Le cor sonna de nouveau, et Ariel sut que son tour était venu. Elle s'avança et resta estomaquée devant l'ampleur du public. Les Carinéens l'acclamaient à perte de vue. Elle fut heureuse de voir leurs visages. *Tous* ces visages.

Un autre changement sur lequel elle avait insisté, et qu'elle avait fait consigner à son père par écrit avant d'accepter cette charge de protectrice, était qu'il devait renoncer à segmenter son territoire. Carinae ne serait pas divisé ; toutes les créatures y circuleraient librement. Et dès que ses sœurs en avaient eu vent, elles avaient suivi le mouvement, comprenant que leur opinion vis-à-vis des monstres marins était sans fondement et tout à fait injustifiée. Chacune d'entre elles avait réclamé au roi qu'il supprime également les zones restreintes de leurs territoires. Étonnamment, leur père ne s'était pas rebiffé. Il avait dit qu'il aurait *beaucoup* de choses à reconsidérer.

À cet instant, le roi Triton se joignit à Ariel.

— Merci encore de m'avoir écoutée, Père.

— Si seulement je l'avais fait plus tôt.

Sébastien se détourna de l'orchestre qu'il dirigeait, regarda par-dessus son épaule, et se racla la gorge.

— Oh ! Encore une chose, ajouta son père. J'ai réfléchi, et je ne pense pas qu'il soit nécessaire que Sébastien te supervise en tant que protectrice, finalement. Tu as prouvé que tu étais à même de t'en charger toute seule.

— Oh ! Père !

Rayonnante, Ariel serra son père dans ses bras, et le crabe lui décocha un clin d'œil qui lui fit chaud au cœur.

— Bien, reprit le roi. Et si nous commencions ?

Il passa son bras dans le sien, et Sébastien intima à l'orchestre de faire silence. Le public fit de même, et le roi s'éclaircit la voix :

— Je suis extrêmement fier de me trouver aujourd'hui sur le merveilleux territoire de Carinae parmi vous tous, loyaux, gracieux et indulgents sujets à qui je dois tant, afin de vous présenter ma fille...

La foule hurla sa joie si fort que son père dut élever la voix pour être entendu :

— Oui, eh bien, je constate que nous sommes tous d'accord à son propos ! (Il sourit et le cœur d'Ariel fit un bond dans sa poitrine.) Elle est l'enfant de feu mon épouse et la plus entêtée de mes filles, si je puis me permettre. Mais dans cette obstination réside sa confiance en elle, celle d'une personne qui suit son cœur. Carinéens, une extraordinaire meneuse est parmi vous. Ariel, ma petite fille chérie, c'est avec un immense honneur que je te proclame protectrice d'une mer de Carinae *libérée* et *sans frontières*.

Ariel sentit une explosion d'euphorie l'envahir. Elle étreignit son père et ils se retrouvèrent sous une pluie de confettis.

— Oh, Père ! Merci !

La foule scanda son nom :

— A-RI-EL ! A-RI-EL !

— Ils veulent entendre ce que tu as à leur dire, déclara son père en l'invitant d'un geste à s'avancer au centre de la scène.

La jeune sirène expira et repéra le visage radieux de Polochon au milieu du public. Elle lui fit signe et il rayonna de plus belle. Le rugissement de la foule résonnait dans ses oreilles, et elle n'aurait pas pu s'empêcher de sourire, même s'il l'avait voulu. Cherchant des visages familiers, elle trouva Ieka ; Mala se tenait juste à ses côtés. Elle souriait tellement qu'elle crut que son visage allait éclater.

Parler de leur union à son père n'avait pas été chose facile. Mais Mala l'avait fait avec fermeté, pour qu'il comprenne qu'il ne servait à rien de discuter. Elle avait pris sa décision, et le choix qui se présentait au roi était simple : soit il aimait sa fille et respectait sa volonté, soit il la perdait. Il lui avait fallu plusieurs jours, ainsi que de nombreux encouragements de la part d'Ariel et de ses autres filles. Mais il avait finalement pris Ieka dans ses bras et ils avaient tous deux passé toute la soirée à rire du temps interminable que Mala, toujours si coquette, mettait à se préparer. Le roi Triton avait encore beaucoup de chemin à faire, mais c'était un bon début.

Ariel s'éclaircit la voix, et la foule se tut.

— Je suis très reconnaissante pour cette opportunité, Carinae. Je ne vous décevrai pas. Je… J'ai accepté ce poste avec de nombreuses idées en tête sur ce qu'il signifiait, et ce que serait mon rôle.

Mais j'ai compris une chose au cours de ces derniers jours, pendant que nous surmontions notre propre tragédie familiale…

Dans le public, Ieka serra Mala contre lui.

— Je crois avoir compris que ce qui fait la force d'une communauté, ce n'est pas le grand esprit qui est aux commandes. Sans vouloir vous offenser, Père.

La foule éclata de rire.

— Plus important encore : c'est notre capacité à tous de nous unir pour le bien commun. (Elle regarda de nouveau Polochon.) Au cours de notre vie, nous croisons d'autres citoyens qui voient les choses autrement. Qui ont connu d'autres expériences et ont une perspective différente sur le monde. Notre force, chers habitants de Carinae, réside dans notre capacité à aimer… (Elle trouva le visage de Mala dans le public), à pardonner et à guérir. (Elle adressa un clin d'œil à Tamika, qui se frictionnait les poignets.) Non en dépit de nos différences, mais *grâce* à elles.

Elle consulta son père du regard pour qu'il lui donne sa permission de poursuivre, et ainsi partager la surprise qu'ils avaient tous les deux secrètement concoctée – pas uniquement pour Carinae, mais pour Mala et Ieka tout particulièrement. Un cadeau de mariage tardif, pour ainsi dire. Le roi hocha la tête.

— Sur ces entrefaites, j'ai une annonce à vous faire.

Au cours des jours précédents la cérémonie, Ariel avait entrepris de faire pression sur son père pour qu'il ait l'obligeance de rebaptiser le traité Monstres – Sirènes. Mais plus elle y songeait, plus elle prenait conscience qu'il ne suffisait pas de supprimer ce langage offensant. En récompense de tout ce qu'elle avait accompli pour secourir Mala et faire chuter Usengu, son père lui avait donné carte blanche pour faire ce qu'elle voulait du traité, dans la limite du raisonnable. Ainsi, elle avait rencontré les monstres marins et leur avait demandé de lui exposer leurs préoccupations. Et tous ensemble, ils avaient proposé quelque chose de tout à fait révolutionnaire. Irradiant d'émoi, Ariel retroussa les lèvres :

— Le traité Monstres – Sirènes n'existe plus. Il a été remplacé par le pacte de protection de l'océan. Les protecteurs et les résidents ne sont plus nommés à vie. Certains parmi nous voudront peut-être profiter de leur existence pour faire d'autres choses. Et tout devrait aller pour le mieux.

La foule applaudit à tout rompre. Mala prit son visage à deux mains. Elle était loin de l'estrade, mais Ariel pouvait voir ses épaules trembler de joie. Ariel avait réussi. Sa famille était de nouveau réunie, plus solide que jamais. Ils avaient de nouveau une raison de sourire. Y compris leur père. Et, pour couronner le tout, sa première journée en tant que protectrice fut un gigantesque succès.

Ariel sourit en admirant le monde merveilleux qui s'offrait à elle. Sa mère aurait été fière qu'elle soit restée fidèle à elle-même et qu'elle ait suivi son cœur intrépide. Elle le ferait toujours à partir de maintenant.

Quoi qu'il puisse arriver.

Ariel leva les yeux vers le soleil qui étincelait sur ce monde inexploré, au-dessus des flots. *Si père a eu tort à propos des monstres marins… sur quoi d'autre se trompe-t-il encore ?* Le temps le dirait. Qui sait ? La prochaine fois, il l'écoutera peut-être ?

Épilogue

Loin de là, dans son antre sous-marin, Ursula assista au sacre d'Ariel grâce à sa boule de cristal. Triton passa un bras autour des épaules de sa fille. *Pouah !* La sorcière des mers balaya l'objet, qui éclata en mille morceaux contre les parois de sa caverne. La vue de Triton, irradiant de bonheur et de fierté devant son royaume, lui flanquait la nausée. *Pourquoi ai-je confié cette tâche à ce fourbe d'Usengu ?* Jamais Ursula n'aurait dû le charger d'une mission aussi cruciale.

Ils avaient pourtant passé un accord : le serpent devait capturer Mala et semer le trouble chez les monstres marins pendant que la sorcière s'occupait du reste. Elle avait indiqué aux chasseurs de sirènes où dénicher des proies. Mais ils ne lui avaient pas fait confiance, surtout après que leurs petits camarades se furent échoués dans la mer de Saithe. Elle leur avait donc offert de leur livrer une sirène, et, s'ils tenaient parole, elle les conduirait à l'emplacement du palais, où elles étaient légion.

Lorsque Triton avait mis son trident en jeu, Ursula avait perçu la lueur de convoitise dans les yeux d'Usengu. Le roi s'était de plus en plus reposé sur le serpent, et son ambition avait fini par prendre le dessus. Il avait été séduit par l'opportunité, supposait-elle, d'acquérir plus de pouvoir, au lieu d'aider Ursula à s'emparer du trône. *Il le voulait pour lui tout seul.* Elle serra les dents, ivre de colère.

— Ce serpent de malheur a bien failli m'avoir, marmonna-t-elle.

Mais ce qui était fait était fait. Elle pouvait maintenant se concentrer sur sa vengeance, et, cette fois, faire les choses à sa manière.

— Ce souverain suffisant ne peut pas me bannir et s'en tirer à si bon compte !

Sa voix se réverbéra entre les parois de son antre. Elle se frotta les tentacules en songeant à Ariel, la petite sirène. Libre penseuse, confiante et si ouverte d'esprit… Un sourire ourla les lèvres d'Ursula. Le roi Triton allait payer cher pour l'avoir exilée. La sorcière des mers se faufila jusqu'à la salle des potions de son repaire.

Que les manigances commencent !

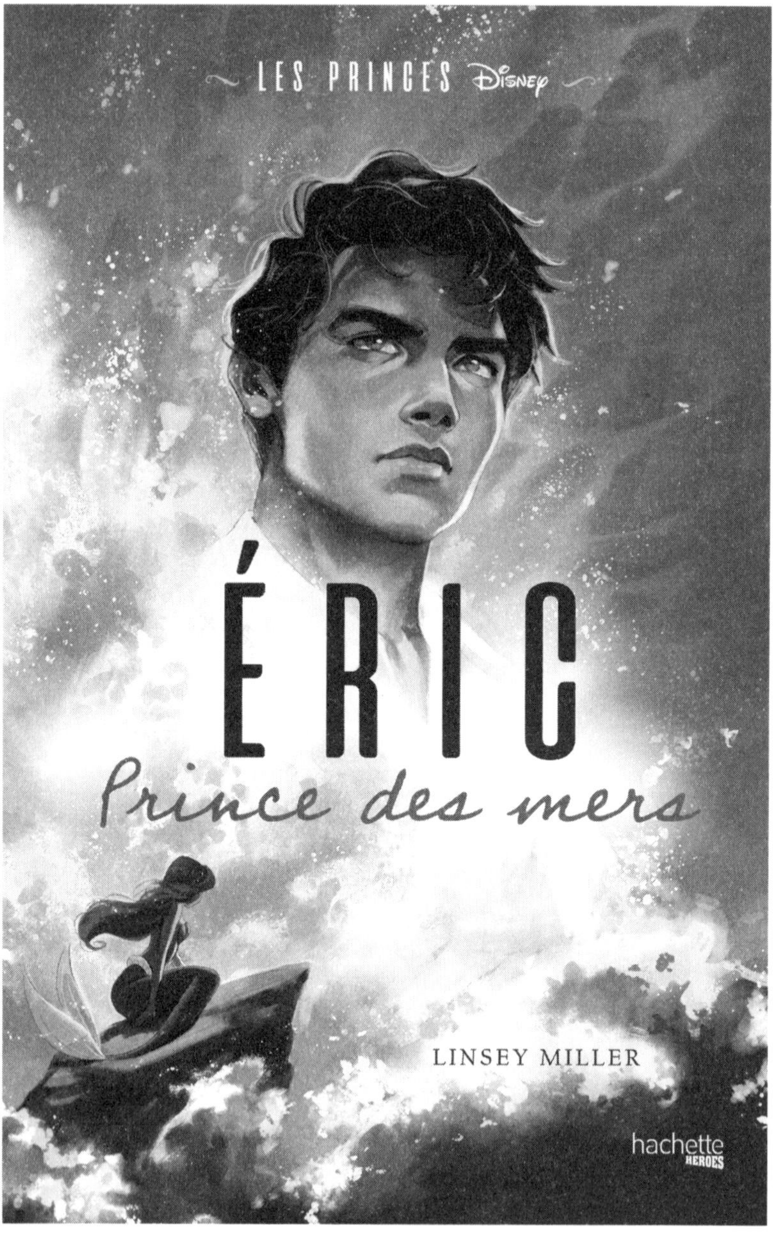
LES PRINCES Disney
ÉRIC
Prince des mers
LINSEY MILLER
hachette
HEROES

RETROUVEZ LES PREMIÈRES PAGES
DE *ÉRIC – PRINCE DES MERS*,
LE PREMIER TOME DE LA COLLECTION
« LES PRINCES *DISNEY* »

Prélude

La douleur déferlait sur Éric en vagues successives, le sel imprégnant la moindre égratignure. L'eau clapotait autour de ses jambes, et un froid intense lui glaçait l'échine. Il tenta de tourner la tête et grogna. Il ne pouvait pas bouger. Pourquoi ne pouvait-il pas bouger ?

Le navire ! Il s'était trouvé sur le navire. Une tempête, la plus violente qu'il ait jamais essuyée, avait balayé l'équipage plus vite que l'éclair. Le bateau avait pris feu et s'était fracassé contre des rochers, les barils de poudre avaient explosé, et lui-même avait été projeté à la mer. Éric voulut appeler et s'étouffa. Chaque respiration le brûlait, le goût âcre de la cendre lui piquant la langue. Sa poitrine le faisait souffrir.

Mais ce supplice signifiait qu'il était vivant. Qu'il avait survécu.

Un doux fredonnement déchira le voile de douleur, d'abord profond et triste, semblable aux chants lointains des baleines. Des doigts caressèrent son visage, débarrassant sa peau endolorie du sel et du sable. La mélodie et la tendresse du toucher devinrent un point lumineux dans l'obscurité, et il lutta pour s'y accrocher. La douce voix se fit de plus en plus forte. La lumière du soleil lui brûlait les paupières. Éric se força à ouvrir les yeux et haleta.

Elle était belle à couper le souffle, une silhouette à contre-jour, bordée d'un halo de lumière et d'eau de mer scintillante. Ses traits semblaient tout aussi déformés que ses mots, mais la paume contre sa joue était si délicate qu'il sut qu'elle ne lui voulait aucun mal. Il tendit une main vers elle, mais elle la repoussa contre le sable. Une sensation de chaleur et de flottement l'envahit.

Un sentiment de sécurité, pensa-t-il. C'était ça, se sentir en sécurité.

Elle devait être forte pour avoir réussi à le tirer de l'épave, et gentille, aussi, d'avoir risqué sa vie pour lui. La douce mélodie de sa chanson remplissait son esprit.

Elle et sa voix étaient tout ce qui le séparait d'une mort en mer.

Et elles lui glissaient entre les doigts comme du sable.

1

Au-dessus de l'océan

Le soleil brillait fort au-dessus des maisons blanches aux toits rouges nichées dans la baie des Éclaircies, au cœur du royaume de Vellona. Des vents chauds fouettaient les rues pavées et les canaux, et des voix résonnaient par-delà les vagues ondoyantes. Les notes douces d'une chanson, aussi joyeuse que lointaine, dérivaient le long de la jetée. Éric tendit l'oreille vers la mélodie et se mit à bouger au rythme de ses notes. Une épée fendit l'air juste derrière lui.

— Trop lente ! cria Éric, balançant une jambe en arrière et s'inclinant.

La foule se mit à huer. Le quai au-dessus de leurs têtes gronda, le sel retombant comme de la neige. Éric plongea ses mains brûlantes dans l'eau peu profonde de la marée basse. Devant lui, Gabriella, son amie d'enfance et la seule personne qui le battait régulièrement, arpentait les limites de l'aire de combat, son regard glissant de ses mains à son visage. Elle souriait, sa peau brune luisant de sueur et d'eau de mer. Des algues s'accrochaient à son épée.

Au début, ces duels hebdomadaires avaient été modestes, un moyen facile d'aider à entraîner des gens qui, sans cela, n'auraient jamais touché une épée de leur vie. Ils n'avaient commencé à utiliser de vraies lames que cette semaine. Éric avait rassemblé ses amis sur ce recoin de sable, sous le dernier ponton, et avait tendu une vieille bâche entre les poteaux pour les soustraire aux regards curieux. L'effort avait été vain et, ces trois derniers mois, le nombre de participants n'avait cessé de croître. Cette petite aire de combat sous les docks était le seul espoir d'Éric de contrebalancer la peur omniprésente des pirates qui régnait à Vellona ces jours-ci, de plus en plus de villes subissant leurs assauts et pillages chaque semaine.

— Tu es trop arrogant, lança Gabriella en remontant ses manches humides jusqu'aux coudes. Si j'étais un pirate, tu serais déjà mort.

Gabriella était la seule ici à avoir survécu à une attaque de pirates. Leur combat avait été amusant au début, mais désormais, il était teinté d'une pointe d'agressivité.

— Si tu étais un pirate, nous aurions des problèmes plus importants que…

Elle brandit son épée et lui entailla le bras. Il recula aussitôt.

— Tu cèdes toujours à l'envie de bavarder, grogna Gabriella en s'élançant vers lui. Les vrais combats ne sont pas des contes de fées. Personne ne va s'arrêter pour t'écouter monologuer.

— Alors, arrête-moi. (Il avança vers elle, ses deux couteaux bloquant la force de la lame, les liant l'un à l'autre au milieu du cercle.) Et ne crains pas que je me blesse.

— Jamais, sourit-elle. Mon petit Prince.

Éric éclata de rire. Voilà pourquoi il aimait tant les combats matinaux. Ils lui permettaient de se détendre et de savoir ce dont ses sujets avaient besoin avant d'aller au travail. Ces affrontements allaient-ils résoudre tous les problèmes de Vellona ? Non, en aucun cas. Est-ce qu'ils aideraient quelques personnes à survivre ? Peut-être. Est-ce qu'ils donnaient à Éric l'impression de faire partie de cette communauté, d'être une âme ordinaire vivant dans la baie, au lieu d'un prince toujours enfermé dans son château ? Absolument.

— Chaque fois que tu m'appelles comme ça, gronda-t-il, je frappe plus fort.

— Je frémis, se moqua-t-elle en posant sa main libre sur son cœur. Viens donc le prouver.

Éric inversa la prise de ses couteaux. Il feinta vers la gauche de Gabriella, l'épée de la jeune femme rasant ses lames dans un crissement insupportable. Elle para du fort de l'épée et ils se mirent à se tourner autour. Il lui décocha un coup, mais elle recula à temps. Les battements frénétiques dans les oreilles d'Éric couvraient le bruit de leurs pas.

— Tu vas me frapper ? demanda-t-elle.

Éric avança une lame vers Gabriella, la poussant vers la droite, et porta un coup en revers là où il s'attendait à ce qu'elle fasse un pas. Mais elle pivota et esquiva, le couteau ne touchant que sa manche. La foule rugit.

Derrière Gabriella, un spectateur cria :

— Écrase-le !

— Son côté droit est plus faible, intervint Vanni, le meilleur ami d'Éric et, en cet instant, son pire ennemi.

Gabriella se décala pour attaquer sur sa droite. Éric fit mine de trébucher et leva le bras droit en arrière. Elle plongea, et il brandit son couteau. Leurs lames s'entrechoquèrent.

Sa riposte envoya l'épée de Gabriella voler, retombant derrière elle dans une éclaboussure, s'enfonçant sous la surface trouble de la marée basse. Éric se précipita vers son adversaire, s'attendant à ce que celle-ci cherche à reprendre son épée, mais elle s'accroupit et repoussa sa charge. Son épaule entra en collision avec son estomac et il en eut le souffle coupé. Les bras du jeune homme s'engourdirent, le tranchant de son couteau pendant mollement contre le col de Gabriella, qui lui saisit les chevilles.

Elle tira sur ses bottes. La main tremblante, Éric appuya son couteau contre le cou de son amie. Elle se figea.

— Eh bien, conclut Gabriella, accroupie, sa position bizarre étouffant ses mots contre sa chemise mouillée, j'ai déjà perdu dans des postures plus embarrassantes.

Éric ne se souvenait d'aucune. L'assaut qui avait poussé Gabriella à s'installer dans la baie alors qu'elle n'était qu'une enfant avait coûté la vie à sa sœur, Mila, et Gabriella s'entraînait maintenant avec sa tante presque tous les jours. Une fois dépassée l'idée qu'Éric était le prince, elle avait toujours eu la décence de le laisser repartir avec bien plus de bleus que ses propres tuteurs lors des entraînements.

Cette défaite n'était pas le moins du monde embarrassante.

— Si tu insistes, lâcha-t-il avant de s'éclaircir la voix, éloignant ses couteaux.

Deux bras enserrèrent Éric dans une étreinte vigoureuse.

— Petit Prince ! J'ai perdu le dîner à cause de toi, j'attends une compensation.

Vanni – bien plus intéressé par les épées et la voile que ne l'aurait souhaité son père boulanger – tapa sur l'épaule d'Éric et le fit pivoter.

— Arrête de parier contre moi, alors, souffla Éric en s'inclinant devant son ami, sans jamais le quitter de son regard noir. Vous nourrir, ton ego et toi, est mon seul dessein dans la vie.

— Évidemment, confirma Vanni en rejetant sa chevelure blond pâle en arrière – il ne transpirait pas malgré la chaleur étouffante sous les quais, il rayonnait plutôt, l'air nettement plus princier qu'Éric. Alors, à qui le tour maintenant ?

— Toi, déclara Gabriella, en le traînant au milieu de la foule. Je veux un vrai combat.

Vanni s'esclaffa, et Éric laissa échapper un petit ricanement gêné.

— Quelle impolitesse de juger que ce n'était pas un vrai combat, grommela-t-il, et Gabriella tressaillit.

Vanni et Gabriella ne se saluèrent pas. Vanni choisit de combattre avec une seule épée, et Gabriella une dague. La souplesse de la jeune femme lui permettait d'esquiver les coups, et Éric avait présumé qu'elle serait trop épuisée pour égaler le rythme intense de Vanni, puisqu'elle venait de perdre. Mais chaque coup était aussi puissant que le précédent, et Vanni suffoquait dans l'air humide après seulement trois minutes. Il se fendit, envoyant sa lame loin en avant, et elle tomba sur un genou.

Vanni sourit comme s'il avait déjà gagné, mais une sensation désagréable se fraya un chemin dans la poitrine d'Éric. Gabriella ne tremblait pas, n'était pas essoufflée et, quand Vanni s'élança, elle plongea sa main libre dans l'eau. En un clin d'œil, elle lui attrapa le pied et le souleva. Vanni s'effondra dans un fracas d'eau.

— Tu as l'équilibre d'un poisson sur la terre ferme, constata Gabriella en brandissant sa jambe tel un trophée.

La foule applaudit, et elle le relâcha. Vanni cracha plusieurs goulées d'eau et retira les algues constellant son visage. Gabriella tendit à Éric l'épée de Vanni, et Éric la remercia en bredouillant. Toute la joie qu'il avait éprouvée plus tôt à l'idée de cette activité utile et amusante entre amis se réduisit en une unique image : les mains de Gabriella sur ses bottes, quelques minutes auparavant. Si elle l'avait voulu, elle aurait très bien pu le faire chuter, lui aussi. Mais elle avait choisi de l'aider à garder la tête haute.

— Éric ? appela Vanni en secouant sa chemise trempée, un rictus aux lèvres. Tu as la tête dans les nuages.

Éric se força à sourire.

— Un peu maussade, murmura Éric, mais ça va.

Vanni ricana et lui tapota l'épaule.

— Au moins, tu as gagné et tu n'auras pas à traîner du sable sur toi toute la journée.

Il secoua la tête et en projeta un peu sur Éric et Gabriella. Éric recula en un sursaut. Gabriella se contenta de hausser les épaules.

— Je travaille à l'extérieur, expliqua-t-elle, en réajustant le nœud du foulard qui couvrait ses boucles noires. Et tu avais besoin d'un bain de toute façon.

— Gabriella, reprit Éric, en se penchant légèrement pour que Vanni n'entende pas. Tu m'as laissé gagner.

Gabriella se figea.

— C'est vrai.

— Pourquoi ? Pourquoi me laisser gagner aujourd'hui ?

— Pendant des mois, nous avons utilisé des épées d'entraînement, mais ce sont les armes affutées qui ont attiré la foule. Il vaudrait mieux que personne n'assiste à la chute du prince, justifia

Gabriella. N'est-ce pas ce que Grimsby rabâche sans cesse : « La Couronne est une idée, pas seulement une personne » ? Te voir couler à pic serait mauvais pour le moral des troupes.

— Si Grim continue à te donner des idées comme ça, c'est moi qui vais le couler, protesta Éric.

Bien sûr, le statut d'Éric éclaboussait même son unique loisir loin du château.

La foule se pressa autour d'eux, les gens s'embrassant sur les joues et comparant leurs bleus tout en se disant au revoir. L'entraînement était un bon moyen de passer la matinée, mais la journée était déjà bien entamée et le travail ne manquait pas dans la baie. Vanni essora sa chemise en maugréant dans sa barbe. Éric lui tapa sur l'épaule.

— Tu te bonifies, le rassura Éric.

— Je m'humidifie, plutôt, grogna Vanni en agitant les cheveux. Je vais passer la journée à m'essorer.

— Tu t'améliores, malgré tout. Tous les deux, renchérit Gabriella en levant les yeux vers Éric, un sourire aux lèvres. Tu sais pourquoi je te bats toujours ?

— Parce que tu es meilleure que moi ? proposa Éric, et Vanni se mit à rire.

— Tu te reposes trop sur ta formation. Tu ne vas jamais oser porter un coup de poing ou de pied si tu commences le combat avec des lames, répondit-elle en lui frappant le bras. Tu te débrouilles mieux avec une épée ou un bâton, et tu es capable de me désarmer une dizaine de fois. Si nous devions nous affronter dans un duel d'escrime, tu me battrais – je ne saurais en respecter les règles même si ma vie en dépendait –, mais nous ne sommes pas en duel. Tu te bats dans le même ordre que les exercices, et un jour tu devras décider par toi-même de ce que tu dois faire. De te salir les mains.

Éric réprima une grimace. Il ne pouvait absolument décider de rien, c'était bien là le problème. Depuis dix ans, le contexte politique et les événements le contraignaient à ne rien choisir, au risque de déclencher un conflit avec le royaume voisin de Sait, un assaut mortel des pirates ou une guerre civile pour s'emparer de son trône. Un seul faux pas, fût-il un simple regard impoli ou une riposte contre le mauvais bateau pirate, pouvait causer la chute de Vellona.

Une fois la majeure partie de la foule dispersée, le trio s'extirpa de son lieu de rencontre improvisé, se faufilant dans la lumière du matin en longeant la plage. La baie des Éclaircies était la plus grande ville du petit royaume de Vellona, et Éric se sentait autant chez lui dans ses eaux vert pâle que dans le château niché au creux des falaises. Dans le port, les mâts se dressaient, les navires roulant au gré du poids des cargaisons. L'été s'élevait en spirales humides de vapeur sur les pontons, et des voix retentissaient par-delà les vagues, tandis que les habitants se prélassaient sous le premier ciel clair et chaud depuis des semaines. Vanni plissa les yeux vers le soleil.

— On a pris notre temps aujourd'hui, remarqua-t-il en se tournant vers Gabriella. Tu n'auras pas d'ennuis avec ta tante, dis ?

— Non, on fait des réparations cette semaine avant de repartir. Elle n'a pas vraiment besoin de moi pour ça.

La menuiserie était l'un des rares domaines dans lesquels Gabriella n'excellait pas. Encore un peu trop jeune pour reprendre le bateau de pêche de son grand-père et trop sollicitée à la maison pour prendre la mer et intégrer l'équipage de sa tante, elle avait néanmoins passé plus de temps en mer qu'Éric et rêvait de devenir capitaine de son propre navire marchand, comme sa tante.

— Je pourrais vous aider, pour les réparations, proposa Éric, enthousiaste à l'idée de rester avec ses amis – ainsi, il pourrait être Éric, juste Éric, un peu plus longtemps. Ta tante a besoin de bras ?

— Pas vraiment, s'excusa Gabriella. La dernière tempête a fait des dégâts sur le bateau, et nous avons fait appel à de bons charpentiers de marine. Espérons que nous pourrons les payer. On se fait démolir par les tempêtes chaque fois qu'on quitte le port.

— Ces ouragans ne sont pas naturels, confirma Vanni. Le dernier est sorti de nulle part.

— C'est de la magie. C'est sûr, renchérit Gabriella.

La magie était rare, mais pas impensable. Elle se limitait aux sorciers reclus et aux anciennes légendes échangées autour d'une pinte. Les petites magies, comme les toniques ou l'art d'invoquer le vent en sifflant, étaient bien réelles, et Éric savait que, selon certaines histoires, des sorcières d'autrefois pouvaient faire taire la foudre ou manipuler les âmes comme des marionnettes. Grimsby ne voulait pas en entendre parler, mais Éric était d'accord avec Gabriella. Sait, le grand royaume du Nord, résolu à s'étendre, avait certainement déniché une sorcière.

— Même ta mère, que son âme repose en paix, aurait bien du mal de nos jours, renchérit Gabriella en donnant un coup de coude à Éric. Surtout avec Sait au milieu. Ne peux-tu pas prouver que ce sont bien eux qui orchestrent la présence des pirates ?

Leurs attaques, étrangement bien organisées et aussi régulières que les tempêtes, avaient débuté huit ans auparavant. À l'époque, les caisses de Vellona étaient presque vides en raison des sécheresses et des tempêtes quasi constantes dont le royaume avait souffert depuis aussi longtemps qu'Éric s'en souvienne. Sait, avec une marine aussi riche que ses coffres, avait alors commencé à sonder les défenses de Vellona. Lorsque la mère d'Éric, la reine Eleanora, avait péri dans un naufrage au nord deux ans plus tôt, Sait avait redoublé d'audace, et Vellona de désespoir. Éric s'était retrouvé à la tête d'un royaume aux abois, entouré de dizaines de prétendants au trône.

Il secoua la tête.

— Grimsby appelle ça un jeu d'usure : ils cherchent à nous affaiblir avant de frapper, mais les accuser à tort et à travers déclencherait une guerre que nous ne pouvons pas nous permettre de mener.

Éric soupçonnait que c'était précisément ce qu'ils attendaient : une raison de conquérir Vellona.

— N'y a-t-il pas une vieille veuve riche avec un goût prononcé pour la tragédie que tu pourrais épouser histoire de nous sortir de ce pétrin ? s'enquit Gabriella.

Vellona avait épuisé toutes les pistes menant à de l'argent, sauf une, et seul Éric pouvait la suivre.

— Malheureusement, non, soupira-t-il en tirant sa flûte de sa poche.

Il l'avait toujours sur lui. Il en joua un air guilleret, prenant le temps de se calmer. Le mouvement familier de ses doigts apaisait ses craintes.

— Je croyais que Grimsby voulait te marier avant ton anniversaire ? lança Vanni avant de regarder alentour et de baisser la voix. Tu serais bien obligé de l'embrasser lors du mariage, mais comment faire quand…

Éric s'immobilisa, la chanson s'évanouit, et Gabriella saisit Vanni par le col.

— Ferme-la ! cracha-t-elle. Si Sait le découvre, ce sera l'assassinat le plus facile du monde.

Une vague de panique parcourut Éric. Ici, sur les quais, au milieu de gens qui travaillaient, personne ne leur prêtait attention, mais ils n'avaient jamais discuté de son secret en public auparavant. Il rangea sa flûte dans sa poche.

— Grimsby veut que je fasse un bon mariage et que je trouve une solution après. Les sentiments personnels ne peuvent pas l'emporter sur la commodité et le devoir, selon lui, mais je refuse de confier le contrôle de Vellona à quelqu'un en qui je n'ai pas confiance.

Vanni et Gabriella échangèrent un regard.

— Grimsby est toujours en rogne à cause de Glowerhaven ? osa Vanni.

— Dans une rage noire. S'il n'a pas insisté pour que je l'épouse, c'est parce qu'elle me détestait autant que je la détestais.

Elle avait horreur de la musique et des chiens, et il ne supportait pas l'odeur des peintures qu'elle chérissait. Regarder de l'art ? Très bien. Vivre dans un miasme de vapeurs de peinture et de mélanges alchimiques bizarres ? Très peu pour lui.

Gabriella gloussa.

— Ce n'est pas ta faute si Max n'a pas apprécié qu'elle tente de le vernir. C'est quand la prochaine demande en mariage ?

La prochaine demande ? Jamais plus. La prochaine embuscade ? Le déjeuner avec…

Le sang d'Éric afflua dans ses oreilles, noyant les bavardages de Gabriella et de Vanni, et il essuya ses paumes sur son pantalon, soudain en sueur. Il prit une profonde inspiration.

— Grimsby va me tuer.

Éric balaya les environs du regard, essayant de déterminer l'heure qu'il était, et il grogna. Il n'avait pas oublié de rendez-vous depuis longtemps, et il n'avait aucune excuse aujourd'hui.

— Lord Brackenridge est arrivé ce matin, et je suis censé déjeuner avec lui et ses filles.

Les yeux de Gabriella s'écarquillèrent.

— Cours !

— De quoi ai-je l'air ? demanda Éric. Je n'aurai pas le temps de me laver.

— D'un type en retard parce qu'il s'entraînait, répondit Vanni. On dirait presque que…

— Ne prononce pas ces mots, murmura Gabriella.

Vanni l'ignora.

— … tu es maudit.

— Je laisse passer celle-là, cria Éric par-dessus son épaule, en se mettant à courir. Mais une fois, pas deux !

— Pour aujourd'hui ?

— Pour toute la vie !

— Ignore-le, s'époumona Gabriella par-dessus les éclats de rire de Vanni. Amuse-toi bien à jouer au prince !

Éric s'amusait rarement dans ce rôle. Il était toujours le prince Éric d'abord, puis un citoyen, et, enfin – secrètement, effroyablement, et sans que ce soit sa faute –, un homme maudit.